KB166896

빈틈의 온기

출근길이 유일한 산책로인 당신에게

빈틈의

온―기

윤고은 지음

흐름출판

이 책을 먼저 읽은 이들의 이야기

《빈틈의 온기》에는 우리와 함께 지하철을 타고 먼 출근길을 떠나는 사람이 있다. 그녀의 솔직함과 인간미에, 그리고 엉뚱함에 열 개의 역이 순식간에 사라져 버린다. 그녀가 지하철에서 관찰한 삶의 조각들을 따라가다 보면 어느새 입을 막고 쿡쿡 웃고 있는 나를 발견하게 된다. 노련한 라디오 디제이의 남모를 빈틈과 완벽해 보이는 소설가의 엉뚱함에 이상하리만치 위로를 받게 된다. 어쩌면 누군가의 빈틈을 채워줄 수 있는 건 또 다른 누군가의 빈틈인지도 모르겠다. 그것이 바로 빈틈의 온기가 아닐까. 출발역과 도착역 사이에는 무엇이 있나. 그곳에는 우리의 구체적인 삶과 짠내 나는 일상의 모험이 있다. 윤고은의 유쾌한 농담과 토닥임에 몇 개의 역이 또 사라졌다. 아, 책을 읽느라 내릴 역을 지나칠 수도 있으니 주의하길.

- 문보영(시인)

지하철로 출퇴근해본 사람은 안다. 그곳에 특유의 리듬이 있다는 걸. 불면에 시달리던 사람도 그 리듬에 몸을 맡기면 어느 덧 긴장이 풀리고 나른해진다. 《빈틈의 온기》는 그 온화한 리듬을 닮았다. 이 책은 또한 '라디오 데이즈'다. 라디오 방송을 위해 분당에서 일산으로 출퇴근하는 4시간의 모험이 매 순간 이어지기 때문이다. 열차가 달리면서 통과하는 동네를 따라 도착하는 다양한 긴급 재난 문자들 속에서도, 성실한 디제이는 출근길의 풍경들을 그려내고, 그 목소리는 라디오 전파를 타고 흘러간다. 마스크 없이 어떤 곳에도 도달할 수 없는, 우리는 참으로 이상한 시절을 살고 있지만 이것 또한 기억으로 남을 것이다. 이 책을 읽는 동안 폭신한 식전빵 같은 그녀의 목소리를 글로 '듣는' 즐거움을 만끽했다.   — 백영옥(소설가)

때론 현실을 잊게 하는 것이 픽션이라면 그럼에도 불구하고 현실을 '피식' 하고 긍정하게 하는 것이 에세이라고 생각한다. 윤고은의 첫 산문집 《빈틈의 온기》가 그렇다. 라디오 디제이로서, 지하철 출퇴근자로서, 라이딩을 즐기는 소설가로서 흑백의 추상화 같은 일상을 자신만의 프리즘을 통해 컬러풀하고 세밀한 풍경화로 변주시켰다. 거기에는 너무도 사소해 지나칠법한 다정한 빈틈들이 한강의 윤슬처럼 반짝이고 있다. 마음속에 멈춤 버튼을 눌러 몇 번이나 그 순간을 곱씹었는지. 삶에 대해 어떤 위로도 건네지 않으면서 어느새 위로하는 문장들 사이에 피어오르는 온기를 본다. "따르릉" 그녀의 자전거가 등 뒤에서 신호를 보낸다. 이제 그녀와 함께 힘차게 페달을 밟으며 새로운 계절로 갈 시간이다. — 이아립(가수)

사람들에게는 자신의 삶 외에 다른 사람의 삶을 직접 경험할 기회는 거의 오지 않는다. 누군가의 뇌를 열고 들여다볼 수 있는 기술이 생긴다 할지라도 그 사람의 삶을 대신 경험할 수는 없으니까. 그리고 어느 누가 자기 뇌 안의 세상을 기꺼이 보여주겠는가? 앗, 그런데 잠깐만, 글 잘 쓰는 작가라면 가능하다. 뇌 안에서 어떤 생각과 감정과 느낌들이 오고 가는지 자유롭게 표현할 수 있기에 그 경험을 독자에게도 생생하게 전달할 수 있으니까. 그리고 실제로 그렇게 머릿속 생각과 느낌들을 적나라하면서도 재미있고 뭉클하게 보여줄 줄 아는 작가가 여기 한 명 있다. 우리네 삶 안의 빈틈들과 허술함들은 모두가 생각보다 비슷하구나, 느끼게 해주는 작가 윤고은이다. 마치 커다란 철제 쿠키상자의 뚜껑을 열어보듯 사람들이 사는 삶의 뚜껑을 열어서 들여다볼 수 있다면 맛은 제각각이더라도 삶의 모양들은 비슷해 보이는 것에 놀라지 않을까? 윤고은 작가의 《빈틈의 온기》는 그러한 재미난 상상을 하게 하는 책이다. 경험할 수 없었던 다른 사람의 삶 속에 잠깐 들어갔다 나오면서 분명히 나의 뇌도 많은 공감을 하며 읽을 수 있을 것이다. 강추!

— 장동선(뇌과학 박사)

윤고은 작가를 처음 만났을 때, 이 삭막한 도시에도 싱그럽고 상큼한 산들바람이 불어올 수 있다는 것을 알았다. 산들바람처럼 싱그럽고, 해맑고, 경쾌한 그녀의 미소를 닮은 산문들을 모아 보니, 이 모든 산문들이 '사랑스러움'의 새로운 의미를 연주하고 있음을 알겠다. 어디서든 자신의 가장 사랑스러운 모습을 꺼낼 수 있는 사람, 그녀가 자아내는 문장 하나하나가 그 따스한 내면의 빛을 가리킨다. 그녀는 자신이 '500개월이 조금 넘은 아이'라는 것을 안다. 어른스러워 보이려 애쓰지 않고, 자기 안의 내면아이를 마음껏 꺼내 보여주는 그녀만의 순수함이 책 속에 그득하다. 한없이 여리고 순수한 어린아이의 미소를 간직한 사람, 윤고은 작가가 연주하는 눈부신 일상의 축제 속으로 여러분을 초대한다.

— 정여울(작가)

아아, 네, 윤고은입니다. 들리세요?

프롤로그 : 남대서양의 펭귄들

1
빈틈을
키우고
있습니다

아아, 네, 윤고은입니다.

들리세요?

제 안에는 모두 아홉이 살아요. 그보다 많을지도 모르고요. 라디오에 초대된 누군가에게 "지금 몇 번이 나왔나요?" 하고 물을 때가 있는데 그러면 상대방은 천연덕스럽게 대답해요.

"음, 오늘은 2번이요, 아니 4번?"

한 몸에 오로지 하나만 산다는 이야기는 잘 들어본 적이 없는데, 만약 그렇다면 무료하거나 불안하지 않을까요? 그래서 불러 모았습니다. 모두 아홉인데, 칼군무 같은 건 못해요. 한자리에 모이기도 힘들거든요. 알고 보니 2번이 7번 역할도 했더라는 반전이 생길 가능성도 있고요.

어쩌면 이 아홉은 특별히 밀접한 관계가 없을지도 몰라요. 횡단보도를 건너다가 본의 아니게 애비로드의 비틀즈가 되어버린 네 명의 사람들처럼, '우리'라고 말하는 아홉 역시 그냥 지금 이곳을 걷고 있을 뿐인지도. 우연히 만난 사이라고 하면 또 어떤가요? 중요한 건 우리가 함께 걷고 수다스럽고, 그렇게 흘러간다는 거죠.

1번

미래의 나. 망루에 올라가 바람의 방향과 수평선 너머의 조짐을 감지하느라 늘 바쁘다. 곧 닥쳐올 마음의 동요와 흐름을 잘 읽어내지만 그것 외에 다른 것엔 무심하다. 심지어 게으른 편이다. 아무 영향력 없는 예언자가 된 듯도 하지만, 그래도 망루 중독자.

2번

착각하는 나. 잘못 듣고 잘못 보기 전문. 성격이 급한 편이기도 하고, 순간의 느낌에 많이 의존한다. 매 순간을 낯설게 느낀다. 얼떨결에 3번의 뮤즈 혹은 단골 납품업자가 되었다.

3번

기록하는 나. 신선한 영감은 모기와 같아서 잡는 속도가 중요하다. 휴대폰 메모장, 이면지, 냅킨 등 손에 닿는 모든 것을 노트로 활용한다. 요즘엔 라디오 선곡표를 애용한다고. 이런 기록이 어디로 가서 무엇이 되는지는 3번도 모른다. 그저 어디론가 성실한 보고를 할 뿐.

4번

겁이 많은 나. 궁금한 게 참 많은데 검색 양식도 정해져 있다. 'ㅇㅇ 부작용' 이런 식. 호기심이 같은 뿌리에서 나온다는 게 좀 이상하다고 느낀다. 방금 '호기심 부작용'에 대해서도 검색했다. 모든 상황의 최악을 찾아내 발판처럼 깔아둔다.

5번

일찍 일어나는 나. 5번이 조금만 오래 산다면 삶의 질이 달라질 텐데 안타깝게도 매일 아침 5:55에 눈을 뜬 다음 얼마 못 가 죽는다. 5:55에 일어나길 원해서 첫 알람을 그렇게 맞추지만 바로 그 욕망 때문에 매일 죽기를 반복한다.

6번

욱하는 나. 비행기에서 모르는 사람 둘이 언성을 높이며 난동을 피울 때 "거, 참. 조용히 좀 합시다!"라고 굵은 목소리로 말했던 적이 있다. 목소리도 낯설지만 저 문장의 핵심은 "거, 참"인데 이건 아무리 재연하려고 해도 잘 안 된다.

7번

행복을 표현하는 나. 행복감을 알사탕처럼 오래 녹여 먹는 편이 아니라 활달하게 깨물어야 하는, 행복의 저작근 소유자로 행복을 열심히 씹으며 소화한다. 길에서 다정한 장면을 자주 줍는다. 행복의 투스텝을 곳곳에 전파하고 있다.

8번

아침식사를 챙기는 나. 아무리 바빠도 아침식사를 포기할 수는 없다. 잠보다도 밥! 느긋한 식사를 좋아하는데, 넘치는 식탐과 부족한 시간의 괴리로 인해 심리적 공복 상태를 느낄 때도 많다. 소설가 E의 표현에 따르면 '늘 배고픈 윤'이라고.

9번

추진력을 가진 나. 일상부터 여행까지 촘촘하게 계획하고 그것을 실현하는 과정을 즐긴다. 다소 생색을 내고, 상황이 뜻대로 안 풀리면 예민해져서 좀 피곤한 스타일. 1번이 감지한 신호를 지금 이 테이블로 끌어오는 것은 대체로 9번의 몫.

남대서양의 펭귄들

어떤 일의 시작점을 늘 기억하는 건 아닌데 라디오 진행을 시작하게 된 지점은 또렷하게 떠오른다. 2019년 어느 여름 저녁, 내가 여행가방 속에 옷을 돌돌 말아 넣고 있을 때 전화를 받았기 때문일까. 나는 몇 시간 후에 런던으로 가는 비행기를 탈 예정이었다. 베트남까지 경유하면서.

라디오 디제이를 맡게 된다면 귀국 바로 다음날 아침 여덟 시에 집에서 출발해야 했다. 전화를 받은 시점과 첫 방송을 해야 할 시점 사이를 내 여행이 꽉 채우고 있다는 게 은근히 신기했다. 아주 딱 맞아떨어지네, 라는 생각을 했던 것도 같다. 어떤 물건에 딱 맞는 상자를 마침 찾은 것처럼, 단 하루의 여분도 없는 이 새로운 제안이 2주간의 여행을 품을 적절한 포장 용기처럼 느껴지기까지 했다.

　물론 비행기 연착과 같은 변수를 상상하기 시작하면 골치 아파지는 일정이었다. 게다가 내가 사는 곳이 경기 남부, EBS가 있는 곳은 경기 북부라는 것도 마음에 걸렸다. 두 지점을 지하철로 이어보면 1시간 38분이 걸린다. 매일 두 시간씩 이어지는 프로그램이라 일주일에 네 번은 출근해야 하는데, 거의 왕복 네 시간의 출근길을 주 4회씩 반복한다고? 부담스러운 일정이 분명한데, 몇 시간 후에 비행기를 타야 했기 때문에 내게는 고민할 시간이 별로 없었고 좀 황당하지만 당시엔 비교군이 무려 런던이었다. 런던도 가는데 일산은 뭐, 싶은 생각이 들었던 것이다. 여행이 끝나고 일상으로 돌아온 후에야 런던보다 일산이 더 멀 수도 있다는 걸 알았다. 캐리어를 끌고 집으로 돌아온 게 거의 자정쯤이었는데 몇 시간 후에 EBS로 가서 첫 방송을 했다. 대본의 6페이지가 사라지는 바람에 식은땀이 났던 기억이 있다.

　갑자기 숨어버리는 종이들이 대개 그렇듯이 6페이지도 방송이 끝난 후 대본 속에서 발견되었다. 아무것도 모른다는 표정으로, 계속 여기 있었는데 왜 못 본 거냐는 듯이. 6페이지가 사라진 것을 발견한 시점이 4페이지가 끝나갈 무렵이었고 그 사이엔 마이크가 꺼질 틈도 없었다. 청취자들이 6페이지의 실종을 알지는 못했겠지만, 초보디제이는 자신의 중요부품 하나가 툭 떨어져 점점 멀어지는 소리까지 듣고 있었다.

마이크가 켜지면 긴장해서 입 안이 바짝 말랐고, 단지 입을 열었을 뿐인데 나의 윗입술과 아랫입술이 서로 멀어지는 소리가 이렇게나 크게 들린다는 사실에 놀랐다. 노래가 나갈 때마다 물을 벌컥벌컥 마셔서 두 시간 동안 작정하고 디톡스 하는 것 같기도 했다. 방송 중에 아무런 생각이 안 나면 어쩌지, 재채기나 딸꾹질이 시작되어 멈추지 않으면 어쩌지, 대화나 노래는 물론이고 침묵까지도 초 단위 계량이 가능한 라디오 스튜디오에서 나는 긴장하고 안도하고 방심하고 즐기면서 일력을 한 장씩 뜯는 기분이 이런 거구나 알게 됐다.

어느 날에는 꿈에서도 라디오 스튜디오에 앉아 있었다. 소개할 노래 제목을 읽을 수 없어 쩔쩔맸다. 이런 제목을 읽어도 되나? 이게 그 의미가 아닌가? 내 생각이 너무 낡은 건가, 요즘은 이런 제목도 괜찮나? 아니면 혹시 오타인가 싶을 만큼 나를 시험하는 노래 제목이 모니터에 떠 있었다. 노래 제목이 〈월북〉이었는지 〈월북할까요?〉였는지는 명확하지 않지만 '월북'이 들어간 건 분명히 봤다. 그러니까 그걸 "노래 띄워드릴게요, 여행스케치의 월북할까요?"라고 읽어야 한단 말인가? 아니면 단순 오류인가? 스튜디오 밖 순애부(EBS 북카페 제작진)를 바라봤지만 아무도 보이지 않았다. 대혼란 속에서 꿈이 끝나버렸다.

차마 소개할 수 없었던 그 노래는 물론 여행스케치와 아무 상관이 없다. 그 무렵 우리 라디오에서 자주 소개하던 뮤지션 중 하나가 여행스케치였을 뿐. 꿈을 꾸기 며칠 전 인스타그램에 올라온 타샤 튜더의 책을 봤는데, 출판사 이름이 '월북'이어서 타샤 튜더와 월북이라니 하며 웃었다. 출판사 이름은 '월북'이었는데 잘못 본 것이다. 그 오류가 꿈속으로 한 번 더 따라붙은 셈이고, 이제 나는 여행스케치의 음악을 소개할 때마다 내 꿈까지 함께 떠올리고 웃는다. 나에게는 확실히 사연 있는 뮤지션이 된 것이다.

사연 있는 뮤지션이 더러 있다. 방송 중에 "잭 족…, 존슨!"으로 읽어버리는 바람에 잊을 수 없게 된 잭 존슨도 그렇고, 신인그룹인 줄만 알았던 알란 파슨스 프로젝트도 그렇다. 알란 파슨스 프로젝트는 내가 태어나기 전부터 이미 활동을 시작한 뮤지션이니 완전히 헛다리를 짚은 거지만, 나는 지금도 선곡표 위에서 알란 파슨스 프로젝트를 보면 수상쩍은 반가움을 느낀다. 아무리 봐도 나만의 신인그룹인 것 같아서다. 이럴 때마다 어느 날 나와 L이 나눈 대화도 재생된다.

"요즘 그런 그룹이 뜨나 봐, 알란 파슨스 프로젝트?"

"30년 전에 해체하셨소."

뮤지션에게만 사연이 생기는 건 아니다. 알베르 까뮈의 《이방인》을 낭독하다가 "한낮의 땀과 태양"이라는 문장을 "한낮의 땀과 때…, 태양"으로 읽는 바람에 까뮈에게 미안했던 기억이 난다. 한낮의 땀과 때라니, 아찔했지만 생방송 중에 낭독을 멈출 수는 없으므로 끝까지 웃지 않으려고 애썼다.

발음이 잘못 나가는 경우도 있다. "우리의 정신과 무엇무엇…"으로 나열되는 말을 읽어야 하는데 그것을 "우리의 정신꽈"로 발음해버리면 문장의 의미가 완전히 달라지는 것이다. "정신꽈"로 발음하면서 순간 이걸 어떻게 병원 정신과 이야기로 둔갑시킬 수 없을까 고민했다. 안나 마리아 고치의 《할머니의 팡도르》역시 완전히 내용을 바꿔버렸다. "금빛 팡도르가 불가의 온기보다도 더 따뜻하게"라는 문장에서 "불까에"라고 발음하지 않고 "불가에"로 읽어버리면 할머니의 팡도르가 디저트의 영역에서 사찰음식의 세계로 건너간다.

　노래를 소개하는 방식에는 참 여러 가지가 있지만 나는 어쩐지 "노래 띄워드릴게요"라고 하는 게 좋아서 그 말을 자주 쓴다. 편지를 종이배 모양으로 접어서 물 위에 가만히 올려놓는 느낌으로 그 말을 내보낸다. 말을 많이 해서 입 근육이 지친 날엔 "노래 띄워 드릴게요"라는 익숙한 말도 "노래 뛰어 드릴게요"가 된다. 노래를 띄우든 노래가 뛰어가든 신청곡을 틀어주는 건 설레는 일이다.
　좋아하는 노래가 라디오에서 흘러나오는 순간, 그 우연과 마주해야만 진짜 내 노래가 된다고 믿었던 시절이 있다. 노래가 나오면 얼른 녹음 버튼을 눌렀고, 그렇게 녹음된 테이프는 잊을 수 없는 선물이 되기도 했다. 어떤 사람들은 노래와 노래 사이, 버튼을 누르고 또 눌렀을 기다림까지 놓치지 않고 읽어냈고, 나 역시 그런 사람 중 하나였다. 노래 자체보다도 그 노래를 채집통 안에 담기 위해 바빴을 마음을 생각하면 더 황홀해지는 사람.
　그때와 지금은 노래를 수집하는 방식도 다르지만, 그럼에도 여전히 라디오에 신청곡을 보내고 기다리는 사람들이 있다. 나에게 사적인 노래를 너에게도 사적인 것으로 만들고 싶은 마음, 공통점이라고는 같은 시간에 같은 라디오를 듣고 있을 뿐인 사람들과 놀라운 우연을 나누려는 마음일 것이다.

오래전 라디오에서 나오는 노래를 녹음하기 위해 공테이프를 그 안에 넣어두었던, 그러다 재빨리 눌렀던 그 기다림과 속도가 여전히 내게는 필요하다. 매혹적인 순간은 예기치 않게 찾아오고 금세 휘발되니까 빠르지 않으면 놓친다. 방금 스튜디오에 있던 두 대의 모니터 중 하나가 대기화면으로 넘어가면서 남대서양의 펭귄들 수십 마리가 나타났다. 이럴 때 크로키 하듯 붙잡아야 한다. 나는 아무 종이 위에나 휘갈긴다.

'남대서양의 펭귄들.'

그리고 메모가 사라지지 않도록 종이의 모서리를 살짝 접는다. 빠르고 투박한 표식이다.

책을 읽을 때 나의 일부는 독자적인 활동을 하는데, 컬렉터처럼 흥미로운 단어만을 수집하는 것이다. 마치 집에 들어가 필요한 물건을 꺼내오는 것처럼, 책 속으로 또박또박 걸어 들어가 좋아하는 걸 하나씩 꺼내온다. 수집 목록을 보면 어느 시절의 내 관심사가 보인다. 열병처럼 앓고 지나가는 것도 있고 꾸준한 것도 있다.

요즘 수집하는 단어는 '라디오'다. 책 속에서 라디오를 만날 때마다 반가움을 느끼고 그 앞뒤를 더 꼼꼼하게 읽게 된다. 어떤 문장이 마음에 착 달라붙을 때 하는 귀한 표시를 단지 '라디오'라는 단어가 반가워서 아무 여백에나 해버리기도 한다.

비교적 최근에 읽은 책들은 꼭 한 번 이상 '라디오'라는 글자로 내게 신호를 보내온다. 크리스틴 맹건의 《탄제린》 43페이지에 라디오가 나온다. 안드리 스나이르 마그나손의 《시간과 물에 대하여》 142페이지에도 라디오가 두 번 나온다. 심채경의 《천문학자는 별을 보지 않는다》 170페이지에도 라디오가 두 번 나온다. 예상보다 너무 많은 곳에 '라디오'가 있어서 이게 이렇게 흔한 단어였나 새삼 놀라워하는 중이다.

오래전에 읽었던 책을 다시 펼칠 때도 라디오를 만난다. 그러니까 이전에는 못 만났는데 지금은 만나게 된 것이다. 올리버 색스의 《아내를 모자로 착각한 남자》 227페이지에 라디오가 있다. 커트 보니것의 《나라 없는 사람》 12페이지에도 라디오가 있다. 이번엔 두 권으로 이루어진 도나 타트의 《황금방울새》를 꺼내 아무 페이지나 펼친다. 323페이지 당첨, 일부러 몇 단계의 우연을 거쳐 왔는데 바로 그 페이지에 '라디오'가 있다.

나는 이제 어떤 책을 펼쳐도 몇 장 넘기지 않고 라디오를 찾아낼 수 있는 사람이 된 것이다. 누가 다급히 '라디오'를 여기저기 심어둔 건 아닐 텐데 이게 '의자'나 '물'처럼 흔한 거였나. 아니면 세상이 이렇게나 맞춤식인가?

마르그리트 뒤라스의 《모데라토 칸타빌레》 맨 마지막 페이지에는 라디오도 나오고 포도주도 나온다. (라디오 이전에는 '포도주'에 반짝반짝했다. 물론 지금도 '포도주'의 매력은 유효하다.) 극적인 대화 몇을 건너뛰면 마지막 문장 "그 여자가 떠난 뒤, 카페 여주인은 라디오 볼륨을 높였다. 몇 사람이 시끄럽다고 불평을 했다"에 다다른다. 어쩌면 이것이 라디오가 담긴, 내가 가장 좋아하는 문장일지도 모르겠다. 이별을 고함으로써 사랑을 부인할 길이 없어진 두 사람이 머물렀던 자리에 라디오에서 흘러나오는 말들과 술잔만 남아 있다.

점점 수집할 단어가 많아지고 있지만 이런 건 고된 작업이 아니다. 내 안의 아홉 중 하나, 아마도 1번은 벌써 망루에 올라가 있다. 거기 서서 한 세계가 다가오는 소리를 감지하며, 긴 마중을 준비한다.

1

빈틈을

키우고
있습니다

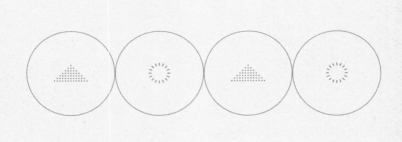

이틀 연속 같은 카페에 갔는데 내가 손소독제인 줄 알았던 그것이 시럽이었다는 걸 하루 지나서야 깨달았다.

아니, 누가 봐도 손소독제처럼 보였단 말이지. 방금 L도 시럽을 손에 바를 뻔했다고 하지 않았나? 저만치 보이는 다른 사람은 그걸 손에 뿌리다가 흠칫 놀라는 단계까지 갔다. 나는 거기서 몇 단계 더 흘러갔다. 심지어 그게 어제 일이다. 조금 전에 L의 이야기를 듣고서야, 전날 그걸 냅킨에 묻혀서 테이블 위를 닦았을 때 너무 찐득해서 이상했던 게 떠올랐다. 다른 손소독제와 달리 본드처럼 끈적거리는 걸 알면서도 나는 이곳이 병원 내부에 있는 카페라서 그런가 보다, 생각하고 말았다. 이곳의 손소독제는 더 농축되어 있구나, 그렇게.

사실 이런 일은 좀 흔하다. 워낙 A와 B를 혼동하는 경우가 많다 보니 새로울 것도 없다. 이런 경험 중에 가장 강렬한 건 역시 폴리덴트 사건이다.

어느 라이브 행사의 사회를 보기로 한 날이었는데 그날 내내 시간에 쫓겼다. 일산에서 라디오 방송을 마치고 카페에서 잠깐 숨을 돌린 다음 바로 합정으로 건너갔다. 양치질을 하고 싶었는데 늘 휴대하던 치약이 가방 안에 보이지 않았다. (사건은 늘 이런 식으로 시작된다.) 근처에 약국이 보이길래 얼른 들어가 매대 위에 놓인 치약을 냉큼 집어 들었다. 이 모든 걸 정말 빠른 속도로 해냈다. 그리고 약국 옆 화장실로 가서 의심 없이 양치질을 시작했다.

치약 맛이 뭐 이래…, 했지만 상자에 '내추럴 무향'이라고 적혀 있었고 나는 내추럴 무향을 믿어보기로 했다. 치약값이 8천 원이나 되었으니 아무래도 좋은 거 아니겠는가. 그러나 입 안은 점점 이상해졌다. 맛이나 향의 문제가 아니었다. 다시 치약을 확인하니 '접착력'이라는 글자가 보이네? 치약에 접착력이 필요한가? 그 옆엔 '틀니 고정 강화'라고 적혀 있고 '의치부착재'와 '폴리덴트'라고도 적혀 있었다. 치약이 아니었다. 이런 말들이 대체 어디에 숨어 있다가 이제야 나타난 것인가! (사건은 늘 이런 단계를 거친다.) 치약을 칫솔 위에 너무 많이 짜지 말라고 하는 건 그것이 치약이 아닐 가능성을 고려한 말일지도 모른다. 혀가 뻣뻣하게 고정되는 느낌에 놀라서 얼른 물로 의치부착재를 씻어냈지만 잘되지 않았다. 시간이 없는데, 시간이 없는데! 이미 입 안에 들어찬 의치부착재를 덜어내기 위해 다시 그 약국으로 가서 치약을 사야 했다.

폴리덴트 소동을 겪었지만 나는 시간 안에 행사장에 도착했고, 그땐 다행히 내 입 안의 모든 것이 너무 고정되지는 않은 상태였다. 그래도 기분만큼은 폴리덴트, 그 의치부착재로부터 아주 멀리 가진 못해서 나는 이렇게 말했다.

"제가 오늘 조금 더 단단하게 고정된 치아로 말할 수 있을 것 같아요."

내 기구한 사연을 듣고 그 자리의 모두가 웃었고, 나는 그게 폴리덴트와 내 인연의 끝이라고 생각했다.

그 수상한 물건은 다음날 출근길까지 따라왔다. 치약인 척, 진짜 치약을 밀어내고 가방 안에 들어 있었다. 내가 빼두는 걸 잊은 거겠지만 기분은 내 탓이 아닌 것만 같았다. 어떤 기억은 밤새 적당히 휘발되기도 하는데 출근길 열차 안에서 손으로 만져질 정도면 이제 완전히 잊긴 그른 것이다.

이상하게도 내가 TV를 볼 때마다 폴리덴트 광고가 나온다. 이 질긴 것이 아직도 부착시키고 싶은 게 남았는지 나를 자꾸 따라온다. 폴리덴트는 내 서재의 미술 코너 앞에 치약이 아니면 물감이라도 된다는 모양새로 음험하게 숨어 있다가 얼마 전에야 드디어 버려졌다. 내겐 필요 없는 물건이기 때문에 분명히 버렸다. 버렸는데 또 어디선가 나타난다면 그땐 정말 인연이겠지.

앗)
인연인가 보오. 분명 버린 줄 알았는데….

"너 요즘도 가방 속 여전하니?"

A가 물었다. 여기서 여전하냐는 뜻은 아직도 엉망진창이니, 라는 뜻이다. 십 대 때부터 함께 한 친구라 나의 어수선한 가방 내부, 그 긴 역사를 잘 아는 거다.

"더 심각해졌어. 그때가 나았던 거야."

그렇게 대답했다.

EBS 방송센터 로비에 서서 가방을 뒤적뒤적할 때마다 나는 어부의 심정이 된다. 바다에 던져둔 그물을 끌어 올릴 때랑 좀 비슷하달까. 단지 가방에서 출입증 하나를 꺼내려고 했을 뿐인데 미역도 딸려오고 다시마도 딸려오는 느낌이다. 바다엔 이런 것들이 있다. 원고, 텀블러, 화장품 파우치, 책, 노트, 펜과 소독제, 초콜릿과 두유 등등. 목걸이 형태의 출입증은 굳이 방송국 로비에서 마주할 필요가 없는 물품들까지 끌어 올린다. 그중 단골은 클립이 달린 펜이나 이어폰인데 출입증의 끈과 자주 뒤엉키기 때문이다. 가방에서 목걸이 형태의 출입증을 꺼낼 때마다 귓가에 1988년 서울올림픽 공식주제가였던 〈손에 손 잡고〉란 노래가 흐른다.

오늘은 어떨까? 지금은 무릎 위에 얌전히 놓인 가방 속으로 손을 넣어본다. 출입증을 들어 올리면 뭐가 따라 나올까? 돌잡이 이벤트 느낌도 나고 얼마나 기대되는지 모른다.

그래도 내 하루 중에 출근길의 가방이 제일 홀쭉한 상태이긴 하다. 방송이 끝나면 이상하게 조금 더 불어나 있고, 동네로 오게 되면 더 불어나니까. 매일 그런 건 아니지만 과일이나 빵이나 무언가가 퇴근길의 나에게 들러붙는다. 그럴 때 가방 안에 숨어 있던 장바구니를 동원할 수 있다면 나는 정말 센스쟁이! 그렇게 엉망 두 덩이를 양어깨에 짊어지고 집으로 가는 것이다. 지하철역에 내려 자전거를 탈 때면 왜 내 자전거에 바구니가 하나밖에 없나 그게 못내 아쉽다.

가방이 이렇다면 방도 뻔하다. 소설가 J의 말이 귓가에 맴도는 날이 많아지고 있다.

"우리는 정리를 안 한다고 생각하잖아? 근데 이게 정리를 안 하는 게 아니라 못 하는 거래!"

그땐 웃고 말았는데, 아니 그거 정말인가 봐! 바쁘다는 평계를 대지만, 확실히 시간이 조금 나도 방 정리에 할애하고 싶지는 않은 것이다.

얼마 전 L의 서랍장을 열었다가 깜짝 놀랐다. 양말이 착착착착, 속옷도 착착착착, 마치 밀푀유나베처럼 모든 것이 차곡차곡이었다. 같은 집에 사는데 느낌이 이렇게 다를 수 있나. 굳이 내 서랍 내부를 비유할 음식을 찾고 싶진 않다.

살림꾼 L도 내 서재는 건드리지 못한다. 엄두가 안 나기 때문이기도 하겠고, 또 내가 자주 하는 말, "다 의도한 거야. 건드리면 안 돼" 때문이기도 하겠지. 나 같은 사람들이 자주 하는 말이 그런 유의 것인데 정말 이런 혼돈이 의도된 걸까? 분명히 이 서재 안에 있다는 걸 알면서도 특정 책을 찾지 못해 다시 산 적도 있다. 꼭 내가 절실하게 찾기 시작하면 책이 사라졌다가 책을 다시 사면 그때서야 눈앞에 나타난다. "원래 여기 있었는데 왜 몰랐댕?" 그러면서. 정말 말투가 저런 느낌이다. 왜 몰랐댕? 이런 일을 겪은 적이 없다면 그 사람은 자신의 서재를 잘 통제하고 있다는 뜻이겠지. 나는 통제는커녕 조직적으로 기만당하는 느낌인데 거기에 큰 악의는 없다고 믿고 있다. 단지 서재가 나와 이런 식으로 놀고 싶은 거겠지.

한동안 내 서재의 책은 이삿짐 운반 업체에서 정리한 그대로 놓여 있었다. 정신없던 이삿날, 한 분이 책장 앞에 앉아 책을 꽂으며 가지런히 키를 맞추던 걸 본 기억이 난다. 이상하게도 그 장면이 오래 여운을 남겨서 몇 달간 나는 그분이 정리해준 방식대로 책장을 사용했다. 타인의 취향과 의도를 알아가는 자세로. 지금은 다시 내가 좋아하는 흐름대로 놓여 있지만.

책장 정리의 핵심은 일단 책장 위에 책이 아닌 다른 것을 두지 않는 것이다. 그러니까 만년필 카트리지나 박스테이프, 클립이나 고무줄, 쇼핑백이나 엽서, 립밤, 핫팩… 등등은 아무리 잠깐이라도 책장에 내려놓지 않는 것이다. 나는 지금 그것을 잠깐이라도 책장에 내려놓으면 어떤 상황이 따라오는지 내 눈으로 보면서 증언하고 있다. 그것을 내려놓으면…, 그들은 거기에서 번식을 한다. 아무리 봐도 책장은 담백한 수납가구라고 할 수가 없다. 모두가 입주하기 원하는 주거공간이다.

어느 새벽에 깨어 있으면 책장이 수상해 보일 때가 있다. 섣불리 건드린 책 한 권이 그 에너지를 누적해두었다가 내가 잊고 있을 때 툭, 옆으로 눕거나 아래로 추락하기도 하니까. 영화 〈인터스텔라〉를 본 사람이라면 그 순간 조금은 긴장할 것이다. 책장 뒤에 무엇이 있을지 나는 모른다. 책장 뒤 세계에 대해 장담할 수 없고. 그러니까 다 의도한 거라고 말하고는 있지만 고백하자면 나는 속수무책으로 유영할 뿐이다.

에스컬레이터를 걸어 내려가던 사람의 하얀 운동화가 내 시선을 붙잡았다. 그의 왼쪽 앞 끈이 풀려 있었기 때문이다. 그가 멈춰 서서 운동화 끈을 묶었으면 했지만, 우리가 같은 열차 같은 칸에 탈 때까지 끈은 그대로 풀어진 채였다.

백팩이 열려 있어요, 이거 떨어뜨렸어요, 허리끈이 땅에 끌리고 있어요, 이런 말들을 타인에게 잘 건네는 다정한 사람들이 떠오른다. 나도 들어본 말들이다. 최근에는 열차 안에서 모르는 사람들 몇이 이런 말을 주고받는 것도 봤다.

A : "아저씨 마스크 거꾸로 쓰셨어. 뒤집어졌다고요. 마스크 겉면이 화학 처리되어 있어서, 그렇게 쓰면 숨이 갑갑해서 못 써요."

B : "저 말입니까?"

C : "아니, 제대로 쓰신 것 같은데요?"

A : "아, 그건 원래 색깔이 그렇구나. 맞네요. 제대로 쓰셨네요."

B : "…."

그렇지만 운동화 끈은 굳이 타인이 말해줄 필요가 없지 않나. 스스로 볼 수 있는 범위에 있으니까. 그런데도 나는 열차 안에서 계속 그 운동화 끈에 대해 생각한다. 타인의 차림새를 오래 생각하는 편이 아닌데도 어쩐지 그 운동화 끈에 대한 생각을 멈출 수가 없다. 그 끈에 걸려서 한 사람이 넘어지는 상상을 자꾸 하게 된다. 제발, 제발 끈 좀 묶어줘요. 아니면 내 앞에 보이지 말거나. 이런 아우성을 들은 건지 운동화 신은 사람이 시야에서 사라졌다. 차라리 잘된 일이다.

마음의 평정을 겨우 찾고 보니 오래전에 수영장 탈의실에서 겪었던 일이 떠오른다. 샤워를 하고 나오자마자 내 뒤에 있던 누군가가 조심스럽게 그러나 다급한 어조로 말을 걸었다.

"저기…, 등에 머리카락이 하나 붙어 있는데 괜찮으시면 제가 떼어 드릴까요?"

"아, 고맙습니다!"

나는 그렇게 대답했고, 그것 말고 다른 선택지가 없지 않은가 생각했다. 곧 누군가의 엄지와 검지가 야무진 모양새로 다가와 내 살갗에 닿았다. 그걸 내가 느꼈는지는 모르겠다. 아무튼 좀 긴장되는 순간이었다. 타인의 머리카락이나 실밥을 꽤나 자연스럽게 떼어내던 사람들의 손짓과 표정을 떠올려보았다. 뭐가 묻었는데 떼어줄까, 하고 물을 필요도 없었던 그 세련된 방식은…, 대부분 아는 사람들 사이에서 벌어진, 옷을 입은 상태에서 벌어진 것이었다.

나는 이제 아는 사람과 옷 입은 사람들 사이에서만 오가던 이물 제거의 범위를 뛰어넘은 것이다. 내가 의도한 건 아니지만. 내 등에서 구불거리는 긴 머리카락을 떼어낸 여자는 이제 훨씬 안심이 된다는 표정으로 말했다.

"고맙습니다."

그 인사가 참 인상적이었는데, 물론 나도 한 번 더 고맙다고 말했지만 어쩐지 그녀가 느낀 고마움이 더 큰 것 같아서였다. 그녀는 이렇게 덧붙였다.

"머리카락 붙은 거 보면 꼭 떼어내야 해서, 지나치질 못해요."

그녀에겐 이런 경험이 많아 보였지만, 그래도 알몸 상태의 사람에게서 머리카락을 떼어주는 상황은 확실히 고난도 작업이었겠지? 나야 머리카락 같은 건 바람결에 떨어지려니 생각하는 사람이지만, 한 사람이라도 개운함을 느꼈다면….

"등에 머리카락이 붙어 있는데 떼어드릴까요?" 하고 물었을 때 "아뇨, 그냥 두시죠!"라고 답할 사람은 없을 것 같지만, 이렇게 동의를 구하고 허락을 받는 단계가 생략되기도 하는 모양이다. 최근 지하철에서 수집한 장면 하나가 그랬다. 두 사람 사이에 순식간에 벌어진 일이었는데 앞에 서 있던 남자의 외투에 붙어 있던 머리카락을 뒤에 서 있던 남자가 떼어낸 것이다. 그들이 일행인가 싶어 계속 주시했는데, 문이 열렸을 때 뒤에 있던 사람이 먼저 내려버렸다. 앞 사람에게 인사도 하지 않고 모르는 사이인 것처럼. 그들은 모르는 사이일 확률이 높아 보이고, 그래서 남은 구간 내내 나는 그 장면에 대해 생각했다. 이것은 욕구와 영역 사이의 아슬아슬한 싸움인 것이다. 어쨌든 누군가는 타인의 옷에 붙어 있던 티끌을 떼어내는 데 성공했다. 머리카락을 뽑아서 자신의 가방이나 주머니에 넣었다면 전혀 다른 방향의 이야기가 되겠지만, 지하철 바닥에 털어버렸다. (그랬던 것 같다. … 확실치 않다.)

상대방의 동의를 구하긴 하는데 그 결과가 그리 중요하지 않을 때도 있다. 문 앞에서 노크하고 답을 기다리는 게 아니라 문을 열면서 동시에 노크하는 느낌이라고 해야 할까. 예전에, 안동 근처의 대중목욕탕에서 비슷한 경우를 만났다. 온천수를 쓰는 곳이라고 해서 여행 중에 찾아갔는데 규모가 작았고 사람도 거의 없었다. 나는 목욕 의자를 닦아 앉기도 귀찮아서 벽에 붙은 샤워기 쪽으로 직행했는데, 할머니 한 분이 슬쩍 다가와 노란색 이태리타월을 내밀었다.

"등 좀 밀어줄래요?"

엉겁결에 이태리타월을 받아들고 그분의 등을 밀기 시작했다. 나란히 선 채로 말이다. 생각해보니 이때도 알몸이었네? 왜 내가 정말 무방비 상태일 때 나에게 선택지 없는 요청을 하는 것인가. 나는 최선을 다해 낯선 이의 등을 밀면서 이런 경험이 굉장히 오랜만이라고 생각했다. 낯선 이의 등을 미는 건 어쩌면 처음일지도 모른다고도 생각했다. 아는 이의 등을 미는 것조차 오래전에 그만둔 것 같은데.

내가 그분의 등을 다 밀고 나자 그분은 내 등을 밀어주겠다고 했다. 화들짝 놀랐다. 이거야말로 무방비 상태에 받은 기습이었다.

"아니에요, 괜찮아요. 전 이제 나갈 거예요."

"이런 데 오면 밀어야 시원하지."

"아니, 저 밖에서 사람이 기다려서요."

소용없었다. 그분은 굳이 아니라는 나를 돌려세우고 '밀기' 시작했다.

"봐. 미니까 나오잖아!"

확신에 찬 말을 던지시며. 솔직히 내 입장에선 이게 웬 봉변인가 싶었는데, "등은 밀수록 좋아!"라고 하시던 그분의 표정은 아주 개운해 보였다. 한 사람이라도 개운함을 느꼈다면….

사람들은 어떤 방식으로 낡은 속옷과 이별하는 걸까. 한때 나는 그런 게 다 궁금했다. 겉옷이야 의류수거함에 넣기도 하고 팔기도 하고 나눠 입기도 하지만 속옷엔 좀 한계가 있으니까. 그래서 여기저기 물어본 적이 있는데 어떤 이들은 의류수거함에 버린다고 했고, 어떤 이들은 일반쓰레기로 버린다고 했는데, 속옷은 확실히 재활용이 안 되는 일반쓰레기라고 한다. 그러니 의류수거함에 넣으면 안 되고 종량제봉투에 넣어 일반쓰레기처럼 버려야 하는 것이다. 어떤 이들은 속옷은 너무나 개인적인 것이기 때문에 조각조각 잘라서 알아볼 수 없게 한 다음 버린다고도 하고, 까만 비닐에 넣은 다음에 종량 제봉투에 버린다고도 했다. 나는 낡은 속옷이나 양말은 창틀 청소를 할 때 쓰거나 여행지에 가져간다. 여행지에서 뭘 버리고 오고 싶진 않지만 간혹 그런 여분이 필요할 때도 있다.

A는 내게서 어떤 힌트를 얻은 것 같았고, 가족의 푸켓 여행 때 낡은 속옷과 동행했다. A의 남편은 물건을 좀체 버리지 못하는 타입이라 러닝셔츠도 하나 사면 메쉬 소재가 될 때까지 입는다고 했는데(물론 처음엔 그런 소재가 아니었다), 이미 수명을 다한 속옷을 여행지에서 한 번만 더 쓰고 버리자고 하자 A의 남편도 마음의 준비를 했다. 부부는 산뜻한 기분으로 여행을 갔고 오래된 속옷과 드디어 이별할 차례였다.

이별식은 좀 당혹스러웠다. A의 남편은 스파 탈의실에 들어가서야 하필이면 몹시 낡은 팬티를 입은 상태라는 걸 깨달았다. 마사지를 받기 위해 속옷만 입고 나와야 하는데, 그 속옷은 뭐랄까…, A는 당시를 이렇게 회상했다.

"삼각이었는데, 심각했지. 엉덩이골 쪽이 다 해진 거야. 뒤쪽이라 그나마 다행이었어."

누가 봐도 좀 불쌍해 보이는 팬티였지만 어쩔 수 없었다. 부부는 편안한 음악이 흐르는 방에서 나란히 등 마사지를 받기 시작했는데, 잠시 후 이런 소리가 들렸다. 키득키득키득, 키득키득키득. 두 명의 마사지사가 숨죽여 웃고 있었고, 설마 싶었지만 의심할 여지도 없이 그 웃음의 원인 제공자는 불쌍한 팬티였다. 정색을 하는 것도 어색할 것 같아 A도 결국 웃고 말았다. 남편도 웃었고, 불쌍한 팬티는 그렇게 모두를 무장해제시켰다. 예상 밖의 관객까지 두고서 팬티는 확실히 주인공이 됐다.

반전이 있다면 A의 남편이 끝내 그것과 이별하지 못했다는 것이다. 버리려고 하니 아쉽고 아깝고 그래서 결국 다시 가지고 왔고, 그래서 아마 지금도 옷장 어딘가에 있을 거라고 했다. 낡은 속옷을 버리는 여러 방법이 있지만 어떤 사람들은 영영 버리지 못한다.

우리집엔 25년 된 코냑이 있다. 25년 숙성된 코냑이 아니라 선물 받은 지 25년 된 코냑이다. L이 대학생 때 과외를 했던 학생의 부모님이 주신 선물이니까. 그 안엔 이미 누군가가 살고 있을 게 분명하다. 산 지 27년, 입지 않은 지도 27년 된 트렌치코트도 있다. 어느 소설가가 트렌치코트를 멋지게 차려입은 모습을 한 매체에서 본 후 마음이 동했던 스무 살의 L

은 베이지색 트렌치코트를 샀고, 그해 누군가의 결혼식에 입고 갔다. 그때 L을 본 친구가 왜 이렇게 입고 왔냐는 식으로 다소 놀란 모습을 보인 게 하나의 신호가 되어서 그 옷이 어색해지기 시작했고, 곧 '바바리맨'의 부담이 따라붙었고, 딱히 잘 어울리는 것 같지도 않아서 그 옷은 장롱 속으로 들어가게 됐다. 사는 공간이 바뀌고 장롱이 몇 번 바뀌는 동안에도 여전히 그 트렌치코트는 건재하다. 이쯤 되면 트렌치코트가 장롱을 바꿔가며 살아남은 거라 봐야 할까.

그 트렌치코트가 장롱 밖으로 나올 일이 아주 없을 거라고 보진 않는다. L의 25년 된 새 티셔츠가 어느 여행에서 멋지게 빛난 걸 보면. 앞면에 샌프란시스코의 명물이 열 개나 그려진 티셔츠는 L이 오래전 선물로 받아 기념으로 간직하고만 있던 거였는데 우리의 샌프란시스코 동행이 되었다. 25년 전 명물들이 모두 그대로 있다는 것에 감탄하면서 티셔츠를 지도 삼아 움직였던 기억이 난다.

내게도 20년이 훌쩍 넘은 옷들이 있다. 대학 때부터 알던 소설가 Y는 내가 그 시절의 옷을 입으면 용케 알아보고 놀란다. 사실 그 시절의 옷이라고만 할 수도 없다. 내 컬렉션이 L

의 컬렉션과 다른 점이 있다면 꾸준히 사용해왔다는 것이다. 그중에 가장 오래된 건 열 살 때 아빠가 만들어주신 목도리로, 거의 사람으로 변해도 믿을 만한 시간을 지나왔다. 32년. 아홉 살 때 엄마가 선물 받은 아이스크림 그릇은 지금 내 부엌에 와 있다. 33년. 초등학교 때 샀던 전집 중에 가장 재미있었던 책 다섯 권도 내 서재에 있다. 로라 잉걸스 와이더의《초원의 집》과《큰 숲 작은 집》그리고 엘렌 라스킨의《샘 아저씨의 유산》(지금은《웨스팅 게임》이라는 제목으로 출간되어 있다) 등이다. 적어도 30년.

　이런 이야기를 주고받자 질 수 없다는 듯이 L이 웬 봉지를 들고 나타났다. 얼핏 보면 작은 사이즈 베개의 솜 정도로 보였는데, 그 안에는 다양한 종류의 냅킨들이 들어 있었다. 우리가 연애할 때 함께 다녔던 음식점과 카페에서 조금씩 가져온 냅킨이었다. 저 냅킨 뭉치가 이사라는 풍랑 속에 살아남았다는 것이 대단하게 느껴져 박장대소한 게 벌써 10년 전 일인데 얼마 전 또 놀랐다. 새로 이사 온 집에도 그 냅킨 뭉치가 따라온 것이다. 심지어 우리는 보관이사를 하느라 짐을 엄청 줄였는데도 저 냅킨들은 자동차 트렁크에 들어가 살아남았다고 전해진다.

열차 안에 엄청 큰 퍼프소매를 입은 사람이 등장했다. 눈길이 자연스레 그쪽으로 쏠린다. 나는 어릴 때부터 퍼프소매를 좋아했다. 《빨강머리 앤》의 영향인지 부모님의 취향이었는지 모르겠지만 지금도 퍼프소매를 보면 눈길이 간다. 몹시 과장된 퍼프소매는 보는 것만으로도 재미있고, 어깨선의 명랑한 왜곡이 주는 리듬감은 사랑스럽기까지 하다.

지하철역까지 자전거를 타고 올 때면 어깨가 풍선처럼 부풀어 오르는 게 얼마나 짜릿한지 모른다. 순진한 목표물을 발견한 바람이 떼지어 몰려오고 내 퍼프소매는 파닥파닥 부지런히 흔들린다. 퍼프 소매는 공기 저항을 높이는 유형의 옷이 겠지만 나는 그걸 오히려 기다린다. 그리고 상상한다. 우리집 현관에 에어펌프가 있어서 외출할 때마다 어깨에 공기를 주입하는 장면을. 이 펌프를 이용하면 모든 옷 소매를 퍼프소매로 만들 수 있으니 기분에 따라 날씨에 따라 원하는 만큼 공기를 넣으면 된다.

정말로 옷 소매에 공기를 넣고 뺄 수 있다면 좀 신나지 않을까. 이런 거 원치 않는 사람도 있겠지만, 이런 도구가 있다면 나는 두 개를 구입해서 하나는 위에 쓴 대로 우리집 현관에, 다른 하나는 가방에 넣고 다니고 싶다. 그래서 기분이 좀 우울하다고 말하는 사람들을 만나면 에어펌프로 그들의 옷 소매가 부풀어 오르도록 만들 것이다. 옷 소매가 달라질 뿐이지만 혹시 모른다. 기분도 살랑 들뜰 가능성을 무시하지 못한다.

최근에 새로 발견한 퍼프소매의 장점이 하나 더 있다. 퍼프는 굉장히 장식적인 요소인데도 소리를 내지 않는다. 라디오 디제이와 소리 유발 장식물은 궁합이 맞지 않는데다가, 소리가 나는 옷은 내 신경도 예민하게 만들어서 자연스레 피하게 된다. 생각보다 많은 옷들이 소리를 낸다는 사실을 디제이가 된 후에 알게 됐는데, 움직일 때마다 푸식푸식 소리를 내는 옷도 있고 숨 쉴 때마다 바스락바스락 소리를 내는 옷도 있다. 지퍼 장식이 요란해서 챙챙 소리를 내는 옷도 있고 오늘 내가 입은 것처럼 단추가 열여섯 개나 달린 옷도 있다. 금속 단추다. 지하철역까지 걸어오는데 옷에서 찰랑찰랑 소리가 나기에 시작한 생각이다.

옷에 달린 단추 열여섯 개가 어찌나 군식구처럼 느껴지는지. 설마 오늘 방송 내내 탬버린이 되는 건 아니겠지? 위안이 되는 건 이 옷을 라디오 진행할 때 처음 입는 게 아니라는 것이다. 방송 내내 불편한 게 있었다면 또 입진 않았을 테니까. 그러고 보면 라디오 디제이는 도둑이랑 좀 비슷한 것도 같다. 소리 나는 옷과는 안 맞는다는 것.

소설가에게는 소리 나는 옷이 문제 되지는 않는다. 적어도 내게는 그렇다. 소리보다는 다른 게 좀 문제가 된다. 소매 부분이 치렁치렁 늘어지는 블라우스는 라디오를 진행할 때는 별 방해가 되지 않지만 소설을 쓰려고 앉아 있을 때는 몹시 거슬리는 존재가 되어버린다.

글을 쓰기 전 혹은 글이 막힐 때마다 손을 씻는다는 작가들은 코로나 이전부터 많았다. 나는 그런 편은 아니었다. 내가 신경 쓰는 부분은 단지 팔꿈치부터 손목 사이다. 그 지점에서 소매 끝이 딱 고정되지 않고 겉돌거나 치렁치렁 존재감을 과시하면 영 개운하지가 않다. 그 부분에 고무줄 처리가 된 것도 별로다. 아무리 헐렁하게 해도 시각적으로 이미 조여드는 느낌이 난다. 옷의 소매는 있는 듯 없는 듯해야 한다. 적어도 팔꿈치와 손목 사이에서 그 옷의 소매가 끝날 거라면 말이다.

한마디로 내가 걸어 올리면 걸어 올린 대로 그 지점에 고정된 소매가 좋은데, 그렇지 않은 소매들이 있다는 걸 체험하고서야 깨닫게 됐다. 접어 올릴 수 있거나 아니면 딱 고정된 상태로 존재해서 나를 고민하지 않게 만드는 소매가 반갑다.

코로나 이전에는 종종 요가복을 입고 글을 썼다. 그건 요가를 해야 하는 나와 요가를 하기 싫은 나 사이의 거리를 최대한 줄이기 위한 거였다. 그 둘을 거의 한 몸으로 만들기 위해서 나는 아예 요가복을 입고 집에서 출발해 카페로 갔다. 그러면 카페에서 글을 쓴 후 떡볶이만 홀랑 포장해 집으로 돌아오는 걸 멈출 수 있을 것 같아서. 요가복을 입고 있으면 그날 내가 요가를 해야 한다는 사실을 잊지 않을 확률이 높을 테니까. 게다가 요가복은 손목부터 팔꿈치 사이를 압박하지 않거나 아주 딱 붙어 겉돌지 않는다. 그 편한 옷을 입고 신나게 글을 쓰다가 요가를 하고 집으로 돌아오면 얼마나 보람찬 하루가 되겠는가.

그런데 시간이 좀 지나면서 요가복을 입고 집에서 출발하는 마음, 그 취지가 퇴색되었다. 내가 요가보다 요가복에 익숙해져 요가복의 본래 의미를 무척 확장하게 된 것이다. Z와 만나 저녁을 먹을 때도 나는 스웨터 속에 요가복을 입고 있었는데, 당연히 이후에 요가를 하러 갈 거라는 의지의 표현이었다. Z는 저번에도 내가 요가복을 입고 나왔다는 사실을 상기시켜주었다. 그리고 "요가복을 입은 걸로 그날의 요가를 한 거나 마찬가지"라 우겼다는 사실도. 나는 자백했다. 요가복을 입고 그냥 움직이기만 해도 어떤 운동 효과를 느끼는 것 같다고 말이다.

"그러니까 이렇게 만두전골을 떠먹는 순간에도 복부가 편안하다니까, 옷이 잘 잡아주니까!"

추운 날이었다. Z는 집으로 바로 갈 거라면, 차로 나를 집 앞에 내려주겠다는 유혹적인 말을 했다. 나는 라인을 살리는 탄탄한 옷의 긴장감을 느끼며 자리에서 일어나, 걸을 때마다 옷이 근육을 잘 잡아주고 있음을 확인한 후, Z의 차에 올라탔다. 요가복은 보조석의 온열시트와 닿았을 때 빠르게 열을 온몸으로 전달했다.

조명이나 음악, 향기만큼 복식도 무의식에 영향을 끼친다. 나는 지금 요가복을 입고 요가를 하는 얘기를 하는 게 아니다. 심지어 글을 쓸 때도 요가복이 효과적이라는 얘기를 하는 것이다. 자세와 호흡이 편안하고, 땀 흡수가 잘 된다. 겨울에 웬 땀이냐고? 마음만은 늘 땀나게 쓰니까.

부여에 일이 있어 갔다가 이런 말을 들었다.

"가시기 전에 궁남지의 오이도 보고 가세요."

궁남지가 연꽃으로 유명한 호수라는 건 알고 있었지만 오이 얘기는 생소했다. 특산물인가? 그렇다 하더라도 오이를 '보고' 가라고 권하는 풍경은 좀 생소하지 않은가. 오이를 너무 무시하는 오만한 생각일까?

"그게 그렇게 유명해요?"

이렇게 물었더니,

"많이들 보고 가세요."

이런 답이 돌아왔다.

"궁남지의 오이를요?"

나는 여전히 미심쩍은 표정으로 물었다. 다음 순간 폭소가 터졌다. 오이가 아니라 오리였던 것. 덕분에 내게는 부여가 오이의 고장으로 입력되고 말았다. 오이와 오리, 상관없는 두 세계의 소개팅 성공이다.

우연히 만나 돈독해지는 이런 경험이 내 삶에는 너무 많다. 한 차례의 돌발로 끝나지 않고 아무리 교정을 해도 계속 반복되는 오류도 있다. 그런 이름들을 좀 적어 본다.

블레이크와 크레이그. 켄 로치 감독의 〈나, 다니엘 블레이크〉라는 영화를 좋아하는데 꼭 다니엘 크레이그가 함께 떠오른다는 게 황당하다. 물론 다니엘 크레이그도 좋아하지만.

워런 버핏과 워런 비티. 이 둘도 자꾸 섞여서 워런 버핏과 아네트 베닝을 부부로 만들곤 한다. 워런 비티는 콜라를 좋아하는 사람으로.

안데르센과 나폴레옹. 둘 다 우리 동네에 존재하는 빵집인데 늘 두 곳을 혼동한다. 안데르센과 나폴레옹은 전혀 닮지 않았는데 왜 자꾸 섞이는지 모를 일.

따옴표와 깜빡이. 자동차 깜빡이와 문장부호인 따옴표가

흡사하게 보이는 거, 나에게만 해당되나? 처음엔 실수로 "저차 따옴표 켜는데?"라고 말했던 건데, 막상 뱉어놓고 보니 정말 깜빡이와 따옴표가 닮아 보였다. 이 의견에 동의하느냐 아니냐를 떠나서 자동차를 한번 유심히 보시라. 양쪽 깜빡이를 큰따옴표 한 쌍으로 보면 은근히 재미있다.

연말이 되면 나는 올해의 오타상을 정한다. 맥락을 바꿔버리는 절묘한 오타에게 주는 상이랄까. 지지난해 수상자는 나였다. '신장방광'이라고 톡을 보낸다는 게 '신장방관'이라고 적는 바람에 "신장을 방관해서는 안 됩니다"라는 말을 들었다. 이렇게 어떤 장면이 만들어지면 기억 밖으로 그냥 흘려보내기 아깝고, 그래서 상이라도 주는 것이다. 말은 오타상이지만 생활 속의 모든 오류가 여기에 포함된다. 별 계략 없는 오류들 말이다.

이 상은 내 지인들이 받을 때도 있다. 지난해의 강력한 후보는 둘이었는데 하나는 P의 '찹쌀군대'다. P가 동네에 찹쌀순대차가 온다고 톡을 보낸다는 게 그만, 찹쌀군대차가 온다고 적은 것이다. 순대와 군대, 작은 차이이긴 한데 그 앞에 찹쌀까지 붙으니 느낌이 완전히 달라진다. 나도 삽살개를 '찹쌀

개'로 말한 적이 있는데 이런 사례만 봐도 '찹쌀'이 포함된 모든 말들이 수상해진다. 찹쌀 그 자체 아니면 그 앞뒤 말들을 의심하게 되는 것이다.

다른 하나는 L의 '공공막걸리'다. 우리가 한창 공공마스크를 챙기던 시절 어떤 대화와 대화가 붙는 경계에서 그만 '공공막걸리'라는 표현이 탄생했다. 물론 L이 말하려고 했던 건 '공공마스크'였다. 이런 게 바로 절묘한 오타다. 공공막걸리를 받기 위해 5부제로 움직이는 상상을 하면, 공공마스크를 받던 장면과는 그림이 많이 달라진다. 분위기의 낙차가 너무 크지 않은가.

강력한 후보와 덜 강력한 후보의 차이는 미미하다. 오류의 세계에서 어떻게 실력을 논한단 말인가. 다만 올해의 오타상의 후보들이 우리를 피식 웃게 하는 건 확실하니 일단 후보는 많이 모아야 한다. 일부러 힘 빼기도 참 어려운 세상이니 절묘하게 바람 빠진 오타를 발견하고 나누는 건 권할 만한 일이다. 그러니 집집마다, 관계마다 올해의 오타상을 제정할 필요가 있다.

나는 '십이지'나 '십장생'이라는 단어를 마주할 때마다 입꼬리가 올라가는데, 언젠가 그 둘을 합쳐 '십이지장생'이라고 말해버린 전력이 있어서다. 그때 함께 있던 성우 J가 얼마나 웃었는지, 지금도 십이지든 십장생이든 그와 관련된 무언가를 떠올릴 때마다 J의 웃음 효과가 자동 재생된다. 얼른 십장생에 둘을 더하느라 다급하게 절실해졌던 기억도 난다. 21세기엔 십이지장생이 좀 더 어울리지 않는가, 하고 우겨보기도 했고. 그 결과 내게 십장생이나 십이지는 이제 직행 노선으로는 다다를 수 없는 곳이 되었다. 어떻게든 십이지장생과 웃음 진동 효과를 거쳐야만 가능한 경유노선이 된 셈인데 이 정도 돌아가는 건 문제도 아니다.

참)

2021년, 올해의 오타상 후보는 벌써 쟁쟁하다. 얼마전 라디오를 듣다가 소스라치게 놀랐는데 내가 좋아하는 디제이가 이런 말을 했기 때문이다.

"살인 청부가 가능한 #…, 번호로 보내주시면 됩니다."

당연히 살인 청부였을 리는 없고, 사진 첨부다! 사진 첨부가 가능한 번호로 사연을 보내라는 이야기. 아아, 내 머릿속에는 대체 무엇이 들어 있기에! 자, 이 사연을 이길 오타상 후보 또 있습니까?

경찰서 뷰의 카페

코로나 이전에는 카페 입구에서 최대한 먼 쪽에 자리를 잡곤 했는데 이제는 최대한 입구 혹은 창문 가까이나 야외석에 앉는다. 지금은 스타벅스에 앉아 있는데, 내 옆에 있는 자동문이 1분에 한 번꼴로 열려서 좀 안심이 된다. 테이블 위에는 늘 들고 다니는 손소독제도 있다. 웬만하면 내 것이 아닌 어떤 것도 만지지 않는다. 가끔은 내 것도 의심한다. 커피를 마실 때만 잠깐씩 마스크를 내리고, 자주 내리는 걸 방지하기 위해 한 모금의 용량을 코로나 이전보다 더 키웠다.

내가 바라보는 방향에 경찰서가 보인다. 노트북을 펼쳐놓고 글을 쓰는 중이지만 그렇다고 노트북 밖의 세계를 전혀 보지 못하는 건 아니다. 오히려 더 잘 보인다. 방금 차 한 대가 자전거와 함께 서 있는 남자 앞에 멈춰 섰다. 운전석에서 여자가 나오고 차 트렁크가 열린다. 남자는 민트색 프레임의 자전거에서 바퀴 하나를 떼어낸다. 그리고 바퀴 하나를 뗀 자전거를 차 트렁크에 쑥 밀어 넣는다. 그 위에 동그란 바퀴를 얹어둔다. 여자와 남자가 몇 마디 주고받는 듯하더니 곧 각자의 길을 간다. 여자는 자전거를 실은 차를 타고 떠난다. 남자는 걸어간다. 내 시야 밖으로 두 사람 다 사라진다.

　나는 그들에 대해 생각한다. 그들은 연인일까, 친구일까, 부부일까, 동료나 이웃일 수도 있고, 어쩌면 당근마켓 거래를 했을 수도 있다. 남자가 민트색 프레임의 자전거를 팔았다. 여자가 그걸 샀다. 확인할 길이 없으니 나는 마음껏 상상한다. 경찰서 뷰 카페에 앉아 있기 때문인지 방금 내가 본 장면이 몽타주 제작에 도움이 될지도 모른다는 생각이 든다. 그들이 범죄에 연루되었다는 말은 아니다. 다만 내 상상이 지금 그쪽으로 흘러가고 있을 뿐. 그러나 나는 몽타주 제작에 별 도움이 되지 못할 것이다. 강연을 할 때마다 관찰의 중요성을 강조하고 있지만 정작 사람의 인상착의 같은 걸 잘 기억하지 못한다.

경찰서를 바라보고 있자니, 오래전 나와 L이 뉴욕에 여행을 갔을 때 나눈 대화가 돌연 떠오른다.

"여기 무슨 일이 있나 봐, 경찰차들이 엄청 많이 몰렸어!"

내 말에 L 안의 탬버린이 찰랑찰랑 흔들리기 시작한다. L에게서 이런 조짐이 보이면 내가 뭔가 웃기고 있다는 뜻이 된다.

"왜 그런지 알아? 여기는 마침 경찰서거든!"

그날 우리는 경찰차가 모인 수상한 건물 혹은 경찰서를 지나쳐 〈Sleep No More〉라는 공연을 보러 갔다. 건물 안에서 관객들이 어떻게 움직이느냐에 따라 저마다 다른 줄거리를 기억하는 방식이었다. 배우가 아닌 관객들은 눈 부분만 살짝 뚫린 흰 가면을 써야 했는데, 어두컴컴한 배경과 조명 덕에 모두 유령처럼 보였다. 세 시간의 공연이 거의 끝나갈 즈음엔 관객들도 지쳐서 어디라도 걸터앉게 됐다. 나와 L도 그랬는데, 내가 다시 움직이자는 의미로 L의 팔짱을 꼈을 때 그는 화들짝 놀라는 것처럼 보였다. 자기가 아니라는 식으로 손을 내저으면서 말이다. 나는 그걸 장난으로 받아들였다. 하지만! 그는 L이 아니었다. 하필 신발과 티셔츠가 비슷해서 벌어진 일이었다. 그 사람은 좀 무서웠을까? 나는 그날 소복 같은 흰 드레스를 입고 머리까지 풀어 헤쳤으니.

나는 다시 노트북에 집중한다. 경찰서 뷰의 카페가 내게 많은 영감을 준다. 나는 의식적으로라도 하나하나 단서를 짚어가려 애쓴다. 방금 i30 차량에서 중고 거래를 한 두 사람…, 여자는 어떤 옷을 입었더라? 남자는? 남자가 여자보다 키가 컸나? 중고 거래를 하기는 했던 걸까? 하나도 기억나지 않는다. 옆자리에 앉아 있는 L의 말에 따르면 i30도 아니었다고 한다.

주말의 자전거

주말이 되면 L은 나와 함께 자전거를 타고 싶어 한다. 근처 한 바퀴만 돌고 오자고 말하는데 그럴 때마다 그 한 바퀴의 범위를 최대한 축소하려는 사람과 어떻게든 구슬려 데리고 나가려는 사람 사이의 뻔한 흥정이 벌어진다.

나는 자전거 타기를 미루고 미루다가도 페달 밟고 10미터만 가면 생글생글해진다. 그런 반응이 L로 하여금 자꾸 희망을 품게 한다. 나와 나란히 자전거를 타고 잠실까지 가는 게 L의 꿈 중 하나인데 나는 그를 실망시키고 싶지 않기 때문에 꿈을 접으라고 권하고 있다. L은 몇 십 년이라도 기다릴 수 있다는 투로 여유를 부린다.

L은 자전거 타기를 그 자체로 즐기는 사람이지만, 나에게 자전거는 A에서 B 사이를 이어주는 이동 수단이다. 그러니 이렇게 묻지 않을 수가 없다.

"잠실에 가면 뭐가 있는데?"

"라면이 있지. 기계가 끓여주는 라면. 진짜 맛있어."

기계로 끓이는 라면이 목적지가 될 수도 있는 걸까? 집에서 라면이 있는 잠실까지 다녀오려면 왕복 50킬로미터를 달려야 한다. 나는 이렇게 대답한다.

"자전거 타고 잠실에 갈 수는 있는데 다시 돌아올 수는 없을 것 같아."

그래서 우리의 대화는 이렇게 흘러간다. 언젠가 자전거를 타고 잠실에 간다면 편도 단위로 끊어서 이틀을 투자하기로. 25킬로미터를 달려서 잠실에 도착한 후 자전거를 어디에든 보관해두고 집에는 대중교통을 타고 돌아온다. 그리고 다음 주말에 대중교통을 타고 잠실에 가서 보관되어 있던 자전거를 타고 돌아온다. 그러니까 왕복을 하루에 하는 게 아니라 편도, 편도로 끊어서 합치는 것이다. 이 정도면 양호하지 않은가? 피에르 바야르의 《여행하지 않은 곳에 대해 말하는 법》을 보면 어떤 마라토너의 우승 비결에 지하철로 이동한 몇 구간이 포함되기도 하는데, 왕복을 접이식으로 이용한다고 해서 문제 될 것은 없겠지. 2단 왕복, 3단 왕복, 이런 게 안 될 게 뭔가. 2단 왕복은 왕복 코스를 이등분해서 움직이는 것이다. 3단 왕복은 셋으로 끊어가는 것이고. 가능하다면 나는 3단 왕복을 택하겠다. 3회에 걸쳐 이동한 구간을 모두 합치면 잠실 왕복이 될 수 있도록.

그런데 목적지의 위상이 흔들린다. 내 머릿속에서 한동안 잠실은 자전거의 땅 그리고 기계로 끓인 라면이 지역 명물인 동네처럼 인식되어 있었는데 열심히 검색한 결과 그게 아니라는 걸 알게 되었다. 라면 기계는 이미 여러 곳에 퍼져 있었다. 심지어 내가 일주일에 네 번씩 가는 EBS 방송센터 바로 앞에도 있다. 그럼 그렇지!

자전거로 잠실에 가야 할 이유는 점점 흐려지고 있지만, 탄천 가까이에 있는 집으로 이사를 온 후 자전거와 좀 더 친해지긴 했다. 카페에 갔다가 닭강정과 와인과 김밥과 빵 등등을 바구니에 가득 담아 돌아오는 길은 몹시 사랑스럽다. 이럴 땐 퍼프소매를 선택하지 않아도 어깨가 부풀어 오른다.

자전거길을 따라 달리고 시간 제약이 있는 것도 아니니 주말의 자전거는 평일보다 확실히 여유롭다. 여유롭다 못해 나는 좀 바보 같은 상황을 연출한다. 내 앞에 달리던 느긋한 속도의 한 가족을 추월하려다가 그들 사이에 껴서 달리게 되는 식이다. 일단 어른 두 명을 가볍게 추월했는데 그 앞에 있던 어린이 두 명이 나를 의식했는지 갑자기 속도를 내기 시작한다. 내가 속도를 내면 그들은 더 낸다. 난 이러지도 저러지도 못한 채 좀 어정쩡하게, 마치 그 가족의 일원처럼 중간에 끼인 채로 달린다. 5인 가족의 세 번째 사람처럼 말이다.

이건 내가 원한 상황이 아니다. 아마 그들도 당혹스럽겠지? 우린 모두 당혹스럽지만 5인 가족처럼 얼마간 더 달린다. 결국 그들 중 하나가 "저 다리에서 오른쪽으로 빠져!"라고 외친 후에야 나는 그 가족으로부터 독립한다. 엄밀히 말하면 날 두고 그들이 떠난 것이다. 일사불란한 탈출 모드로. 얼떨결에 함께 우회전하지 않은 게 얼마나 다행스러운가. 다행이다, 하면서 짐짓 평온해지려는데 저만치서 거의 쓰러질 듯 웃고 있는 한 사람이 보인다.

L은 내가 이리 치이고 저리 치이고 어정쩡하게 서 있다가 요리조리 옮겨지는 상황을 많이 봤다. 그리고 그런 상황을 나

보다 빨리 감지하고 이미 탬버린을 흔들고 있다. 이상하게도 나는 줄 서기에 운이 없거나 의지가 없어서 자주 줄에서 이탈한다. 내가 서 있던 줄의 무효화도 종종 경험했다. 그런가 하면 이렇게 엉뚱한 줄에 끼어들어 한 가족의 허리를 똑 잘라 먹는다.

자전거는 아니지만 지하철 안에서도 비슷한 상황이 종종 펼쳐진다. 지하철에서 내 양옆에 앉은 두 사람이 대화를 시작하는 것이다. 그들은 일행도 아니었는데 여기서, 나를 사이에 두고 앉아서 갑자기 친구가 된 것 같다. 내가 머리를 뒤로 기대면 나의 오른쪽과 왼쪽에 앉은 두 사람은 고개를 앞으로 기울여 서로를 바라보고, 내가 머리를 앞으로 하면 그들은 나의 목덜미쯤에서 말을 한다. 결국 내 오른쪽 사람과 자리를 바꿔 앉았다. 그랬더니 이번엔 내 맞은편에 있던 사람이 대화에 합류하네? 어떻게 되든 나는 어정쩡하게 끼인 기분이 되지만 또 자리를 옮기긴 귀찮다. 곧 내릴 테니까. 나는 그저 만만한 테이블이나 친근한 가로수가 된 것처럼 그냥 가만히, 가만히 앉아 있다.

결혼 후 우리들의 첫 세탁기가 배송되던 날, 기능을 간단히 설명해주던 기사님의 시선이 너무나도 내 쪽으로 향해 있어서 좀 당황했다. 옆에 L도 같이 있는데 어찌 그쪽으로는 눈길 한번 주지 않고 나만 본단 말인가. 그러나 그리 길지 않은 설명이 끝나갈 즈음 기사님의 시선은 완전히 L을 향하고 있었다. 질문까지 해가면서 우등생처럼 설명을 흡수한 L에게 기사님은 "저도 집에서 빨래 담당입니다"라고 했다.

나와 L이 어떻게 가사 분담을 할 것인가에 대한 이야기를 의식적으로 했던가? 아마 하지 않았을까 싶은데 또렷하게 기억나는 건 L이 먼저 빨래를 골라갔다는 것이다. 빨래를 좋아한다고 했고, 정말 그랬다. 십 년을 함께 살면서 자연히 각자의 담당 분야가 생겼는데 설거지는 내 몫, 빨래는 L 몫, 이런 식이다. 나는 설거지를 하면서 희열을 느끼지 않는데 L은 빨래하는 순간을 즐긴다. 정화되는 느낌이 좋다고 한다.

내 친구들은 L의 빨래 사랑을 각자의 세계에 적용할 줄 안다. L의 빨래란 그러니까 M의 수전 닦기 같은 것이고 Y의 다림질 같은 것이고 A의 설거지 같은 것이다. 나는 식기세척기에 감동까지 느끼는 사람이라 식구 수도 많은 A에게 그것을 강력 추천했지만 A는 식기세척기를 믿지 않는다. "설거지의 꽃은 배수구에 남은 음식물 털기"라서 그것까지 다 해낼 때 스트레스가 풀린다는 것이다.

L이 건조기를 원치 않는 것도 비슷한 이유다. 세탁기에서 젖은 빨래를 꺼내 바구니에 옮겨 담고 탈탈 털어 볕 아래 하나씩 널고 걷는 구간을 포기할 수가 없는 것이다. 볕이 좋은 날 그가 우선적으로 고려하는 일정 중 하나가 빨래다. 빨래를 고려해서 일기예보도 놓치지 않고 챙겨본다. 담당자가 이렇게 야무지니 나는 그의 세계를 절대 침범하지 않는다. 겨울 패딩을 모두 내놓으라고 하면 꺼내주면 되고, 널어둔 옷을 걷

어주면 받아 가면 된다.

L이 며칠간 입원했을 때 그가 바람의 이동 경로를 표시한 우리 집 평면도를 내게 준 게 기억난다. 빨간색과 연두색, 두 갈래의 노선이 그려져 있었는데, 그 둘 중 원하는 하나를 선택해서 그 색으로 표시된 창문들만 열면 된다고 했다.

"유체역학을 고려한 환기 시스템이지, 이래야 빨래가 잘 말라."

나는 담당자의 지시대로 창문을 열었다. 우리집의 환기 또한 L 몫이었다는 것을 새삼 깨달으면서. 이미 다 마른 빨래는 걷었는데 그렇게 걷어낸 베개보를 어디에 둬야 하는지 얼른 떠오르지 않는 게 좀 황당할 정도로 나는 완전히 빨래 담당자를 믿고 있었다. L의 세계 속으로 우리 집 모든 직물들이 흡수되었다. 그리고 그 흡수의 연장선에서 시작된 게 턴 다운 서비스다.

내 잠옷의 완성은 목에 두르는 손수건인데, 그 손수건의 사용 연령은 '36개월 이하'라고 한다(상품 정보에 따르면). 나는 500개월이 넘었지만 그것을 목에 한 바퀴 두를 수는 있다. 손수건으로 목을 감싸면 이제 잘 준비가 된 것이다.

36개월도 피곤하겠지만 500개월은 더 피곤하다. 오늘 끝내지 못한 일에 대한 부채감과 내일을 위해 확보해야 할 잠, 그 사이에서 타협하듯 잠자리에 들 때가 많으니까. 그런데 침실 문을 열었을 때 그 안에 꽤 너그러운 밤이 기다리고 있다면? 푸근한 품으로 외부의 빛을 감춘 커튼, 다정한 조도의 간접등, 적당한 때에 빠지는 음악, 사각사각한 침구. 그 안에 500개월 된 아이처럼 누우면 밤이 오늘과 내일 사이에 얄팍하게 껴있는 게 아니라 나를 위해 준비된 쉼과 꿈이라는 걸 믿어보고 싶어진다.

호텔에서도 턴 다운 서비스를 받으면 하루를 두 번 사는 것 같아 좋은데 일상에서 누리는 턴 다운 서비스라니, 게다가 여기엔 이름 모를 투숙객이었을 때는 느낄 수 없던 긴 잔열이 있다. 어떤 밤에는 베개에 머리를 대자마자 잠들어버리기도 하지만 또 어떤 밤에는 자리에 누워서 이 모든 것을 생생하게 감각하려 애쓰면서 턴 다운 서비스를 하는 마음에 대해 생각해보는 것이다. 그러다 보면 턴 다운 서비스의 세계가 점점 확장된다. 아이에게 책을 읽어주고 자장가를 불러주는 것도 턴 다운 서비스다. 침실의 불을 꺼주는 것도, 새벽에 물을 찾는 사람을 위해 물을 미리 준비해두는 것과 이불을 한 번 더

덮어주는 것도, "잘 자"라고 인사하는 것도 턴 다운 서비스다.

좋은 밤 보내라는 말은 흔한 인사 같지만 대부분의 흔한 인사가 그렇듯이 곱씹을수록 아름다운 말이다. 그게 얼마나 어려운지 알기에 최소한의 평온함이라도 더해주고 싶은, 십시일반의 마음 같기도 하다. 잠의 입구에서 누리는 따뜻한 배웅 덕분에 어떤 사람들은 밤을 건너갈 힘을 얻는다.

그건 혼자 할 수 없는 것이다. 누군가가 있어야만 가능한 것, 내가 줄 수도 있고 받을 수도 있는 것. 눈을 감고 내가 좋아하는 장면들을 나열한다. 모르는 도시에서 유일하게 아는 두 사람이 되는 것, 같은 공간의 다른 테이블을 하나씩 차지하고 앉아 일하는 것, 침대에 누워 얘기를 도란도란 나누다가 누군가 먼저 잠의 파도에 휩쓸리는 것, "꿈꾸고 아침에 또 만나" 하고 슬프지 않은 이별을 하는 것….

오롯이 혼자만의 것일 때 차오르는 포만감이 있고 누군가가 있을 때 더 충족되는 포만감이 있는데 지금 나열한 것들은 후자에 해당된다. 모두의 밤은 혼자 건너가야 하는 것이지만 밤의 초입에서 우리는 마음을 선물할 수도 있고 받을 수도 있다.

L표 턴 다운 서비스의 화룡점정은 맞춤식 익살에 있다. 평

소 내 습관을 파악해 발 한쪽을 이불 밖으로 배치해두는 익살이 사랑스럽다. '행복의 투 스텝'을 밟거나(두 사람 이상 팔짱을 끼고 최대한 한 몸이 된 채 "왼발부터다!" 혹은 "오른발부터!"라고 시작점만 맞춘 후 두 발을 번갈아 밟는 것. 왼발-오른발-왼발, 혹은 오른발-왼발-오른발 순서로. 우울할 때도 이 스텝을 밟으면 웃게 된다. 아주 즉각적이고, 발이 꼬여도 성공! 창피해하지 마시길. 그러나 초심자에겐 인적 드문 골목길을 권한다), 말하거나. 사랑스러운 순간을 생포할 길은 춤 아니면 고백뿐이라고 생각하다가 마침내 나는 고백한다. 지금 말하지 않고는 견딜 수 없을 것처럼, 이런 고백은 처음인 것처럼. L은 그런 나를 7번으로 부른다. 밤 열한 시부터 새벽 한 시 사이, 그 시간대에 자주 출몰하는 아이라고 한다. 500개월이 조금 넘은.

손목시계는 손목 위에 있을 때 가장 멋져 보인다. 아니면 진열장 안에 있을 때. 적어도 이렇게 내 서랍 속에 방치되어 있을 때는 아닌 것 같다. 시계 여섯 개가 잡은 지 너무 오래된 생선들처럼 축 늘어져 있었다. 색깔, 크기, 가리키는 시각이 모두 다른 이들에게 공통점이 있다면 초침이 움직이지 않는 다는 거였다. 시계 약을 교체해달라고 하자 수리점 주인은 시계가 멈춘 지 얼마나 되었냐고 물었다. 예상치 못한 질문 앞에서 나는 얼버무렸다.

"글쎄요, 한 3년은 넘은 것 같은데요. 4년인가? 시계마다 다를 걸요?"

수리점 주인은 멈춘 지 너무 오래되면 시계약을 갈아도 오래 못 간다고 말했다. 그리고 그런 얘기를 처음 들은 게 분명한, 어리벙벙한 손님에게 설명을 해줬다.

"오래 방치하면 얘도 굳어요, 무브먼트에 손상이 가거든요. 시계도 오래 쓰려면 약을 잘 갈아줘야 해요."

예전에 만년필 수리 때도 비슷한 얘기를 들었던 것 같다. 너무 오래 멈춰 있으면 재기가 힘들어지는 건 인간에게만 적용되는 게 아니었던 것이다. 사물에게도 교체와 회복의 시한이 있다니, 그건 어찌 보면 놀라운 일이고 어찌 보면 피곤한 일이다. 내 몸 하나뿐 아니라 소유한 물건들까지 다 돌아봐야 한다는 거니까.

"이거랑 이거는 오늘 날짜를 적어뒀어요."

수리점 주인은 약을 교체한 시계들을 건네주며 말했다. 나는 어디에 날짜를 적어뒀다는 말인가, 하고 시계를 살펴다가 한참 후에야 내부에 적어뒀다는 말인 걸 깨달았다. 이제 이 시계들은 모두 같은 출발점에서 흐르기 시작했다. 건강 상태에 따라 각기 다른 지점에서 멈추게 될 테고. 나는 아마도 시간이 멈춘 지 한참 후에야 그것을 다시 발견하게 될 것이다.

멈춰버린 것이 시계만은 아니다. 집에는 충전을 기다리는 물품들이 너무 많다. 이어폰과 휴대폰, 노트북, 전동칫솔, 스탠드, 태블릿PC, 진동클렌저, 스피커, 스탠드, 심지어 새로 산 커피 그라인더까지 충전식이다. 대부분 케이블을 필요로 하는데 그 케이블로 연결해야 할 것이 너무 많아졌기 때문에 나는 오히려 건전지를 선호하게 됐다. 충전해야 할 이들의 에너지 잔량을 체크하다가 내가 방전되는 느낌이라고 하면 엄살일까. 휴대폰 배터리가 1%로 줄어들 때까지 내가 미동도 않는 건 충전 업무 과다로 인한 방전의 결과일 것이다. 무선충전패드라는 것도 있는데 그건 좀 속은 기분을 주는 도구였다. 내가 상상한 건 진정한 무선, 그러니까 케이블조차 필요로 하지 않는 방식이었는데 이 충전패드 역시 충전을 필요로 했기 때문이다.

이어폰이 고장 난 것 같다고 하니 L은 "고장이 아니라 방전"이라며 충전기와 연결해주었다. 그렇게 충전된 걸 다 쓴 다음엔 다시 방전 상태가 되었고, 나는 계속 충전을 미루고 있다. 충전을 계속 미루는 마음을 이해해줄 사람은 아무래도 Z뿐인 것 같다. Z는 요즘 일반 전화기를 들여놓을까 생각 중인데, 휴대폰을 충전하는 것도 귀찮아서라고 한다. 물건이 하나둘일 때는 부담이 없었다. 그런데 몇 년 사이에 충전해야 할 목록이 꽤 길어진 것이다.

특히 휴대폰의 충전 주기는 내가 따라잡기에 너무 버겁다. 일주일에 한번 충전하는 휴대폰을 만들어달라! 나는 휴대폰이 방전되는 걸 막을 힘이 없지만 최대한 지하철에서는 그런 일이 없었으면 한다. 어제 그런 일이 있었다. 퇴근길 지하철을 타자마자 휴대폰 배터리가 방전되었다는 걸 알았다. 꼭 그런 날은 가방에 책도 없고 수첩도 없고 이면지도 냅킨도 없다. 심지어 졸리지도 않아서 말짱한 정신으로 길고 긴 이동을 견뎌야만 했다. 동력을 잃은 건 휴대폰인데 더 많은 게 멈춘 것처럼 느껴졌고. 열차 내부 어딘가에 콘센트가 있었다면 기꺼이 그 앞에 몸을 낮추고 휴대폰을 연결했을지도 모른다.

나는 1시간 반 내내 콘센트를 생각했다. 언젠가는 지하철 좌석마다 콘센트가 생길 거라고 확신하면서 그렇다면 콘센트를 어느 위치에 달아야 할까 고민했다. 누구도 내게 부여하지 않은 임무이지만 이런 걸 할 때 사람들은 대체로 빠릿빠릿해지니까. 승객이 의자에 앉았을 때 어깨 높이 정도면 어떨까.

우리집의 콘센트는 대체로 무릎보다 낮은 높이에 달려 있는데, 그래서 충전 중인 휴대폰 앞에 내가 무릎을 꿇고 등을 낮추게 된다. L은 그럴 때 내가 마치 콘센트신을 숭배하는 것처럼 보인다고 한다. 기도하는 것 같다고. 그런 내 모습을 L이 사진으로 남길까 싶어서 냉큼 일어나지만, 잠시 후 나는 또 콘센트 앞에 몸을 낮추고 있다. 검색이든 확인이든 잠깐이면 되니까 되는 대로 무릎을 꿇은 건데 그 잠깐이 길어진다. 콘센트신이라니 그 무슨 소리, 라고 생각하면서도 휴대폰이 없는 거나 마찬가지였던 퇴근길 내내 나는 콘센트를 영접하기를 기다렸다. 열차 안에 콘센트가 있다면, 바닥 중의 바닥에 달려 있다고 해도 냉큼 엎드릴 것만 같은 기분으로.

　나를 스쳐 간 많은 휴대폰 중에서도 특히 삼성 노트4를 좋아했다. 편의상 '노포'라고 부를까. 노포는 실수로 백 번쯤 떨어뜨렸는데도 액정이 깨지지 않던, 매력적인 휴대폰이었는데 치명적인 단점을 하나 갖고 있었다. 변덕스럽다는 거였다.

　"지금 어디세요? 바람이 많이 부는 곳에 계시나 봐요."

　노포로 통화할 때마다 그런 말을 자주 들었다. 그 시각 나는 바람은커녕, 책상 앞 회전의자에 앉아서 조금도 미동치 않으려 애쓰는 중이었다. 회전의자라고 해서 모두 돌리면 안 되는 것이 그러다가는 나의 노포가 심경에 변화를 일으켜 통화를 중단했기 때문이다. 회전의자에 앉아 오른쪽 방향을 보고 말하면 통화 음질이 좀 깨끗하다는 게 내가 발견한 최선이었다. 얼굴과 몸을 왼쪽으로 살짝 향하면 바로 수화기 너머에서 반응이 왔다.

"듣고 계세요? 지하철인가요?"

그럼 바라보는 방향을 얼른 오른쪽으로 돌리는 것이다. 그래도 책상 앞이 부엌 쪽보다는 나았다. 부엌에서는 말들이 도마 위에서 잘게 썰리는 것처럼 들렸으니까. 깨끗한 음질까지는 무리고 단지 끊김이 덜한 통화를 할 수 있는 곳이 그나마 내 방 책상 앞이었다. 아까도 말했지만 왼쪽으로 몸을 틀면 안 되고, 최대한 오른쪽으로. 그쪽에는 책장이 있는데, 노포가 그 책벽 쪽을 보면 좀 얌전해졌다.

나와 주기적으로 통화하는 사람들은 그 사정을 다 알고 있었다. P는 약속장소를 정할 때마다 휴대폰 대리점을 들먹였다. 그날 만나서 휴대폰을 바꾸자고 말이다. Z는 내 휴대폰이 도청 당하는 거라고 주장했다. 누가 무슨 이유에서인지는 모르겠지만 도청당하는 게 아니라면 그럴 수가 없다면서. J는 나와 통화할 때마다 머리가 아프다며 폰을 바꾸는 것만이 모두를 위한 길이라고 했다. 모두가 정신적, 신체적 피해를 호소했다. 텔레마케팅을 위해 전화를 걸어온 사람들도 지저분한 통화 음질 때문에 짜증을 냈다.

그러나 우리는 계속 통화했다. 수화기 너머 상대의 말이 뭉개질 때면 그 공백을 추측으로 메우면서 몇 계절을 흘러왔다. P는 나 덕분에 문맥을 더듬는 능력이 향상된 것 같다고 말했다. 내가 좋아하자, 그렇지만 빨리 휴대폰을 바꾸러 가자고 했다. 친구들은 내게 왜 휴대폰을 바꾸지 않느냐고 물었고 거기에 뭔가 사연이 있을 거라고 믿었지만 그건 오해였다. 그 시절의 '반드시' 목록에는 휴대폰 교체가 묵은 재고처럼 오래오래 머물러 있었을 것이다. 휴대폰을 바꾸든 고치든 뭘 해야 한다는 마음은 진작부터 가지고 있었고, 초심을 잃은 것도 아니지만 단지 나는 엄청난 미룸병을 가지고 있었다.

"근데 사실 휴대폰 안에 정보가 너무 많아서. 그래서 폰 바꾸는 게 부담스러워. 이걸 먼저 정리해야지."

그런 고백을 하자 Y가 문제 될 게 전혀 없다는 듯이 말했다.

"언니. 대리점에서 다 옮겨 줘요!"

그렇다면 아마도 정보가 아니라 정 때문인가? 처음부터 불량이었던 건지 아니면 너무 떨어뜨려서 충격을 받은 건지는 모르겠지만, 노포가 내 통화에 개입하는 걸 알게 된 건 사용한 지 2년이 다 되어갈 무렵이었다. 언젠가 원고 청탁을 받으면서 "보물원고 많으세요?"라는 말을 들었던 기억이 있는데, 세상에 '보물원고'라니, 그런 표현은 너무 어색하지 않은가? 그러나 내 귀에는 분명 그렇게 들렸기 때문에 우리는 이런 대화를 하게 됐다.

A: 혹시 보물원고 많으세요?
나: 에이, 그럴 리가요.

노포가 그렇게 통역을 했기 때문인데, 대화가 한참 이어진 후에야 나는 그 '보물원고'가 실은 '보물원고'가 아니고 '봄호 원고'라는 걸 알아챘다. 그 무렵 노포는 이미 이상했던 것이다. 봄 초입에는 한쪽 볼에만 트러블이 생겼는데 생활습관-휴대폰도 범인일 수 있다는 얘기를 들었다. 상대방 말을 알아듣기 힘들 때마다 노포를 볼에 밀착했으니까. 당장 노포와 이별할 수 있을 것 같았으나 이어폰을 애용하게 됐다. 여름 초입에는 S펜이 사라졌고 이 또한 노포와의 이별 이유가 될 것 같았으나 곧 펜 없이 손끝으로 S노트에 메모하는 데 익숙해졌다. 액정에 종종 'S펜의 위치를 확인하라'는 문장이 뜨곤 했는데, 그럴 때마다 손끝으로 그 말을 눌러 지웠다. 여전히 해프닝은 계속되었다.

　B: 팔벙 있잖아요.
　나: 팔…, 봉이요?
　B: 아니, 팔벙이요. 대지의 팔벙.
　나: 아아, 펄벅!

가끔은 몇 번 되물어도 알아내기 어려운 정보들도 있었다.

　C: 사례비는 @#%#@십만 원이에요.
　나: 네?
　C: @#%#@십만 원이에요.

　노포가 '십만 원'의 앞 말을 분명 잘라먹은 것 같은데, 그게 '일십만 원'인지, 아니면 '삼십만 원'인지, '백십만 원'인지 알 길이 없는 것이다. 그렇다고 내가 계속 "얼마라고요?"라든지 "못 들어서 그러는데 정확히 얼마라고요?"라고 파고들기는 좀 그렇지 않은가. 십만 원 앞의 숫자가 있는 건지 없는 건지 얼마인 건지 좀 궁금했지만 알 수 없는 상태로 그 일을 했다. 나중에 통장에는 정확한 숫자가 찍힐 테니까. 누락된 정보는 시간이 지나면 자연스레 알게 된다는—그러니까 굳이 지금 노포가 그걸 전달할 의무까지는 없다는—신념이 곰팡이 포자처럼 퍼져나갔다.

한번 힘을 모으고 모아 수리센터에 간 적이 있는데 그때 아무 이상이 없다는 얘기를 들은 후로는 더 의욕을 상실했다. 게다가 노포가 24시간 일정하게 안 좋은 게 아니라, 단지 장소와 시간대, 기후 혹은 기분…, 의 영향을 받아 느슨해지니까. 내가 거기에 맞추게 됐다. 집 앞 놀이터에서 노포의 컨디션이 괜찮은 편이었기 때문에 통화할 일이 있을 때 그쪽으로 나갔다. 반려폰과 산책하는 기분을 느끼면서 말이다.

그래도 I의 경우보다는 낫다고 생각했다. I의 소개팅 하나를 휴대폰이 알아서 끝내버렸다. I가 소개팅남에게 "제가 토요일에 일이 있어서"로 시작되는 문장을 보냈는데, 그 문장이 무슨 자동완성기능인가를 거친 후 "제가 뇌진탕으로"로 바뀐 것이다. 토요일과 뇌진탕이라니, 어처구니없는 연결이지만 I는 그 사실을 알지도 못했다. 소개팅남에게서 온 위로의 문자를 보고서야 휴대폰이 농간을 부렸다는 걸 알게 됐다. 그러니까 모든 휴대폰이 그렇지는 않겠지만, 어떤 휴대폰들은 확실히 자아를 갖고 있다.

노포는 내가 둔 장소에서 조금씩 이동해 다른 곳에서 발견되기도 했고, 종종 뜨겁게 달아올라서 그 온도만으로 내 통화에 개입하곤 했다. 내가 "얘가 좀 열 받았네. 피곤한가봐"라고 말하게 만드는 것이다. 그뿐 아니라 내가 요청하거나 허락하지 않았을 때도 내 상황을 다른 누군가에게 전송하곤 했다. L이 발신자 없는 전화를 받으면 그 안에 엄청난 하이텐션으로 재잘대는 나와 흥겨운 친구들이 도사리는 것이다. L이 내게 전화를 걸면 노포는 그 사실을 숨긴 채 혼자서 중계를 시작했다. 그러면 애초에 나는 전화를 받은 적이 없었으므로 끊을 수도 없는 이상한 상태에 놓이게 된다. 전화를 받은 사람은 내가 아니라 내 반려폰-노포인 것이다.

노포는 간지럼을 잘 타서 잠깐의 터치에도 반응했다. 그러다 때로는 돌멩이처럼 단단해졌다. 여름을 거쳐 가을로 오는 동안 노포가 자주 보인 증세는 어떤 터치에도 반응하지 않은 채 멈춰버리는 것으로, 아무리 눌러도 켜지지 않는 까만 상태를 지속하거나 반대로 아무리 눌러도 꺼지지 않는 백야를 고집했다. 이게 도대체 무슨 증상인지 나는 알 수가 없었다. 단지 노포를 소파든 책상이든 어디에 올려놓고 쉬게 해줄 뿐. 이 증상 혹은 현상에 대해 Y는 이렇게 말하기에 이르렀는데….

"이제 진짜 무(無)로 돌아가려는 것 아닐까요?"

그러면 잠시 후 노포가 되살아나곤 했다.

"잠깐 졸았어."

그런 눈빛으로.

지각자들의 연대

지하철에서 하는, 뻔하지만 여전히 유통되는 거짓말이 있다. 최대한 빨리 갈게, 금방 갈게. 그렇게 말하는 사람이 지하철 안에 있다면, 최대한 빨리 가겠다는 건 단지 의지의 표현인 것이다. 지하철은 확실히 다른 교통수단에 비해 요행을 바라기 힘드니까. 급한 사람이 있다고 해서 속도를 더 내거나, 운 좋게 신호를 잘 받는다거나 그런 일이 드물다.

그런데도 우리는 지각을 예감할 때 최대한 빨리 가보겠다고 말한다. 교통이 혼잡한 시간대에는 그냥 열차에 몸을 맡기는 게 낫다는 걸 알고 있으면서도, 콩콩대는 마음은 몇 번이고 열차 밖으로 튀어나가 택시를 잡아타고 꽉 막히는 도로에서 후회하기도 한다. 내 옆에 앉은 사람의 대화를 들으며 시작한 생각이다. 옆 사람은 십오 분 늦는다고 말한다. 십오 분이라, 그것 역시 관용 표현 같다. 우리는 왜 하필 십오 분씩 늦는 걸까.

우리…, 라고 하지 말아야 할까?

아무튼 나는 그런 편이다. 늘 십오 분 속에 욱여넣는다. 이십 분도 십오 분, 이십오 분도 십오 분. 물론 십 분 지각은 오 분이라고 말한다.

아마 지금 지하철 문이 자꾸 열리고 닫히는 것도 저 사람에게는 성가실 것이다. 목적지까지 지하철을 몰고 직통으로 가고 싶은 마음, 모르지 않으니까 말이다.

내 경우에 지각은 이른 아침처럼 부지런을 떨고 긴장해야 하는 시간대보다는 충분히 무리 없는 시간대의 약속에서 자주 발생한다. 그걸 보면 확실히 지각의 가장 큰 원인은 방심인 것 같다. 작은 방심이 5분을 늦게 만들고, 그게 머피의 법칙이라는 윤활유와 만나며 결과적으로 15분까지 흘러가는 것이다. 결국 나는 정말 억울한 표정으로 약속장소에 들어서게 되는데, 표정 관리가 아니라 진짜 억울해 죽겠다. 뭐랄까, 1분

1초가 나를 속인 느낌이랄까.

언제였더라, 버스에서 내리기 전부터 안절부절못했던 기억이 나는데 지각이 눈앞에 다가오는 게 이미 보였기 때문이다. 앱에 따르면 버스에서 내려 지하철역으로 100미터를 걸어 이동한 다음 22분에 출발하는 열차를 타야 했다. 22분 열차를 놓치면 28분에 들어오는 열차를 타야 하는데, 그리되면 지각이었다. 버스에서 적어도 16분에는 내려야 할 것 같았으나, 버스가 정류장에 닿은 시간은 거의 19분이 다 되어서였다. 나는 1순위로 버스에서 내려(내 뒤에 한 명만 서 있었기 때문에 의미 없는 기록이었다) 달리기 시작했다. 100미터를 장애물 경주하듯 뛰어서 겨우 지하철역 개찰구를 통과했는데, 이런! 벌써 사람들이 올라오고 있었다. 역시 열차가 방금 떠난 거였다. 지금은 21분이었는데! 22분에 온다더니 왜 21분에! 억울해서 벽이라도 때리고 싶었는데 숨이 차서 벽을 때릴 힘도 없었다.

결국 지각이구나, 자포자기한 그 순간 저만치서 열차가 들어오는 소리가 났다. 뭐? 플랫폼에 아무도 없는데 지금 열차가 들어온다고? 지금은 24분인데? 어쩌면 22분 열차가 지각한 걸지도 모른다고 생각하자 기분이 오묘해졌다. 지각은 지각이 위로하는구나 싶기도 했고, 어떤 연대감 같은 걸 느꼈

다고나 할까. 열차는 고요한 플랫폼 안으로 미끄러지듯 들어
왔다.

　연대감 이야기를 하긴 했지만, 도저히 다른 지각자들과 묶
이고 싶지 않은 지각도 있다. 십 년 전, 어느 고등학교에서 창
작 수업을 진행했을 때의 일인데 '비가 온다고 늘 길이 막히
는 건 아니야'라고 생각한 게 그날의 첫 번째 오류였다. 버스
에서 지각을 예감한 후 '혹시 택시로 갈아타면 좀 나으려나?'
라고 생각한 게 두 번째 오류였다. 세 번째 오류는 느린 택시
안에서 조급해하면서도 '저 모퉁이만 돌면 길이 뚫릴 거야'라
고 생각한 거였다. 교무실로 미리 연락했어야 하는데, 혹시라
도 정시에 도착할지 모른다는 기대를 했다가 골든타임조차
놓쳐버렸다. 결과적으로 나는 수업종이 친 다음에야 교문 앞
에 도착했다. 반장 아이에게 문자를 보냈더니, 교문에서 교장
선생님이 '지각한 애들'을 잡고 있다는 소식을 전해왔다. 지각
한 애들, 이라니 나는 뜨끔했다.

　교문 안쪽엔 긴장감이 흘렀다. 여기서 하마터면 네 번째 오
류를 범할 뻔했는데, 벌을 받고 있던 '지각한 애들'의 무리에
합류하는 거였다. 다행히도 그러진 않았다. 교장선생님이 지

각생들을 혼내느라 오히려 교문 쪽에는 등을 돌리고 있다는 게 그나마 한 줌 희망이었다. 하필 쓰고 있던 우산이 강렬한 빨간색이어서 나는 얼른 우산을 접고 도둑처럼 교문을 통과했다. 건물 옆으로 가는 것까지는 성공했는데 건물 출입구가 교장선생님 쪽으로 나 있다는 게 문제였다. 앞으로 돌아갈 엄두가 나지 않았다. 나는 L에게 전화를 걸어서 대뜸 이렇게 말했다.

"오빠, 나 집에 가고 싶어."

나는 그 순간 점점 어려지고 있었다. L이 "야아, 그래도 들어가야지. 너는 선생인데"라고 말할 때까지 자꾸 어려지는 걸 멈출 수가 없었다.

도망갈 수 없음을 인지한 순간, 고등학교 때 나를 구원했던 쪽문이 떠올랐다. 혹시나 싶어 건물 뒤로 가보니 사용하지 않는 문이 보였다. 쇠사슬로 묶여 있어 잡아당겨도 손바닥 한 뼘 정도 열리는 것 같았지만, 벽이라도 뚫어야 할 판 아닌가! 그 문틈으로 몸을 넣었다. 앞뒤로 먼지 스크래치가 생기는 걸 감수하며. 그렇게 납작하게 구겨졌다가, 문을 통과하자마자 탱탱볼처럼 복도로 튀어갔다. 한달음에 교실 앞에 도달했지만 차마 앞문은 건드리지도 못했다. 뒷문을 빼꼼 열고 들어가 보이는 책상 아무 데나 엉덩이를 들이밀 뻔했다. 갑자기 뒷문을 열고 난입한 선생 때문에 놀란 아이들의 표정 그리고 한바탕 폭소가 그나마 내게 용기를 줬다. 그 힘을 조금씩 모아 나는 교탁 쪽으로 전진했다. 아이들은 내가 교탁에 이를 때까지 지치지도 않고 진심으로 웃어주었다.

인베이더그래픽

인베이더그래픽은 〈스페이스인베이더Space Invader〉라는 게임의 캐릭터들을 이용한 타일모자이크 작품이다. 정체불명의 작가가 건물 벽, 밑바닥, 파이프, 다리 등 도시 곳곳에 몰래 인베이더그래픽 작업을 하는데, 이제는 그를 따라 타일 작업을 하는 사람들이 생겨나서 어떤 것이 원래 작가의 것이고 그 후의 것인지도 모호하다. 확실한 것은 세계 곳곳이 인베이더그래픽의 배경이 되었다는 점이다. 어떤 도시에서는 인베이더그래픽이 표시된 지도도 판다고 하지만 진짜 묘미는 우연히 길을 걷다가 그 소문과 마주치는 것이다.

소설의 장치로 인베이더그래픽을 사용한 적이 있다. 그때까지는 나도 글과 사진으로만 인베이더그래픽에 대해 알고 있었을 뿐인데, 소설로 쓴 이후 여행할 때마다 곳곳에서 인베이더그래픽과 마주친다. 인베이더그래픽은 아는 사람만 아는, 몰라도 관계없는 정보다. 그래서 아는 사람들은 더 열광한다. 도로명이나 건물명이 표기된 것과는 또 다른 형식의 재미있는 이정표가 된다고나 할까. 인베이더그래픽이 유동인구 많은 대도시를 주로 배경으로 하는 건 수많은 군중 속에서 마주칠 때 그것이 더 반갑기 때문일지도 모른다.

그러다 어느 날 인베이더그래픽이 인쇄된 스티커를 무려 사은품으로 받게 됐다. 손바닥 크기로 네 장이었다. 타일이 아니라 종이 스티커 형태이긴 했지만, 나도 그걸 어딘가에 붙여보기로 했다. 처음에 생각한 건 책상 위였다. 책장 벽면, 방의 문짝을 거쳐 최종적으로 아파트 외벽이 인베이더그래픽의 장소로 당첨됐다. 10층 방의 창문을 열고 팔이 닿는 가장 먼 지점에 인베이더그래픽 스티커를 붙여두었다.

길 건너에서 내 방을 바라보면 외벽에 코딱지만 한 게 붙은 창문이 보였다. 그 길이란 게 왕복 4차선 도로였다. 질주하는 차들을 눈앞에서 흘려보내면서 목을 빼고 올려다보면 반짝

93

이는 코팅지의 스티커를 알아볼 수 있는 것이다. 가로와 세로 창문의 수를 헤아려서 내 방을 찾아낸 다음에 눈을 가늘게 떠야만 보이는 크기였지만 어찌나 반갑던지.

그건 나만 알아볼 수 있는 표식이었는데 햇빛에 바래 조금씩 흐릿해지다가 4년쯤 지나서 결국 사라졌다. 아파트 외벽을 새로 칠한다는 걸 알고 있었는데, 어느 날 보니까 그 스티커 위로도 페인트가 지나갔던 것이다. 그 이후 한동안 인베이더그래픽 쪽을 바라보지 않았다. 시간이 한참 흐른 후 그쪽에서 나를 바라보는 시선을 느끼기 전까지는. 책상에 앉아 있던 나를 희미한 초록색과 파란색의 일부, 그러니까 인베이더그래픽 스티커의 일부가 바라보고 있었다. 그 위로 지나갔던 베이지색 페인트가 그새 낡아버린 것이다. 창문을 열고 손을 뻗어 페인트를 긁어보니 다시 인베이더그래픽이 나타났다. 그 코딱지 같은 게 다시 보이면 뭐가 달라지냐고? 매몰됐던 한 도시를 흙 밑에서 가장 먼저 발견한 느낌이라면 설명이 될까.

8년간 살았던 그 집과 이별할 때 나는 인베이더그래픽 스티커에게도 인사를 했다. 그건 너무 코딱지 만하고 색도 많이 바래서 잘 보이지는 않을 것이다. 그 집에 이사 온 사람들조차도 모를 것이다. 그러나 여전히 나는 이런 장면을 상상한다.

저 아래 횡단보도 앞에 서 있던, 시력이 엄청 좋은 행인이 우연히 고개를 들었다가 바로 그것과 마주치게 된다면? 10층이기 때문에 고개를 아주 많이 들어야 하고 인베이더그래픽에 대해 알아야 하겠지만, 만약 그렇다면 얼마나!

대화 중에 Y가 '생물학적 고향'이란 표현을 썼다. Y는 홍제동에서 태어나 두 살이 될 때까지 거기서 살았는데 그래서 기억이 하나도 남아 있지 않다고 했다. 고향이면 고향이지 생물학적 고향은 또 무엇이냐를 두고 우리는 한참 얘기했다. 나는 Y에게 말해주었다. 아무런 흔적이 남지 않은 것처럼 느낄 수 있지만 실제로 무언가가 남아 있을 가능성에 대해서 말이다. 내가 3년간 거주했던 생물학적 고향은 서울의 해방촌인데 세세한 걸 기억하진 못해도 그곳에 가면 어떤 기운이 온다고. 그러니 너도 홍제역에 가면 우주적인 무언가가 느껴질 거라고.

정말 그런 적이 있다. 어느 여름날, 내가 해방촌에 놀러갔을 때 웬 병원의 오래된 간판 하나가 심상치 않아 보였다. 그 순간 내 인생의 시작점이 바로 저 병원이었다는 걸 알 것만 같았다.

"어머, 나 저기서 태어났나 봐. 그런 느낌이 오는데?"

내 말에 함께 있던 P가 되물었다.

"저 박소아과에서요?"

나는 확인을 하겠다고 엄마와 통화를 시도했다.

"엄마, 나 지금 해방오거리에 와 있는데 나 혹시 박소아과에서 낳았어?"

엄마가 "박소아과? 글쎄…, 산부인과에서 낳았을 걸?"이라고 말하는 걸 듣고서야 뒤늦게 퍼뜩 깨달았다. 하긴, 산부인과에서 낳았겠지? 소아과가 아니고.

P는 나보다 먼저 그걸 인지했기 때문에 나보다 조금 더 앞서 웃고 있었다. 아, 저기가 아니군. 그러고서 다시 보니 박소아과는 그냥 동네의 오래된 병원처럼 보였다. 우주적 느낌은 아주 정확한 정보를 주진 않는가 보지? 그래도 뭔가 강렬한 신호, 내 기억이 닿지 않던 무언가를 발굴하는 느낌을 받은 건 분명하다. 그게 생물학적 고향의 특권이니까.

Y의 생물학적 고향, 홍제동이 등장하는 출근길 원고를 보여주자 Y는 이런 말을 그날 라디오 방송에 덧붙이라며 보내왔다.

"그리고 지금 이 출근길 원고를 Y에게 보여주니 답변이 돌아오네요. 무악재역과 독립문역 사이의 현저동이 제 생물학적 고향이라고 몇 번이나 말했지만 언제나 홍제역으로만 기억하는 당신, 사랑한다고요."

아, 홍제동이 아니었어?

그리고 이 출근길 원고를 보여주자 P가 이런 답을 보내왔다.

"어느 여름날이 아니고 겨울날일 거예요. 그때 신년회 겸사겸사 모였잖아요."

아, 여름날이 아니었어? 정확한 정보가 별로 없구나, 싶었는데 아니! 사진이 남아 있다. 여름날이었다. 세상에, P, 여름날이었다고!

어쨌든 생물학적 고향엔 여전히 나를 떨리게 하는 무언가가 있다고 믿는다. 3호선 열차가 동호대교를 건널 때마다 그 일대에 언제나 있을 남산서울타워를 생각한다. 자동적으로 재생되는 이미지 중엔 〈아기공룡 둘리〉의 배경도 있다. 그 만화엔 서울의 골목이 수채화처럼 그려져 있었고, 키 작은 집들 뒤로 솟은 남산서울타워는 좀 유별난 전봇대 혹은 서울의 꽃이나 뿔처럼 보였다.

　최초의 일들은 대체로 그렇듯이 구전의 형태로 전해져서 어떤 부분들은 내가 용케 그 무렵을 기억하는 것인지, 아니면 하도 들어서 마치 내 기억처럼 외워버린 것인지 모르겠다. 시간이 기억을 모호하게 버무린 덕분에 이제는 사진 속의 작은 문이나 담벼락을 통과해가면 그 세계로 들어갈 수 있을 것 같은 기분이 든다. 사진 속에는 지금은 사라진 남산식물원 풍경이 자주 등장한다. 그 시절 나는 대가족의 막내였고, 아침마다 아빠의 출근길을 배웅하기 좋아하는 아이였다. 삐삐 신발을 신고 온 동네를 삐약삐약 소리를 내며 걸어서 같은 골목 안의 사람들이 '아, 저 집 딸래미 아빠 배웅하는 구나' 하고 알 정도였다. 아빠와 버스정류장에서 손을 흔드는 건 늘 반복되는 일이었는데도 매일이 새로워서 항상 울었다. 그러나 아빠를 태운 버스가 떠나가면 금세 다시 엄마 손을 부여잡고, 삐삐 신발을 소문내면서 걷고, 집으로 돌아왔다.

　집에는 식구들이 많았다. 할아버지부터 고모와 고모부, 고

모의 아들들 그리고 삼촌들. 그곳엔 마구 뛸 공간이 있었고, 또 함께 놀아줄 사람들이 있었다. 그렇게 하루를 보내다 보면 아빠는 어느새 잊혀졌지만, 저녁이 되어 대문을 열고 아빠의 얼굴이 다시 보이면 나는 손에 들고 있던 장난감과 다른 이들의 손을 모두 뿌리치고 아빠에게로 달려갔다. 그리고 다시 엉엉 우는 부녀상봉. 그게 매일 새로운 듯 반복되는 일상이었다.

그 시절의 앨범을 꺼내보면, 옛 사진 속에는 나만 있는 게 아니다. 우연히 찍힌 다른 사람들도 있다. 내 것이 아닌 솜사탕이 보이고 내 것이 아닌 뒷모습과 내 것이 아닌 그림자가 보인다. 사십 년 묵은 사진 속에서 그들은 이제 단역이 아니다. 사진 속에 몇 사람이나 등장하는지, 나는 하나둘 세어보려다 실패한다.

모르는 사람들이지만 그들의 안부가 궁금하다. 그 시절 스쳤던 사람들은 기억할까, 삐삐신발을 신고 비둘기를 쫓던 아이를. 누군가의 어깨 위에 올라가 있어 남산 일대에서 가장 키가 컸던 그 두 살 아이를.

혹시 나를 기억할 수 없어도 모두 안녕하시길. 우리가 언젠가 또 한번 어깨를 스치고 지나간다면, 한 번 더 안녕하시길.

2

출근길,

일단
타고 봅니다

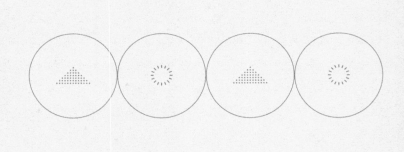

동그랗고 파란 점

퇴근길에는 졸다가 한 정거장을 더 가고, 출근길에는 생각에 잠겨 있다가 한 정거장 미리 내린다. 어느 경우든 정신이 번쩍 들었음에도 불구하고 막상 여기가 어디인지를 알아내기 어려울 때가 있다. 열차 안의 모든 위치에서 안내 모니터가 보이는 건 아니니까. 꼭 내가 서 있는 곳이 정보의 사각지대고 말이다. 이렇게 다급할 때는 누군가 일부러 현재 위치를 꽁꽁 감추는 것처럼 느껴질 지경이다. 초조해지면 얼핏 플랫폼 벽면의 '양'이라는 한 글자를 보고 덜컥 내리는데, 그곳이 '양재'역일 수도 있지만 '양재시민의숲'역일 수도 있다. 잘못 내렸다면 열차에 얼른 다시 올라타야 한다. 누가 나만 보고 있는 건 아니지만 그래도 최대한 다른 칸으로.

몇 차례 이런 일을 반복한 후 나는 수시로 구글맵을 켠다. 그 지도 위에는 내가 지금 어디에 있는지가 표시되니까, 적당히 동그랗고 파란 점으로 말이다. 목을 길게 빼고 두리번거릴 필요가 없어서 편하고, 나를 놓치지 않고 그림자처럼 끈질기게 따라오니 안심이 되고, 나의 현재가 파란 점 하나로 요약된다는 게 산뜻하게 다가온다. 지하여서 그런지 파란 점이 방향을 혼동하는 것처럼 보일 때도 있는데, 놀랍게도 그렇게 헤매는 모습조차 벌들의 8자 춤처럼 느껴진다. 그건 벌 하나가 또 다른 벌에게 알려주는 메시지인데 그렇다면 지도 속 파란 점도 나에게 말을 걸고 있는 걸까.

지하철 좌석 바로 앞자리, 그러니까 대기 1순위 라인. 거기서 있으면 인생은 자리 배치가 다일지도 모른다는 생각이 든다. 잘 풀릴 때는 그런 생각을 하지 않는다. 내 앞자리만 빼고 모두가 활발한 자리 교체를 할 때, 나만 빼고 모두가 당첨된 것 같을 때, 설마 대기 1순위로 내내 서 있다가 목적지인 주엽역에 닿는 건 아닐까 불안해질 때 그런 생각을 하게 된다.

그날도 하염없이 서 있는데 내 앞에 앉아 있던 사람이 나에게 말을 걸었다. 마스크를 쓰고 있으니 그의 입 모양이 보이진 않지만 손가락으로 내 가방을 가리키면서 눈짓을 보낸 것이다. 나는 내심 놀랐다. 지금 이 시대에도 타인의 가방을 받아서 자기 무릎 위에 올려주는 사람들이 있단 말인가! 그런 일은 십 년 전에 모두 끝났다고 생각했는데 너무 오랜만이라 좀 설렐 지경이었다. 고맙지만 괜찮다는 눈짓을 보냈다. 하마터면 소리 내어 괜찮다고 말할 뻔했다. 그랬다면 진짜 우스워졌을 것이다.

"아니에요, 괜찮아요."

이랬다면 진짜…, 난 다른 칸으로 달아났을 것이다.

그 사람이 가리킨 건 내 가방이 아니라, 가방을 든 손에 쥐어진 휴대폰이었다. 휴대폰에 내장된 손전등이 켜진 채 그의 얼굴을 비추고 있었던 것이다. 놀라서 황급히 손전등을 껐다. 얼떨결에 눌러진 모양이었다. 손전등을 꺼달라고 말하는데, 상대방이 고맙다면서 가방을 내밀거나 고맙지만 괜찮다면서 사양한다면 얼마나 황당할까. 내 안에서 땀이 흘렀다. 인내와 착각 속에 조금 서 있으니 드디어 그 사람이 내렸다.

방금 허락된 틈에 안착한 나는 이제 휴대폰을 만지작거린다. 괜히 구글맵을 켜서 동그랗고 파란 점을 보는 것이다. 내가 거대한 좌표 위의 점 하나가 되어 있는 걸 눈으로 확인한다. 그러면 동그랗고 파란 점이 말을 걸어온다. 착각 좀 하면 어떠니, 세상이 널 중심으로 돌지 않으면 좀 어떠니, 손전등 좀 켜지면 어떠니, 결국 자리에 앉았는데 뭐 어떠니, 그래도 놓치지 마. 내릴 때라고, 주엽역이라고!

알람은 화재경보기

알람시계를 설정하는 사람들을 이렇게 나눠볼 수 있다. 알람을 보험처럼 여기는 사람들과 화재경보기처럼 여기는 사람. 보험처럼 여기는 사람들은 설정된 알람이 울리기 전에 잠에서 깬다. 생체리듬 때문일 수도 있고 긴장감 때문일 수도 있는데, 화재경보기처럼 여기는 사람들은 그런 것의 지배를 받지 않는다. 매일 밤 알람 설정을 확인하고 자는데도 아침이 되면 방심한 상태에서 알람 소리를 듣게 된다. 이들에게 알람은 언제 울릴지 알 수 없는 것이며, 울리기 전에는 알람이 존재한다는 사실도 잊고 있다. 화재경보기가 그렇듯이 말이다.

나는 화재경보기 쪽이다. 내 알람은 휴대전화 속에 열일곱 개나 맞춰져 있고 그중 첫 알람은 5:55에 울린다. 두 번째는 5:58. 알람과 알람 사이에도 잠이 스타카토처럼 존재하기 때문에 정확히 내가 어느 시점에서 깼는지를 계산하기 어렵다. 잠에서 깨지만 3분 후에 다음 알람이 울릴 것을 믿으며 또 자는 식이니까. 마지막 알람은 7:30로 되어 있지만 거기까지 갈 일은 거의 없다. 열 번째 알람이 울릴 때쯤에는 대체로 깨어나니까. 알람이 잠에서 빠져나오는 길목에 세워둔 가로등이라고 생각하면 좀 더 촘촘해질 필요가 있다. 다만 첫 번째 알람이 왜 늘 5:55일까? 그 시간에 일어나는 적이 없다는 걸 알면서도? 그렇게 이른 알람을 설정해둔 건 5번 윤고은이다. 그걸 몹시 빠른 속도로 끄는 건 1번 윤고은. 아침마다 1번과 2번, 3번과 4번이 합세해서 일찍 일어나야 한다고 말하는 5번을 죽인다. 6번부터 9번까지는 이 일에 관심도 없다.

열일곱 개의 알람이 못 깨울 사람은 없다. 그래도 불안한 날엔 L에게 부탁한다. L의 첫 알람은 5:43에 울리고, 그는 6시면 집에서 나가니까.

"내일 눈 뜨자마자 날 꼭 깨워야 해, 나 진짜 내일 늦게 일어나면 큰일이거든, 내가 안 일어나면 때려도 돼. 어떻게 해서

라도 깨워줘."

그렇게 주저리주저리 말하다보면 "내일 칼럼 맞춰놨어, 알람 쓰려고"와 같은 말도 튀어나온다. 그 말은 막 잠을 청하려던 두 사람을 낄낄거리게 만들 만큼 충분히 요상하다. 알람을 쓰려고 칼럼을 맞춰두는 그런 밤이 지나고 아침이 오면 나는 억울해 죽을 듯한 기분이 된다. 아 왜 일어나야 하는 건데….

물론 아침에 눈을 뜨자마자 민첩하게 움직이는 날도 있다. 오늘은 5월 4일 월요일이구나, 지금은 여섯 시구나, 내 이름은 윤고은이고 오늘 스케줄은 이거저거그거구나, 하는 날들 말이다. 그런데 대부분은 그런 날이 아니다. 눈을 뜨긴 했는데 여기가 어딘가 싶고, 아침이구나 깨닫고도 혹시 오늘 일요일이 아닌가, 혹시 오늘 일요일이면 안 되나, 하면서 멍한 상태다. 그동안의 모든 것이 꿈이었다 해도 얼빠진 표정으로 믿었을, 그런 상태로 겨우 일어나는 것이다. 심지어 로션 뚜껑을 닫으면서 그 로션을 좀 부러워하는 심정이 되기도 한다. 집에 있을 의자도 부럽고 이불도 부럽다.

정말 이불만은 가지고 가고 싶다. 찬바람이 불기 시작하면 더, 더 여전히 침대에 뭔가를 두고 온 기분이 든다. 구스이불 안에 또르르 말려 있고만 싶어지는 것이다. 뽀송폭신사각

사각이 좋아서, 잘하면 이렇게 이불과 한 몸인 채로 누에고치 같은 모양새로도 출근할 수도 있지 않을까에 대해 생각하게 된다. 침대 위에서 요가를 한다는 명목으로 조금 더 누워 있다가, 겨우 일어나 전기포트에 물을 담아 스위치를 누르면 그때부터 하루가 시작된다. 전기포트의 물은 스위치를 누르면 바로 에너지를 끌어 모으고 곧 끓어오르기 시작한다. 1분도 걸리지 않는 그 민첩한 몸놀림을 보면 흠칫 놀라게 된다. 뭐지, 이 반응속도는? 마치 미라클모닝이란 이런 것이라고 시범을 보이는 것 같기도 하고. 라디오를 켜면 바로 소리가 흘러나오는 것도 당연한 건데 어떤 아침에는 그런 것도 새삼스레 느껴진다.

출근길의 열차 안에는 아마도 나처럼, 지난밤과 겨우겨우 이별하고 나왔을 사람들이 가득하다. 대부분 눈을 감고 지난밤과 원격대화를 시도하고 있는 것처럼 보인다. 다들 비슷한 생각을 하는 걸지도 모른다. 무탈한 하루를 보내고 다시 폭신한 밤과 만날 거야, 두고 온 이불 속으로 들어갈 거야. 꾸벅꾸벅 졸면서 출근하는 사람들 틈에서 나는 출근길 원고를 쓰느라 손이 분주하다. 내가 언제 잤던가 싶은 생각마저 드는 걸 보면 이 출근길 원고가 일상의 리듬을 잡아주는 메트로놈인 것 같다.

아마도 매일 알람을 설정하는 5번이 윤고은의 삶에서 가장 부지런할 텐데, 그 5번은 정작 침대 밖으로 나올 수가 없다는 게 운명의 장난 같다. 아침에 십 분이라도 더 자길 원하는 존재들이 힘을 모아 5번을 제압하기 때문에 5번이 할 수 있는 일이란 의지의 알람 5:55를 설정하는 것뿐이라고 한다. 하루 종일 그 생각만 하고 있을 것이다. 아마 내일도 그렇게 반복되겠지.

고강도 10분

　지금은 식당에 갈 때 테이블 간격을 신경 쓰게 됐지만 한때 나는 비좁고 붐비는 분위기의 공간도 꽤 좋아했다. 모르는 테이블에서 오가는 대화와 아는 테이블에서 오가는 대화가 뒤섞일 만큼 가까울 때, 우리는 테이블 구분 없이 달아오르곤 했다. 여기서 '우리는'이 누구부터 누구까지를 포함하는 것인지 말하기란 쉽지 않다. 그냥 그 안에 있으면 모두가 '우리는'인 거고, 정확히는 '그 안'이 어디인지도 잘 모른다.

　아무튼 그 안에 앉아 흥겨운 자리를 즐기다 보면 '어, 여기 등받이가 있었나?' 싶은 순간이 찾아왔다. 분명히 등받이가 없는 긴 의자에 앉았는데 어느 시점에 등받이가 생겨난 것인가? 정확히는, 다른 테이블에 앉은 모르는 사람이 몸을 들썩거리며 신나게 웃다가 내 등에 자기 등을 닿게 한 거다. 나도 몸을 들썩이며 신나게 웃다 보면 잠시라도 뒷사람의 등받이가 되곤 했고. 기꺼이 복닥복닥한 분위기의 부품 하나가 될 마음 여유가 있을 때 가능한 이야기였다.

옆 테이블의 대화가 적나라하게 다 들릴 만큼 테이블 간격이 좁은 가게들을 지금은 찾아가기가 어렵다. 코로나 이후 테이블 간격에 대한 지침이 있기도 하지만, 나도 '프라이빗'이라거나 '거리 두기'라거나 '독립' 혹은 '개별' 같은 단어들을 꼭 넣어서 식당을 검색하게 되니 말이다. 한 사람이 지나가려면 모르는 사람들이 우르르 일어나야 할 만큼 비좁은, 그래도 늘 사람이 몰리던 가게들을 은근히 흠모했던 시절이 꿈처럼 느껴진다.

서울이 어떤 도시냐고 물으면 나는 지하철을 타고 산 입구까지 갈 수 있는 곳이라고 대답할 것이다. 지하철은 내게 가장 익숙한 도구다. 지하철로 거리와 시간을 가늠하고 어떤 도시의 실루엣을 파악한다. 교통수단 중에 지하철을 제일 좋아한다고 말할 수도 있는데, 출퇴근길의 지옥철은 예외다. 코로나 이전에도 그랬지만 코로나 이후에는 더 부담스럽다. 그러나 내겐 선택의 여지가 없고, 출퇴근길은 진정한 모험 서사가 되고 말았다.

코로나 이후 출근길 열차가 이전보다 한적해진 듯도 하지만 그래도 여전히 '꽝 열차'는 다닌다. 플랫폼에 도착해 문이 열렸는데도 내리는 사람 하나 없는 열차, 이미 내부에 여분이 한 뼘도 없어서 두 발을 들여놓을 엄두가 나지 않는 열차, 그런 열차 속으로 발을 들여놓을 때, 정말이지 좀 꽝인 기분이 된다. 다음 역에서 기다리는 사람은 더할 것이다. 이번 역에서 나를 포함해서 열 명 정도가 기어코 올라탔으니까. 이럴 때 보면 지하철은 고철 덩어리가 아닌 것 같다. 모든 사이즈의 발에 다 착 맞는, 요술 양말과 같은 재질이겠지.

어떤 열차들은 휴대폰을 들고 타는 것까지만 허용한다. 보는 건 불가능할 수도 있다. 열차 안에 틈이 없어서 눈과 폰 사이의 20센티미터조차 허락이 안 되는 거다. 책장 넘기는 건 거의 사치다. 이럴 때 앉아 있으면 적어도 내 고관절에서부터 무릎까지의 공간이 확보되니 뭐라도 하겠지만, 서서 할 수 있는 것이란 무언가를 머릿속으로 굴리거나 무언가를 보는 것

뿐이다. 콩나물 중의 하나로 서서 나는 아무거나 읽기 시작한다. 열차 내 광고판의 글자들, '하지정맥류'는 또렷하게 보이는데 그 옆 지하철노선도의 글자들이 눈에 들어오지 않는다. 깨알처럼 작다. 한쪽 눈을 감아본다. 잘 안 보인다. 반대쪽 눈을 감아도 마찬가지. 난 어느새 시력 측정을 하고 있다.

읽을 수 있는 활자들을 찾아 헤맸고, 그 결과 이런 말들을 읽어낸다. 척추, 관절, 액취증, 다한증 그리고 다시 하지정맥류. 광고판의 글자들은 반대편 열차에서도 보일 만큼 크고 또렷하다. 그런가 하면 너무도 작아서 꼭 먼지처럼 보이는 출발지와 도착지의 이름, 시력 측정 욕구를 느끼게 하는 노선도. 다시 광고판을 바라보면 저기 저 외면할 수 없을 만큼 크고 또렷한 질병의 이름. 어쩐지 우리 인생과 닮은 것 같기도 하다.

다시 노선도로 눈을 돌린다. 삶아놓은 스파게티처럼 복잡해 보이지만 내 출근길을 요약하면 어려울 건 없다.

'미금역(신분당선) -〉 양재역(3호선으로 환승) -〉 주엽역(3호선, 대화행)'

대학 때도 집은 경기도에 학교는 서울에 있었던 터라 모든 이동에 1시간을 디폴트로 두곤 했다. 이렇게 단련된 이동력이 있어서 그런가, 집에서 방송국까지 오가는 시간은 걷는 시간을 포함하면 거의 네 시간인데도 나는 거기서 디폴트값을 제외하고 기억하는 것이다. 지금까지 내가 매일 꾸준히 한 이동 중에는 최고난도의 것이긴 한데, 대중교통의 힘이란 내가 몸을 그 안에 실어놓기만 하면 어떻게든 흘러간다는 데에 있다. 제발 좀 가주세요, 가주세요, 내가 마음을 정성껏 모으지 않아도 어차피 지하철은 흘러간다.

다만 시간이 오래 걸릴 뿐이다. 신분당선에서는 앉아가지 못할 때가 많다. 고강도 10분이라고 부를 법한 구간도 통과해야 한다. 시간대에 따라 조금씩 다르긴 하지만 이 구간을 통과할 때마다 나는 하루에 10분씩 지하철에서 압축되는 사람을 떠올린다. 매일 10분씩, 출근길의 지하철에서 납작해지는 삶이 30년간 지속된다면? 그럼 그 사람은 30년 중 77일을 납작 상태로 산다는 계산이 나온다. 77일이라니, 예상보다 결과가 싱겁게 느껴져서 가정을 조금 바꿔본다. 30년간 매일 20분씩 지하철에서 압축되는 걸로. 그럼 30년 중에 152일, 다섯 달 정도를 납작 상태로 살게 된다. 나는 점점 강도를 높이다가 숨이 턱 막힐 정도로 자극적인 지점에서 멈췄는데 그 결

과는 이렇다. 매일 30분씩 60년간 압축된다면? 그러면 456일
하고도 6시간이 나온다. 456일 더하기 6시간이라, 이거 너무
무시무시한 계산이 아닌가? 조삼모사일지도 모르지만 나는
새삼스럽게 놀라면서 그렇게 고강도 10분을 통과한다. 이제
탈출이다.

이미 내렸으니 하는 말인데 아까 그 열차는 절대 타지 말았
어야 했다. 어떤 사람이 들고 있던 폰에 메시지가 왔는데 그
걸 내가 눌러 확인할 정도였으니. 물론 진짜 그렇게 하진 않
았고 그런 충동을 느낄 정도로 가까웠다는 말이다. 내 목이
내 어깨 위에 있다는 것을 잊지 않아야 할 만큼. 무거운 가방
을 팔 중앙에 걸어둔 채로 몇 정거장을 견뎠더니 열차에서 내
릴 때는 추억의 놀이가 떠오르기도 했다. 서로의 손을 주무르
며 전기를 만들던 놀이. 덕분에 팔을 몇 차례 탈탈 털었다.

출근길 신분당선에서 반건조오징어였던 나는 이제 3호선
열차에 올라타 조금씩 펴지는 중이다. 주엽역에 도착할 즈음
엔 완전히 원래 두께를 회복하겠지. 전현우의 《거대도시 서
울 철도》에 따르면 열차 내의 모든 자리가 다 찰 때 혼잡도를
34%로 보고, 모든 자리가 다 차고도 100여 명의 사람들이 더

서 있는 경우, 그러니까 한 칸에 160명 정도가 탑승하는 걸 혼잡도 100%로 본다고 한다. 내가 살면서 경험한 최대치는 혼잡도 200%쯤 되는 것 같다. 1994년 철도 파업 때는 380%가 된 적도 있다고 하는데 상상하고 싶지 않다.

지금 독립문역을 통과한 이 열차의 혼잡도는 대중교통 무용론이 나올 정도일 것이다. 7인석 긴 의자에 한 사람 혹은 두 사람씩만 앉아 있으니까. 나는 이 칸의 혼잡도를 계속 체크한다. 전체 승객이 열 명이나 될까 하다가 여덟 명이 되고, 텅 빈 7인석이 점점 늘어나고, 이러다 나 하나만 남는 게 아닌가 행복한 계산에 빠져 있을 때, 열차 내 조명이 꺼진다. 이 열차의 종착역이라고, 한 분도 빠짐없이 내리라고, 처음이 아닌 듯한 방송이 나온다. 구파발행 열차였군. (지하철 3호선을 타고 일산 방향으로 가본 분들은 알 것이다. 열차는 구파발까지만 가는 것과 대화까지 가는 것, 두 종류가 번갈아 오는데 이왕이면 한 번에 도착하고 싶다. 대화행이라 믿어 의심치 않았던 이 열차가 구파발까지만 간다는 사실을 알았을 땐 어쩐지 억울하다.) 문은 너만 내리면 된다는 듯이 아까부터 활짝 열린 채 나를 기다린다.

출근길 크로키의 시작

전 지하철을 타고 출근을 해요. 출근이 있으면 퇴근도 있어야 하니까 지하철에서만 세 시간 넘게 보내는데요. 매일 같은 지하철을 타는데도, 습관적으로 노선도를 볼 때가 있어요. 오늘은 미금역에서 노선도를 보다가, 문득, 내가 이 지하철역들을 얼마나 외우고 있나, 그게 갑자기 궁금해지더라고요. 왜 우리 그런 거 있잖아요, 왕 이름 외울 때, 태정태세문단세…, 이렇게 했던 거요. 화학시간에 배운 것도 떠오르고요. 칼카나마알아철니주납수구수은백금…, 그런 느낌으로 지하철역들을 앞자만 떼서 읊어봤어요. 강양양청판정미동수성…, 이거 무슨 노선일까요? 아시는 분 계실까요, 네…, 신분당선이었습니다. 오늘은 이러면서 출근했습니다. 이런 걸 왜 하나 싶으실 수도 있지만 이런 게 묘한 중독성이 있죠, 한번 해보세요. 저 언젠가는 3호선 외우기에 도전할 거예요.

윤고은의 출근길, 오늘은 양재역에서 전해 드려요.

'윤고은의 출근길' 원고의 맨 첫 지점이다. 긴 출근길에 내가 너무 무료하고 심심할까봐(?) 걱정한 북카페 순애부는 '윤고은의 출근길'이라는 코너를 만들었다. 가볍게 출근길 단상을 읊는 건데 당연히 그 출근길 단상은 출근길에 써야 한다. 나도 그게 마음에 들긴 했다. 그 원고를 집에서 써와야 했다면 시작하지 못했을 것이다. 출근길 원고는 정말 출근길에서! 그렇게 생각하자 부담이 조금도 느껴지지 않았다. 다음날 열차 안에서는 이런 출근길 단상을 후딱 썼다.

오늘은 출근길에 전자레인지를 샀어요. 출근길에 웬 쇼핑인가 생각하실 수도 있지만, 사실 정말 많은 분들이 출근길에 스마트폰으로 뭔가를 사고 있습니다. 확인해본 적은 없는데 아마 그렇지 않을까요? 저녁거리도 사고 책도 사고 옷도 사겠죠. 저만 그런 건 아니겠죠. 자투리 시간을 활용한다는 차원을 넘어서, 지하철에서 인터넷쇼핑을 하는 건 상당히 역동적인 일이에요. 저는 판교역에서 전자레인지를 장바구니에 담았고, 약수역에서 결제를 했습니다. 둘 사이의 거리가 상당한데 그 사이를 이동하면서 쇼핑하는 맛, 이건 대중교통만이 줄 수 있는 기쁨이에요. 왜 퇴근길보다 훨씬 번잡한 출근길 쇼핑을 즐기느냐. 당일발송을 위한 주문 마감시간이 있으니까요. 오후 한 시에 주문 마감을 하는 전자레인지를 사기 위해 저는 약수역에서 결제를 했습니다. 그리고 안국역에서 이렇게 기록합니다.

윤고은의 출근길, 오늘은 안국역에서 전해 드려요.

어느 날에는 그날의 옆자리 승객에 대해서 썼고 어느 날에는 20년 전 옆자리 승객에 대해서 썼다. 지하철 손잡이에 대해서도 썼고 짐칸에 대해서도 썼고 지하철에 없는 것들에 대해서도 썼다. 솔직히 나도 무엇에 대해 쓰게 될지 집에서 나오기 전에는, 그러니까 출근을 시작하기 전에는 몰랐다. 아침마다 오늘은 출근길 원고로 뭘 쓸까 생각하면서 집을 나서는데, 쓸 방향을 잡은 날엔 플랫폼의 노란 안전선이 마치 달리기의 출발점처럼 보이곤 했다. 열차가 들어오면 올라타서 쓰기 시작하는 것이다. 아직 뭘 쓸까 찾지 못했다면 일단 열차에 올라탄 다음 골랐고 이 경우가 훨씬 많았다.

열차에서 스마트폰 메모장을 열면 다른 신호들이 끼어들기도 했다. 가족과 친구의 안부부터 다른 원고 마감 독촉이나 새로운 제안, 온갖 광고와 재난 알림 문자가 출근길 위로 쏟아졌다. 나는 요리조리 피하기도 하고 휘말리기도 했다. 메일함을 살짝 열었다가, 띄어쓰기나 맞춤법을 확인하려고 사전을 열었다가, 기사 하나를 봤다가 샛길로 빠질 때가 허다했다.

출근길 원고는 크로키처럼 재빠르게 썼지만 그렇다고 일필휘지는 아니었다. 움직이는 열차에서 휴대폰으로 원고를 쓴다는 건 그게 몇 줄이든 오타와 싸워야 한다는 뜻이니까. 사실 열차가 움직이는 것과는 큰 연관이 없고 오타는 열차의 진동보다는 내 엄지손톱 길이에 더 영향을 받았다. 손톱을 짧게 유지하는 편이지만 가끔은 그런 상태에서도 휴대폰 액정 위에 오타가 속출했다. P가 오타를 낼 때마다 자주 하던 말 "손가락에 살이 쪘나봐요"가 농담처럼 들리지만 휴대폰 자판의 간격을 보면 설득력이 없는 말도 아니다. 디귿과 기역 사이는 3밀리미터가 될까 말까 한다. 한 문장 끝의 "해요"가 나오기 위해서 세 번의 오타 "해뇨"를 거치는 것이다. 살찐 손끝이든 피로든 그저 습관이든 오타를 삐걱삐걱 내고 지우는 그 과정을 반복하면 이게 어떤 춤의 스텝처럼 느껴진다. 앞으로 세 번 뒤로 한 번 그런 식으로.

물론 열차가 목적지에 닿기 전에 어떻게든 원고는 완성된다. 원고를 북카페 단톡방으로 옮기면 거기에 음악과 이미지가 더해졌다. 휴대폰을 집에 놓고 나오는 바람에 출근길 원고를 포스트잇에 써서 손으로 들고 스튜디오로 간 적도 있고 택시 안에서 쓴 적도 있다. 출근길의 크로키는 그렇게 1년간 이어졌다.

출발지인 미금역에서 도착지인 주엽역까지 이야기를 몇 개씩 얻지 못한 역은 하나도 없었다. 나중에는 새로운 역이 몇 개 더 섬처럼 솟아났으면 좋겠다고 생각하기도 했다. 역 사이가 촘촘해지면 출근 시간이 더 길어지는 건데 그걸 꿈꾸다니…, 출근러의 숙명을 그렇게 망각하기도 했다.

"저녁 여덟 시 이후로 안 먹으려고 했는데 그만 먹고 말 았네."

내 말에 M이 눈을 반짝거리며 물었다.

"뭘 먹었는데?"

"시카고피자. 먹는 시늉만 하려고 했는데 그게 되나. 제일 열심히 먹은 1인이야, 내가."

M은 내 말에 꽤 몰입하는 것처럼 보였다. 도우의 식감이나 치즈의 양이 어땠는지 피자 크기나 가격 그리고 식당 분위기 는 어떤지, 당장이라도 그 피자집을 찾아갈 사람처럼 구체적

인 질문을 던지면서 말이다. M은 다이어트 중이었는데 이런 질문들이 마음을 달래는 데 도움이 된다고 했다.

"사람들한테 어제 뭐 먹었는지 물어본다니까. 맛있었는지 어땠는지 들으면서 대리만족해. 그러면 나도 먹은 것 같은 기분이 들어. 뇌로 먹는 거지."

M은 먹방을 보면서 다이어트를 하는 심리를 예로 들었다. TV에서 라면만 봐도 따라 끓이는 나로서는 얼른 그 말을 이해하지 못했는데, 얘기를 듣고 보니 좀 알 것도 같았다. 대놓고 먹는 것을 보여주면 오히려 '눈으로' 따라 먹게 되는 것이다. 핵심은 구체화에 있는 것 같다. 맛있게 먹는 장면을 몇 단계로 쪼개고 쪼개면 우리 뇌는 그 정보들을 따라가기가 쉬워지고 그것만으로도 이미 먹은 기분을 느끼게 되니까. 얼핏 생각해보면 독서와 비슷한 것이다. 한 줄 한 줄 상상하는 동안 우리 몸이 데워진다.

M은 그 구체화의 효용을 비교적 차분하게 누리고 있는 것 같다. 나는 음식 앞에서는 거리두기가 잘 안 되어서 어렵지만 구체적인 상상의 힘이 어떤 것인지 전혀 다른 지점에서 알게 되었다.

엄마를 위해 필라테스를 끊어드렸고, 처음에는 수업이 괜찮은지 어떤지 확인용 질문을 했을 뿐인데 차차 다른 의도가 올라타게 됐다. 엄마 오늘 운동하는 날이었네? 어떤 동작을 했어? 땀이 나? 효과가 있는 것 같아? 다리가 후들후들 떨렸다고? 어머나, 땀이 비 오듯 쏟아졌다고? 운동하기를 싫어하면서 운동 효과는 느끼고 싶은 나는 여기 웅크리고 앉아서 그렇게 질문을 던지는 것이다. 그러니까 한 사람이 저쪽에서 "뭘 먹었니? 맛이 어땠니?"를 물으며 포만감을 느끼는 동안, 여기 또 한 사람은 "어떤 동작을 했어? 효과가 있는 것 같아?"를 물으며 운동 효과를 느끼는 것이다. 물론 M의 경우는 다이어트에 도움이 되고 내 경우엔 안 된다는 차이가 있지만.

내가 질문을 하며 마음으로만 다가가는 장르가 하나 더 있는데 바로 운전이다. 이제 막 면허를 따거나 부활시킨 사람들에게 운전자의 마음에 대해 질문하며 대리만족을 하는 것이다. 내 주변의 운전자들은 무게도 부피도 나가지 않는 어느 마음 하나를 그 차에 함께 태우고 다니는 셈이다. 그들이 좌충우돌한 이야기를 하면 나도 덩달아 심장이 쪼그라들고, 그들이 운전을 기어코 잘 해내면 나도 성취감을 느낀다. 최근에는 나와 가까운 동네에 살던 PD K가 이렇게 말하는 걸 들으며 눈이 동그래지기도 했다.

"맘만 먹으면 집에서 방송국까지 한 차로로만 올 수도 있어요."

운전을 권하는 말을 들을 때마다 대부분 내 귓가를 가볍게 스쳐 지나갔는데, 우리 집에서 방송국까지 차로 변경 없이 달릴 수 있다는 말은 솔직히 좀 유혹적이었다.

운전을 하면 달라질 삶의 모습을 상상한다. 일단 챙길 수 있는 짐의 규모가 달라진다. 자전거 바구니 하나로도 삶의 질이 향상된 걸 느끼는데, 자동차 트렁크의 무한한 가능성을 내가 감당할 수 있을까 걱정될 지경이다. 자전거 바구니에 좀 많은 짐을 담으려면 테트리스 하듯 정교해져야 하는데 자동차에 짐을 담을 때는 그럴 필요도 없겠지. 길 가다 신선하고 저렴한 과일 트럭을 만나면 바로 한 박스를 차에 태울 수도 있겠지, 출근길에 꽃시장에 들러 꽃을 한 아름 사고 그날 만나는 사람들에게 선물할 수도 있을 테고. 그리고 차 안에는 언제나 편안한 드라이빙 슈즈를 넣어두는 것이다.

운전면허를 땄을 때 그런 환상을 실현해보려 했지만 길게 가지 못했다. 현실의 나는 워킹화를 신고 열심히 걸었다. 운전하기 위해서는 일단 운전자가 아닌 상태로 목적지까지 답사를 다녀와야 했다. 걸으면서도 보행자 아닌 운전자 중심의 사고를 하면서 말이다. 자동차의 마음으로 주차장 입구부터 출구까지 하나하나 따라 걷고, 급기야 차로 변경을 할 필요 없는 여정을 익혀두고야 마는 거였다. 이런 식으로 하나씩 주행과 주차가 가능한 목적지를 거래처 트듯 늘려나가자는 마음을 먹었지만 그 속도가 너무 느렸다.

차에 시동을 걸 때마다 어디선가 폭발음이 들리는 것 같았고 세상 모든 차들이 나를 향해 기울어지는 착시현상을 겪었으며 길모퉁이에서 어린아이들이 뛰어나올까 긴장했다. 내가 도로 위에 출몰하는 시간대와 구역은 지극히 한정적이었는데도 늘 낯선 정글 같았다. 일몰 후, 마감 중, 찜찜한 꿈을 꾼 날, 비 오는 날 운전을 하지 않았다. 행정구역을 넘어간다는 건 상상조차 위험했고. 한적한 동네 안에서만 맴돌았던 건데도 어디선가 경적이 으르렁 울리면 나는 알아서 쪼그라들었다. 세상 모든 경적이 나를 조준하는 것처럼 느껴졌다.

어쩌다 식당에서 "주차하셨어요?" 같은, '예' 나 '아니오'면 충분한 질문을 받을 때도 진심으로 질척거렸다. "아니오" 하면 되는 걸 "저도 하고 싶죠. 그런데…"라고 대답하며 수심이 가득한 표정을 지었던 것 같다. 사람들 모두가 운전으로 고민 중일 거라 믿어 의심치 않아야만 할 수 있는 말과 행동이었다.

긴 쪽마루만 봐도 8차선 도로로 보이던 날들을 지나 운전면허증을 정말 신분 확인용으로만 쓰는 지금에 오니 마음이 어찌나 편안한지 모르겠다. 도시를 떠나 '나는 자연인이다'가 된 기분이다. 물론 운전이 실용적인 기술을 넘어 삶의 태도일 수 있음을 알기 때문에 미련이 없는 건 아니지만, 운전석보다 보조석에 앉으면 마음이 편한 걸 부인할 수가 없다. 혹시 또 모르지, 영국이나 일본이나 태국처럼 오른쪽에 운전석이 있는 국가에 가면 운전을 잘하게 될지 어떨지.

영국에 가서 본격적으로 운전을 시작한 C의 경우는 그런 면에서 내게 너무나 흥미롭다. 나는 C가 운전하는 차의 보조석에 앉아 영국의 시골길을 누볐는데, 그곳의 보조석 방향이 한국으로 치면 운전석이다 보니 정말 제대로 착각이 됐다. 마치 내가 운전하는 기분이 들었던 것이다. C는 초보운전자일 때의 이야기를 들려줬다. 언덕에 주차를 했다가 차가 스스로 140미터나 내려가 버린 아찔한 사건에 대해서. 다행히도 차는 인명 피해를 내거나 하진 않고 4,000파운드짜리 가로등을 들이받고 멈췄다. 가로등이 기울었고, C는 그 이후 3년간 엄청난 보험료 인상을 감내해야 했다.

　C의 휴대폰에는 그때 다친 가로등의 사진이 그대로 남아 있었다. 가로등은 기우뚱 기울어져 있다. C는 그때 느낀 당혹감과 충격을 나의 촘촘한 질문 속에서 되살려냈고, 덕분에 나는 사진 속 가로등을 마치 내가 다치게 한 것 같은 기분에 사로잡혀 있다.

지하철에서 졸다 보면 축지법 쓰는 기분을 느낄 수 있다. 눈 한번 감았다 뜨면 을지로3가, 감았다 뜨면 안국, 감았다 뜨면 녹번…, 그렇게 몇 개의 역을 한 호흡으로 묶어가는 건 좋은데, 졸다 깨어날 때마다 뭔가 아쉬운 걸 하나씩 떠올리게 된다. 그중 하나가 목베개다.

성우 J와 지하철에서 졸았던 경험을 이야기하면서 한껏 신이 난 적이 있는데, J가 지하철 내부의 어떤 지점을 설명하는지 나는 바로 이해했다.

"아아, 거기 알아요. 목 두는 데잖아요."

"아아, 거기 아시는구나! 맞아요. 거기에 목 두고 자면 딱이에요."

우리는 이제 그곳을 완벽하게 목 거치대라고 부르기로 한다. 둘 이상이 동의하면 그런 뜻이 되는 거다. 아, 그 지점이 어디냐고? 지하철의 유리창이 아니라 네모난 창틀 역할을 하는 공간, 그래서 머리와 목을 기댈 수 있는 공간이다. 여섯 개 혹은 일곱 개 좌석의 양 끝 지점이 목 거치가 가능하고 때로는 좌석의 정 가운데 지점에서도 가능하다.

7인석을 기준으로 보면 왼쪽에서 시작하든 오른쪽에서 시작하든 1번과 7번 자리가 졸기에 편하다. 목 거치대 덕에 뒷면에 머리를 기댈 수 있으니까. 2번과 6번도 잘만 하면 머리를 기댈 수 있지만 완벽하진 않다. 약간 '측면바다뷰' 같은 거다. 1번과 7번에 누가 앉느냐에 따라 영향을 받는 자리다. 최악은 3번과 5번이다. 머리 뒤가 유리창이기 때문에 편하지 않다. 어찌어찌 뒤통수를 그 유리창에 닿게 할 수는 있겠지만 확실히 고정되는 느낌이 없다. 4번 자리는 열차에 따라 다른데 창이 둘로 나뉜 경우엔 그 자리에 창틀이 오기 때문에 목 거치대를 확보할 수 있다. 그러나 창이 하나로 큰 경우엔 그 자리도 3번, 5번과 다를 바가 없다.

나는 오늘 창틀이 있는 4번 자리에 앉았다. 요즘 지하철 의자의 목 거치 환경에 대해 자주 생각했기 때문에 보통 반가운 게 아니었다. 너무 좋아한 나머지, 앉으면서 뒤통수와 벽이 쾅 부딪칠 정도였다.

예기치 않은 충돌 덕에 머릿속에 아이디어가 반짝 떠오른다. 목 거치대가 있는 자리를 늘 확보할 수 있는 게 아니니 목베개를 휴대하는 건 어떨까? 목베개를 출근길 가방에 넣고 다니면 이상할까? 필요할 때 가방에서 목베개를 꺼내 야무지게 사용한다면? 비행기에 탈 때 목베개를 꼭 챙기는 사람들이 있는데 지하철에서는 그걸 사용하는 사람을 보지 못했다. 지하철과 목베개. 두 단어의 조합에 대해 검색해본다. 다양한 말들이 끌려 나온다. 지하철에서 목베개 쓰면 이상할까, 하는 타인의 평가 걱정을 하는 사람도 있고, 실제로 목베개 사용자를 봤다는 사람도 있고, 출근길 가방에서 뭘 꺼내든 아무도 신경 쓰지 않는다는 의견도 있다.

가방에서 목베개 두 개를 꺼내서 내 양옆에 앉은 두 사람의 목에 끼워주면 이상할까? 방금 내 쪽으로 고개를 숙이며 졸던 사람이 후닥닥 뛰어나가는 걸 보고 떠올린 생각이다. 졸다가 뛰어나간 그 사람의 행복을 빌어주며 나는 이제 홀가분함을 느낀다. 몸을 비틀 필요도 없고 어깨춤을 출 필요도 없다. 언젠가 양쪽에서 모르는 머리 둘이 헤드뱅잉을 한 적이 있었는데, 그때 딱 한 번 자리라는 것을 포기했다. 대부분은 몸을 적당히 비틀면서 견딘다.

물론 헤드뱅잉하는 사람이 정해진 건 아니다. 나도 한다. 다른 누구도 아닌 내가 헤드뱅잉을 했다는 사실을 깨닫는 순간이 제일 억울하다. 나 원래 이런 사람 아닌데 싶은 거지만 그런 믿음에 근거는 없다. 잠결에 목 운동하던 사람들 대부분이 이런 표정이었고, 그 표정은 사실 본인만 모른다.

언젠가 퇴근길 열차에서 북카페 CP인 S와 마주친 적이 있다. 나는 그때 비몽사몽 잠의 초입에 있던 참이어서 눈앞의 모든 움직임이 나보다 너무 빠르게 느껴졌다. 그러니까 어두운 곳에 있다가 갑자기 밝은 곳으로 이동했을 때 그 세계에 적응할 시간이 필요한 것처럼, 잠의 초입에서 다시 현실로 돌아온 사람은 약간 어리둥절한 상태에 놓이는 것이다. 그때 자신의 표정을 볼 수 없다는 게 안타깝지만(안타까울까?), 방법이 없는 건 아니다. S는 우연한 만남을 기념하기 위해 사진을 찍자고 했고, 그 결과 사진 속에는 반쯤 졸다 들킨 내 표정이 남았다. 그건 퇴근길 열차 안에서 우연히 마주친 두 사람의 사진이기도 하지만, 한편으로는 한 사람 안 두 존재가 교대하던 그 순간의 포착이기도 하다.

몇 초간의 황홀한 우연

　우연히 탄 열차에서 서울의 해 지는 풍경을 본다. 12월 오후 다섯 시에서 여섯 시 사이, 집으로 돌아가는 길에. 지하철의 속도로 흘러가며 본 밤하늘은 이국적인 단어들을 모두 끌어오고 싶을 만큼 낯설고 매혹적이다. 눈에 보이지는 않지만 분명 어딘가 있을 남산서울타워는 케이크 위의 촛불처럼 불을 밝히고 있을 테고, 사람들은 그 어느 때보다도 차분하고 작은 크리스마스를 준비하고 있을 것이다.

　낮이 지고 밤이 스며드는 시간에 지하철로 한강을 건너는 게 얼마나 근사한 일인가 새삼 깨닫는다. 이 열차를 놓치고 다음 열차를 탔다면, 그다음 열차가 고작 몇 분 뒤에 이어지는 거라고 해도 나를 홀린 이 풍경을 보지 못했을 것이다. 밤이 우리를 찾아오는 속도는 차근한 것 같으면서도 순간이라서 언제 오렌지빛 등불의 조도가 바뀔지 언제 해가 조금 더 멀어질지 언제 도로 위 흐름이 바뀔지 알 수 없다.

열차 내부 사정도 그렇다. 바로 앞 열차는 사람들로 미어터지는데 그다음 열차는 전혀 다른 계절의 것처럼 한가할 수 있는 게 지하철이라는 세계다. 그러니까 내가 열차의 네모난 창문을 액자 삼아 서울의 일몰을 본다는 것은 겨우 몇 초간 허락된 호사인 것이다. 아침에 말간 표정을 짓고 있던 도시가 얼마만큼 화려해지는지 알고 싶다면 해 질 무렵 한강 다리를 지하철로 건너가야 한다. 물론 열차 안의 혼잡도와 기상 상황에 따라 매혹이 아니라 그냥 퇴근길의 하나가 될 수도 있다.

3호선은 언제부터 동호대교를 통과하게 되었을까를 찾아보다가 동호대교의 착공시점이 1980년 6월이었다는 걸 알게 되었다. 완공된 건 1985년 2월. 그리고 그해 10월부터 연장된 3호선이 이 다리 위로 흐르게 됐다. 그 이후 압구정역과 옥수역 사이, 한강을 건너는 구간은 노련한 승객이든 서툰 승객이든 3호선을 이용하는 사람들에게 책갈피 역할을 하고 있다. 책갈피 하나 있으면 읽던 책의 페이지 모서리를 살짝 접지 않아도 다시 그 자리로 돌아올 수 있는 것처럼, 한강을 열차로 통과하는 우리 심정도 비슷하다. 잠시 고개를 들어 저 바깥 풍경에 마음을 내어주고, 열차가 다시 어둠 속으로 내려가면 마음도 제자리를 찾는다.

이 구간에서 운이 좋으면 지하철 디제이를 만날 수 있다. 지하철에도 디제이가 있다. 정해진 시간에 늘 들리는 목소리는 아니니 지하철 디제이를 만났는가 여부로 하루의 행운을 점쳐볼 수도 있을 것 같다. 나는 3호선을 이용하면서 두 차례 만난 적이 있는데, 한번은 출근길 열차가 지축역에 가까워질 즈음이었다. 바쁜 하루 중에 잠깐 고개를 들어 창밖의 풍경을 보시라는, 오늘도 힘내시라는 목소리가 열차 안 방송으로 흘러나올 때 마음이 말랑말랑해졌던 기억이 난다. 우리는 출근길에도 사랑 받는다, 누군가가 우리의 하루를 응원해준다, 열차 안의 사람들이 다 그런 표정을 짓고 있는 것처럼 보였다.

그날 라디오에서 "3호선 디제이님! 불쑥 또 나타나 주세요. 어느 승객으로부터"라고 말했더니 북카페 순애부가 방송 중에 지하철 디제이 한 분과 전화 연결이 가능하도록 만들었다.

감성방송을 하는 지하철 디제이가 단 한 명이 아니기 때문에 나는 내내 지금 연결된 디제이가 출근길의 그분인지 아닌지를 궁금해했지만, 설사 그분이었다고 해도 그 목소리를 다시 만날 수는 없을 거란 생각이 들었다. 그 목소리는 지하철에 올라타 무심하게 이동하고 있을 때 우연히 만나야만 가능한 것이니까. 약간의 피로와 권태 속에서 아무 기대 없이 만나야만 가능한 것이니까. 그러니 가장 좋은 건 열차의 승객으로서 우연히 지하철 디제이의 목소리를 듣는 것이다.

그리고 어느 퇴근길에 선물 같은 순간을 한 번 더 만날 수 있었다. 그것도 가장 사랑하는 구간인 옥수역과 압구정역 사이에서. 지하철 디제이가 말했다. 한강을 지나고 있으니 고개를 들어 밖을 보시라고, 잠깐이라도 마음에 여유를 가지시라고. 마침 해가 지고 있었고 세상에 다시 없을 따뜻한 목소리가 들려오고 있었고 나는 자리에 앉아 있었고 그 모든 게 엄청나게 황홀한 우연, 그러니까 행운이라고 생각했다.

지하철의 꽃, 환승

신분당선에서 내려 3호선으로 가는 길, 200미터쯤 되는 환승 통로에는 푸르고 싱그러운 지역의 이미지와 이름들이 가득하다. 기둥과 벽면마다 붙은 사각의 광고판은 늘 환한 상태로 환승객들을 기다린다. 여주 옹진 제천 동해 영주 예천 봉화 충북 영양. 걷는 동안 눈에 들어온 첫 지명은 여주, 마지막 지명은 영양이다. 걸으면서 눈으로 빠르게 훑고 가는 이름들이다. 나만 이 지명들을 읽으며 지나가는 건 아니겠지. 언제나 화사한 하늘과 바다를 가진, 이 환승통로에서 짧은 여행을 하는 사람이 또 있겠지.

오늘은 마음먹고 왼쪽 벽과 오른쪽 벽 그리고 몇 개의 기둥까지 다 보면서 지나갔는데 원래 환승통로에서의 여행은 그럴 필요가 없다. 어떨 때는 왼쪽 벽의 지명만 쭉 보면서 가고 어떨 때는 오른쪽 벽만 혹은 하나 건너 하나씩만, 아니면 걷다가 눈이 닿은 광고판 하나만 봐도 된다. 이달의 여행 잡지를 획획 넘기는 기분으로 가볍게 통과하는 것이다.

이미지뿐 아니라 문장도 그렇다. 환승통로에서 만나는 활자들을 가만히 서서 읽어보는 사람은 드물지 않을까. 이 통로를 지나가는 사람들 대부분은 걸음을 멈추지 않고 이동 중에 그 활자들을 읽어낸다. 그래도 놀라운 건 그 활자들의 접촉력이다. 매일 같은 길을 지나가면서 같은 문장에 시선을 보내면 어느새 그 활자들-단어 단위든 문장 단위든 그것이 신발 밑창에 달라붙어 있음을 깨닫게 된다. 그리고 알게 된다. 이 통로를 채운 모든 활자가 우리 삶의 은유일 가능성에 대해서 말이다.

최근에는 '제발 묻지 마 4900'과 '무조건 5000'을 읽었다. 환승 통로는 이 두 개의 말 사이에 있다. 3호선을 타기 위해 걸어가면 오른쪽으로 '제발 묻지 마 4900'이 붙은 가게가 보이고, 왼쪽으로 '무조건 5000'이 붙은 가게가 보인다. 둘 다

옷을 파는데, 알록달록하다. 세상의 모든 색깔, 길이, 재질이 그 안에 다 있는 것처럼.

제발 묻지 마 4900 그리고 무조건 5000! 이 단호한 화법이 어쩐지 명랑하게 다가와서 그 앞을 지날 때마다 새록새록 자극을 받는다. 제발 묻지 마, 무조건 그렇다니까, 하고 뒤에 이어질 질문들을 미리 차단하는 그 정리된 입장을 동경하게 된달까. 딱 잘라 명확한 입장을 드러내는 건 조금 더 용기가 필요한 일일 테니까. 제발 더 묻지 마, 내 입장은 이거야, 무조건 그거야, 두 번 말 안 한다, 딱 그거야! 그렇게 단호한 말들도 인생의 어느 순간에는 요긴하게 쓰일 테고.

환승 통로에서 누군가가 뛰기 시작한다. 타야 할 지하철이 근접했다는 뜻이다. 특정 시간대의 열차 시간표를 이미 외운 사람도 있고, 앱을 통해 확인하는 사람도 있고, 빨라지는 보행 흐름 속에 덩달아 뛰는 사람도 있다. 서두를 필요가 전혀 없는 사람도 지하철이 들어오는 신호음이 울리기 시작하면 마음이 조금은 분주해질 것이다. 아주 빠른 비트의 음악을 들을 때처럼.

상행선 열차의 근접 신호-벨소리를 들으면, 신호를 이렇게 미리 보내는 것들이 세상에 그리 많지 않다는 생각이 든다. 어떤 사랑도 나 지금 그쪽으로 가고 있어, 또렷한 신호를 주면서 들어오지 않고 어떤 슬픔도 나 지금 그쪽으로 갈 거야, 몇 시 몇 분에 널 태우고 갈 거야, 라고 말하지 않는다. 대부분 아무 기척 없이 우리 곁으로 다가오고, 우리는 그 안으로 흡수된다.

사랑과 이별, 행운과 불행이 미리 신호를 보내는데도 우리가 알아챌 수 없다면, 그건 우리 삶 너머의 주파수라는 얘기가 된다. 어떤 사람들은 그 신호를 감지하고 싶어 하지만 인간의 귀와 피부로는 불가능할 것이다. 그러니 저렇게 또렷한 신호를 보내는 씩씩한 고철 덩어리, 우리의 지하철이 얼마나 만만하고 든든한가. 심지어 내릴 곳도 성실하게 안내해주니까.

번거로운 게 싫어서 시간이 더 걸리더라도 환승 없는 경로를 선택하는 사람들이 있다. 나는 환승을 부담스러워하는 편은 아니다. 지하철 타기의 묘미는 아무래도 환승에 있는 것처럼 느껴지니까. 지하철 타는 우리의 모습을 조감도처럼 위에서 내려다보면, 환승이 지하철 타기의 꽃이라는 걸 알게 될지도 모른다. 사람들은 뛰고 걷고 역동적으로 움직인다. 같은 방향으로 향하는 두 개의 물결을 볼 수도 있을 것이다.

지하철에 타고 있을 때는 같은 속도, 같은 운명이던 사람들이 열차에서 내려 환승 통로에 들어서면 운명이 갈린다. 환승 통로에서 사람들은 저마다의 속도로 이동하니까. 어떤 사람은 엄청난 속도로 달려서 지하철 앱도 불가능하다고 말했던 환승을 해내고야 말고, 반대로 평균 환승 소요 시간이 너무 짧게 계산되었다고 느끼는 사람도 있고. 열심히 뛰어오다가 코앞에서 문이 닫히는 걸 봐야만 하는 사람도 생기고, 조금 전까지 내 옆에 서 있던 사람이 나와는 달리 환승에 성공하는 걸 보기도 한다.

나는 오늘 좀 빡빡한 환승에 성공했지만 언제나 가장 부러운 사람은 무언가에 연연할 필요가 없는 사람들이다. 다음 열차가 언제 도착하거나 말거나 여유롭게 걸을 수 있는 사람들. 이건 꼭 시간의 문제만은 아니다.

평일의 자전거

집에서 지하철역까지 걸어가면 15분 자전거로는 5분이니까 단지 시간 단축이 절실해서 자전거를 선택할 때가 있다. 오늘처럼 자전거 타기에 불편한 옷을 입어도 충동적으로 안장에 앉게 되는 거다. 급할 때는 자전거를 타는 동안 치맛단이 말려 올라가도 별 수 없다. 누구에게 하는 건지도 불명확한 말들을 하면서 계속 달린다. 조용히 좀 해! 그런다고 옷자락이 얌전해지는 건 아니지만.

오늘은 거침없이 달리려고 카디건을 앞치마처럼 허리께에 둘렀는데 어느 순간 갑자기 자전거가 앞으로 움직이지 않았다. 누가 뒤에서 잡아당기는 느낌이었다. 허리에 두른 카디건의 끝자락이 뒷바퀴에 휘말려 들어간 거였다. 카디건은 탄성 좋은 고무줄이 되어 자전거와 나를 한 몸으로 묶은 상태였다. 허리께의 느슨했던 매듭은 너무 단단해 풀기도 어려웠다. 하필 횡단보도 한가운데에서 나는 자전거에 몸이 묶인 반인반수 상태가 되어버렸다.

허리를 옭아맨 카디건을 최대한 아래로 끌어내려 마치 바지를 벗듯 한 발 한 발 카디건 밖으로 빼냈다. 그리고 겨우 움직이기 시작한 자전거를 인도로 끌고 갔다. 카디건을 빼내기 위해서는 바퀴를 뒤로, 뒤로 돌려야 했다. 카디건은 벗어놓은 허물처럼 축 늘어진 채였다. 곳곳이 찢겨 있었다. 늘어진 카디건을 가방에 쑤셔 넣고 다시 자전거 페달을 밟았다. 41분 차를 타야 해, 41분 차는 반드시…, 그런 일념 하나로 결국 탑승 성공!

평일의 자전거는 조금도 지체할 틈이 없다. 목표 열차에 탑승하고서야 이미 과거가 된 그 아찔한 상황을 복기하게 되는 것이다. 신호등이 없는 횡단보도, 멈춰선 사람도 차도 거의 없는 곳인 게 얼마나 다행인가. 그 일이 명동역 3번 출구 앞 횡단보도가 아니라 동네의 고요한 횡단보도 앞에서 벌어지게 하는 데 내 올해 운의 절반 이상을 써버린 거면 어떡하나. 그래도 열차가 몇 구간을 더 흘러가면 창피함 따위가 대수인가 싶어진다. 이사도라 던컨의 스카프가 떠올랐기 때문인데, 겨우 카디건이 찢긴 걸로 마무리된 오늘 아침의 소동이 얼마나 다행인가 싶어 올해의 남은 운을 다 기부하고 싶은 마음까지 품게 된다.

어린왕자가 지구에 불시착해서 내게 말을 건다면 어떻게 될까, 하는 상상을 가끔 하는데 별 분량을 뽑지 못할 게 분명하다. 어린왕자의 말에 대답할 겨를도 없이 그를 지나쳐버리고 말 테니까. 10분 정도는 언제든 접어 올릴 수 있는 시접을 좀 두고 싶은데 그게 늘 되진 않는다.

출근 때만 그런 게 아니라 퇴근 때도 그렇다. 어느 밤에 L이 내가 오는 길목을 보고 있다가 드디어 나를 발견한 장면에 대해 묘사한 적이 있다. 저 길 끝에서 아파트 차단기가 휙 올라가더니 자전거 한 대가 엄청나게 빠른 속도로 통과하더라는 거였다. 그리고 자전거에서 뛰어내리듯이 멋진 두 발 착지. 그래서 L이 자꾸 잠실행에 대한 미련을 품는 것 같다.

"아니, 차단기 안 올리셔도 되는데 가끔 올려주시더라? 왜 그러시지?"

그러면 L은 비밀을 알고 있다는 듯이 말한다.

"멀리서도 그 기운이 느껴지더라고. 똘끼 말이야. 자전거만 탔을 뿐인데도."

똘끼가 아니다. 그건 그냥 퇴근의 힘이다.

그렇다고 출퇴근의 자전거에 무언가가 끼어들 틈새가 전혀 없는 건 아니다. 자전거를 타면서 듣는 음악은 지하철 속에서 듣는 음악과 확실히 달라서 훨씬 더 좋은 스피커를 이용하는 것처럼 들린다. 평소에 그다지 좋아하지 않았던 노래나 선명한 인상을 받지 못했던 노래도 자전거에서 들으면 매혹이 된다.

집에서 지하철역까지 자전거로 가는 데 걸리는 시간은 길어야 5분 남짓, 노래 한 곡을 겨우 들을 시간인데 그 5분간 돋보이지 않는 노래가 없다. 두 발이 계속 페달을 밟으며 동그라미를 그리기 때문일까? 노래는 내 몸을 빠르게 한 바퀴 돌면서 사각지대가 없도록 만든다.

콜드플레이의 〈Amazing Day〉의 도입부는 마치 조금 이른 퇴근길의 자전거를 위해 만들어진 것이 아닌가 싶을 정도로 자전거 페달링과 잘 어울린다. 그래서 단골 페달송이다. 〈Fix you〉의 간주도 그렇다. 이 노래들을 듣는 동안 나는 리드미컬하게 페달을 밟으며 빛이 쏟아지는 궤도 안으로 들어가는 느낌을 받는다.

사랑에 빠지면 한 곡만 반복해서 듣기 때문에 내가 좋아한 노래들은 결과적으로 어느 시절의 일기 역할을 하게 된다. 지난 몇 달간 내가 통과해온 궤적은 이렇다. 라쎄 린드의 〈Run To You〉로 한 계절을 살았고, 조원선과 존 박이 부른 〈서두르지 말아요〉와 폴 킴의 〈커피 한 잔 할래요〉로 또 한 계절을 살았고, 〈화양연화〉의 〈Yumeji's Theme〉를 듣던 시절에는 길에서 스치는 모두가 수상한 내 사랑 같았다. 최근에는 블라썸 데어리의 〈They Say It's Spring〉이다. 5월이 지나가기 전까지는 이 곡을 듣게 되겠지. 물론 장담할 수는 없다. 노래와 나 사이에는 아무런 의무가 없으니. 우린 자연스럽게 만났다가 자연스럽게 잊고 또 어느 날 서로여야만 한다는 듯이 재회한다.

그러나 11월, 도로의 절반쯤을 낙엽이 차지하게 되는 계절에는 반드시 귀를 열어두고 자전거를 타야 한다. 귀에 다른 소리가 들어갈 기회를 노래로 틀어막아서는 안 된다. 이 시기에 자전거는 정말 재미있는 소리를 선물해주기 때문이다. 특히 낙엽을 자전거 바퀴로 누르면서 지나가면 스낵류, 특히 감자칩을 먹을 때의 바삭한 소리가 난다. 경쾌하고 고소한 소리다. 그 소리를 듣게 되면 지하철 환풍구 위로 떨어진 은행잎들조차 다르게 보인다. 모양새조차 노란 감자칩이 아닌가! 자연스레 지하철 환풍구는 감자칩을 만드는 건조기나 에어프라이어가 된다. 눈으로 보고 귀로 듣고, 그렇게 온몸으로 가을칩을 만나면서 이동하는 것이다. 사가가가가각, 사가가가가각. 아, 진짜 이 소리 최고다.

선로를 타고 오는

열차와 승강장 사이를 건널 때마다 재생되는 장면이 있다. 두 세계의 틈으로 휴대폰을 떨어뜨리는 것이다. 손에서 미끄러진 휴대폰이 열차와 승강장 사이로 쏙 빠져버린다. 열차는 아무 일 없다는 듯이 문을 닫거나 떠나고 한 사람만 덩그마니 서 있다.

다행히 나에겐 아직 일어나지 않은 일이다. 이런 끔찍한 일을 경험한 사람들이 꽤 많다는 건 알고 있다. 휴대폰은 물론이고 우산과 지갑, 안경, 중요한 서류까지. 선로 위로 떨어지지 못할 물건은 없다. 일상의 부품이라면 뭐든 그 위로 떨어질 수 있는 것이다. 이 물건들은 하루의 열차 운행이 종료된 후에야 꺼낼 수 있는데 그때 길이 2미터의 집게가 유용하게 쓰인다고 한다.

모든 열차가 잠든 밤이 되면, 2미터의 거대한 집게가 나타나 어둠 속에서 물건을 건져 올린다. 그중엔 추락과 동시에 이미 손상된 것도 있겠지만, 그래도 무언가를 선로 위에 흘려둔 채로 사는 것과 언제가 되든 그걸 건져 올리는 건 매듭이 다르니까.

선로 위로 떨어진 물건들이 어떻게 되는가를 알고 나니 이제 선로 밖의 유실물 쪽으로도 마음이 흘러간다. 우리가 엉뚱한 지점에 떨어뜨린 말과 표정도 어느 밤에 주워올 수 있다면 좋을 텐데, 아무리 노련하고 야무진 집게가 있다고 해도 그걸 건져 올리긴 어려울 것이다. 잃어버린 지점이 어디인지도 몰라서 서성이는 사람들로 어지럽겠지.

여기 굉장히 당혹스러운 분실을 경험한 사람이 있다. 마르셀 에메의 《생존시간카드》에 나오는 작가 쥘은 6월 3일자 일기에서 이렇게 고백한다.

"다시 삶으로 돌아와 보니 좌석은 내가 원래 앉아 있던 좌석인데 차량은 낭트에 있는 차량 기지의 한 선로 위에 있었다. 게다가 전에도 그랬듯이 나는 완전히 벌거숭이였다."

이런 낭패가 벌어진 건 '일시적인 죽음'이 찾아왔기 때문이다. 이 소설에는 6월 35일이나 6월 60일 같은 날짜가 등장한다. 사람들의 생산성에 따라 시간을 차등 배급하는 법이 등장했기 때문인데 사람마다 한 달이 다르게 계산된다. 가령 작가 쥘에게는 한 달에 16일만 생존이 허가되기에 그가 16일간 살면 삶이 잠시 멈췄다가 14일 후에 다시 이어진다. 한 달을 30일 혹은 31일로 온전히 배급받지 못한 사람들은 억울해하지만 곧 자신의 시간을 돈 받고 파는 사람도 등장한다. 생존시간카드의 암거래가 시작된 것이다. 부자들은 점점 더 많은 시간을 살고 싶어 하고 가난한 사람들은 점점 더 삶에 대해 인색해진다. 그 결과 어떤 사람들은 한 달을 5년 살고 어떤 사람은 단 하루 산다. 그런 두 사람의 연애를 상상할 수 있을까? 서로가 말하는 내일의 무게가 다를 것이다.

잠시 노르망디에 갔던 쥘은 어서 파리의 집으로 돌아가 잠과 같은 죽음을 맞이하려 하지만 기차가 몇 시간 연착되는 바람에 선로 위에서 죽고 말았다. 물론 이것은 일시적인 죽음이라 시간이 지난 후 그는 되살아난다. 새로운 한 달이 시작되면 말이다. 알몸이었다는 게 좀 당혹스럽지만 '다행히' 열차 같은 칸 안에 아는 사람이 있어서 옷가지를 집으로 배송 받을 수 있었다고 한다. 이 지점을 읽을 때마다 그게 정말 다행한 일인지 의심하게 된다.

신분당선의 맨 끝 칸에는 통창이 있어서 지하철 선로를 정면으로 볼 수 있다. 그곳은 언제나 어두운 밤이다. 나는 끝 칸에 타서 쭉 뻗은 선로가 하나로 모이는, 우리가 소실점이라고 부르는 그 지점을 응시하길 좋아한다. 열차가 출발하면, 바로 코앞에 있었던 것들이 점점 멀어지는 경험을 하게 된다. 조금 전까지 3미터 앞에 있었던 등불 하나가 순식간에 과거가 된다. 그 옆의 등불도 그렇다.

어떤 점으로부터 한없이 멀어지는 일, 눈 닿자마자 과거로 놓아주는 일, 돌아보면 우리가 태어나서 지금까지 하루도 빼놓지 않고 경험한 게 바로 그런, 작은 이별들이다. 우리를 울게 하는 이별도 있지만 우리가 알아챌 틈을 주지도 않고 멀어지는, 기척 없는 이별이 훨씬 많기도 하고. 물론 열차는 우리 삶보다 조금 더 관대해서 적어도 2, 3분에 한 번씩은 잠시 멈춰 선다.

이 열차의 끝, 계속 갱신되는 저 소실점을 보고 있으면 너

무나 당연한 사실을 새삼 깨닫게 된다. 모든 것은 과거가 된
다. 지금 이 순간도 흘러간다. 돌이킬 수는 없다.

지하철이 무대라면

지하철이 노련한 연극 무대처럼 느껴질 때가 있다. 열차 이쪽에 앉아 저쪽을 바라보고 있으면 몇 분 단위로 문이 열리고 닫히면서 배우들이 들어오거나 또 나간다. 무대 전환이 아주 잦은 공연장이고 대본도 없다. 모든 것이 돌발상황이다.

며칠 전에는 아주 성량이 풍부한 배우를 봤다. 그 목소리로부터 자유로운 곳은 열차 내 어디에도 없었다. 듣고 싶지 않아도 그 전화 통화내용이 너무나 잘 들렸다.

"엄마 내려? 너 지금 밥 다 안 먹으면 엄마 내려서 다시 돌아간다. 이모 바꿔 봐. 언니, 얘 밥 다 안 먹은 거야? 안 먹는

대? 알았어, 다시 바꿔 봐. 안 먹혀도 먹어. 너 안 먹으면 엄마 회사 안 가. 지금 그대로 집으로 갈 거야."

그렇게 말하던 사람은 황급히 두리번거리더니 열차 문이 닫히기 전에 가까스로 내렸다. 3호선과 6호선이 교차하는 역이었다. 무대 밖으로 배우가 퇴장했다고 생각하면 그만인데, 나는 그 사람이 어디로 간 걸까 그게 궁금하다. 이 근처에 회사가 있을까? 아니면 6호선으로 갈아탄 다음 어디로 간 걸까, 회사로? 혹은 정말 아이에게 한 말대로 집으로 간 걸까? 3호선을 타고 거꾸로 내려갔을까? 내내 그 이후를 상상한다.

무언가가 야단스럽게 무너지는 소리가 나더니 한 사람이 다급히 몸을 낮춘다. 누군가가 종이 뭉치를 떨어뜨린 것이다. 열차에서 뭔가를 떨어뜨리고 줍는 장면을 보는 건 꽤 흔한데 오늘은 어쩐지 자꾸 눈길이 간다. 흩어진 종이를 줍는 몸짓이 다급해 보이는 것과는 별개로 작업 속도가 더뎌서 그런 것 같다. 저 사람은 바쁜 손놀림으로 종이를 줍고 있지만 어쩐지 얼른 일어서지 못하고 있다.

사실 흩어진 종이가 엄청나게 많은 건 아니다. 음료수를 쏟거나 한 게 아니니까 종이야 다시 집어 들면 그만인데, 아직도 마무리되지 않았다. 가만 보니까 하나하나 원래의 순서를 고려하면서 종이를 줍고 있는 것 같다. 3페이지는 여기, 38페이지는 여기…, 이런 식으로. 그리고 드디어 작업을 마무리했는지 쪼그렸던 무릎을 펴고 일어난다.

나라면 일단 가방 안으로 모든 것을 쓸어 담았을 텐데. 일단 열차 바닥에 있는 나의 흔적을 타인의 시선으로부터 얼른 치우는 것, 쓱싹 지우는 것에 몰두했을 것 같은데 오늘 내가 전혀 상상하지 못한 방식을 보게 됐다. 어떤 사람들은 현장에서 무조건 빠른 복구보다는 정밀한 복구를 하기도 하는구나. 우연히 마주친 몸짓 하나에 큰 깨달음을 얻는 아침.

내 자리가 관객석이라고 굳게 믿고 있지만 그런 건 없다. 열차 안 모든 공간이 무대다. 바로 내 옆에 악역이 탈 때도 많다. 열차 안에서 선글라스를 벗었더니 이렇게 말한 옆자리 사람도 있었다.

"아니 왜? 계속 쓰고 계시지? 잘 어울리는데!"

빈자리가 많은 열차에서 하필 내 앞 바닥에 가부좌를 틀고 앉아서는 "내가 바닥에 앉겠다는데 뭐가 문제냐!"고 소리친 사람도 있었다. 기차와 다르게 지하철에서는 옆자리 승객이 마음에 들지 않으면 언제든 일어나 자리를 옮길 수 있다. 그렇지만 가끔 나도 자리를 포기하기 싫을 때가 있어서 기 싸움이 벌어진다. 물론 옆자리에서 온기를 느낄 때도 있다. 울다가 지하철에 올라탄 적이 있는데 그때 내 옆자리 할머니가 동그랗고 작은 귤 하나를 내게 툭 내밀었다. 거의 이십 년 전 풍경인데 그 귤의 색감과 크기와 표정까지도 떠올릴 수 있다. 귤이 나에게 울지 말라고 하고 있었다.

좀체 속을 알 수 없는 인물들도 있다. 이렇게 열차 안이 텅텅 비었는데 왜 내 왼쪽 사람은 어딘가로 옮길 생각을 하지 않는가, 너무 궁금하지만 옆 사람의 속내를 알 길이 없다. 내자리는 이미 가장자리라 옆이 막힌 상태란 말이다. 우리가 떨어져 앉으려면 그 사람이 움직여야 하는데 왜 단 한 칸도 왼쪽으로 더 옮기지 않는 걸까. 우리가 일행도 아닌데 답답하지 않은가 의아해하다가 결국엔 내가 맞은편으로 자리를 옮기고 만다.

오늘도 그렇게 건너편 의자 맨 끝으로 자리를 옮겼다. 그런데 곧 정차한 역에서 사람들이 좀 들어오더니 하필 이 많고 많은 자리 중에 내 바로 옆에 와서 누군가가 앉는 것이다. 이

쫌 되면 '운명'이니 '팔자' 같은 단어가 떠오른다. 내 오른쪽에 앉은 사람에게 묻고 싶다. 대체 왜 이렇게 많은 자리를 놔두고 모르는 이 옆에 붙어 앉으셨나요? 우리가 그 옛날 박카스 CF(배우 한가인과 정성윤이 등장한 버스 편)를 찍는 건 아니잖아요? 돌아올 대답이 크게 기대되진 않는다. 둘 중 하나가 아닐까. 인식하지 못했거나, 아니면 귀찮거나.

치타와 달팽이

47분에 출발하는 열차를 타려면 플랫폼에는 언제 도착하는 게 최적일까? 물론 47분 안에 도착해서 계획한 열차를 타면 다행인 건데, 막상 39분에 플랫폼에 도착하고 보니 뭔가 실패한 기분이 들었다. 열차는 47분에 온다던데 8분이나 기다려야 하다니, 아 운도 없지, 뭐 그런 기분이랄까. 한 45분쯤 도착했어도 충분한 거 아닌가 싶고. 겨우 몇 분 일찍 도착해서 열차가 들어오기를 기다리는 게 그렇게 억울할 수가 없었다. 테트리스 게임의 애매하게 빈 공간 같았다. 방금 열차가 떠나 텅 빈 플랫폼에 오도카니 서 있는 게 얼마나 어색하고 억울한 일인지, 그건 경험하지 않으면 잘 모른다.

에스컬레이터에 몸을 맡기고 서 있는데 바람을 가르는 소리가 나더니 한 여자가 날 스쳐갔다. 여자는 수많은 사람들 사이를 발재간이 좋은 축구선수처럼 요리조리 통과했는데 개찰구에서 발목이 잡혔다. 몇 번이나 뒤로 물러섰다가 다시 카드 태그를 해야 했고, 마음이 급해서 더 순서가 꼬이고 그러는 사이에 내가 그 여자를 따라잡기도 했다. 물론 금방 다시 추월당했지만. 열차가 들어오는 소리가 이미 들렸는데도 여자는 포기하지 않고 뛰었다. 나도 홀린 듯이 따라갔다. 저렇게까지 뛰는 사람이 과연 열차에 탈 수 있는지 아닌지가 궁금해서였다.

내가 플랫폼에 닿았을 때 열차가 막 떠나는 게 보였고, 좀 전까지 치타였다가 갑자기 달팽이가 되어버린 한 사람이 눈에 들어왔다. 어찌나 안쓰럽던지. 열심히 뛰었는데 1순위로 열차를 놓치다니.

우린 같은 열차를 타게 됐고, 심지어 그 여자가 지금 내 앞에 서 있다. 나는 자리에 앉아서 가는데, 대기 1순위로 플랫폼에 도착한 이 사람은 왜 서 있는 걸까. 미안할 지경인데 묘한 희열이 느껴지는 걸 부인할 수도 없고. 이런 건 지하철에서 매일 벌어지는 흔한 역설이다.

치타도 달팽이도 어느 쪽도 되고 싶지 않다면 여분이 필요하다. 옷을 수선할 때도 시접 여분이 있는지 없는지에 따라 수선 방식이 달라지는데 우리 일상이라고 다를 건 없다. 출근길은 늘 촉박하지만 이 출근길에도 접혔던 걸 펼쳐 쓸 수 있는 시간이 10분은 있어야 안심이 된다. 출근길의 시접 여분이랄까. 지하철을 제때 타더라도 여러 변수가 생기기 때문에.

내 옆에 앉아 있던 사람이 두리번거리더니 황급히 일어섰다. 곧 내리는 것 같더니만 "아…, 씨…" 하고는 다시 자리에 앉았다. 열차 문이 이미 닫혀서 내리지 못한 것이다. '아'와 '씨'라는 짧은 두 마디에 담긴 감정, 속을 들여다보지 않아도 알지. 그렇게 잠시 졸다가, 다른 생각을 하다가, 뭔가를 보다가 오늘의 최단거리와 순식간에 이별하는 사람들이 꽤 있다. 나도 이런 적이 있어서 안다. 짓궂은 신이 나를 핀셋으로 집어서 엉뚱한 곳에 옮겨 놓거나, 지하철노선도를 가지고 실뜨기라도 한 것처럼 느껴진달까. 예전에는 이러저러해서 돌아가게 될 때, 그 돌아감에는 어떤 이유가 있을 거라고 믿었다. 단지 그 거대한 이유를 모를 뿐이라고 생각하며 작위적으로 안도했다.

　요즘 생각은 좀 다르다. 내가 실수로 열차를 잘못 타거나 내릴 곳을 놓칠 때, 그럴 땐 어떤 이유도 없는 것이다. 삽질은 인간의 영역에서도 신의 영역에서도 부스러기처럼 작은 순간이라 이유를 굳이 부여하는 게 피곤한 일일 수도 있다. 그러니까 진짜 자유로운 시간인 거고. 이 삽질들이 거창한 이유 없이 존재하는, 그저 우연이 빚어낸 장식이라고 생각해보는 건 어떤가. 레이스 뜨기나 케이크 데코의 일부처럼, 난 그렇게 하나의 장식이 되는 거다.

　그러니까 지금 내 옆자리에서 안달복달하는 그에게 말해주고 싶다. 원래 궤도에선 조금 벗어났지만 당신은 지금 자유로운 장식을 하는 중이라고. 지금을 즐기라고. 그렇지만 그의 표정을 얼핏 봤고, 나는 입 밖으로 한 마디도 나오지 않도록 입을 꾹 다물고 눈을 감는다.

코로나 시대의 궤적

어떤 사람이 매일 지하철로 한 시간 반 거리를 출근하다가 학위를 땄다는 이야기를 들었다. 끝에서 끝까지 한 노선을 타고 오가면서 공부한 결과로. 물론 몹시 부지런한 사람의 사례니까 모두가 지하철에서 더 애쓸 필요는 없겠지. 지하철에서는 일단 열차에 잘 타고 있다는 것, 이동 그 자체에 충실하면 되니까. 그래도 긴 출근길을 단축하는 최고의 방법이 뭔가에 몰두하는 것임을 아는 건 유리하다.

경기 남부에서 경기 북부로, 이렇게 긴 출근길이 나에게 남기는 건 출근길 원고만이 아니다. 열차가 달리면서 통과하는 동네를 따라 긴급 재난 문자들이 도착한다. 열차 안의 사람들은 같은 지역을 통과하면서 같은 문자를 받는다. 사람들의 휴대폰 여러 개가 동시에 요란한 소리를 내기도 한다. 나는 이제 놀라지도 않는다.

출근길 열차에서 만나는 사람들은 다들 비슷해 보이는데 마스크까지 쓰고 있으니 정말 닮은 것 같다. 나도 그중 한 명일 테고. 마스크는 코와 입, 그러니까 표정 일부를 가리지만 그렇다고 우리의 표정이 없어진 건 아니겠지. 포기할 수 없는 초여름의 진짜 표정들은 각자의 방, 가장 만만하고 가까운 공간에 개어 두고서 씩씩하게 걸어 나온 것뿐이겠지. 어쨌거나 마스크 안에서 짓는 표정은 오롯이 혼자만의 것이라 그 사실을 생각하면 좀 쓸쓸한 기분이 든다. 눈은 웃고 있어도 입은 울고 있을 가능성 혹은 그 반대에 대해 생각하면 더.

내 옆에 앉은 사람은 엄청난 군중 속에서 마스크 안 한 사람을 찾아내는 그림을 들여다보고 있다. 휴대폰 밖에서도 마찬가지다. 지금에야 너무나 당연하게 여기게 되었지만 어느 시기에는 열차에 오르자마자 건너편 사람들의 마스크 여부부터 눈으로 훑게 됐다. 마스크를 쓰지 않은 채 큰 소리로 통화하는 사람을 보면(꼭 내 옆에 앉는다) 마스크 좀 쓰시라고 말을 건넬까 말까를 수없이 고민하다가 결국 지하철 민원 문자를 넣었던 기억도 있다.

우리는 조금씩 이 상황에 익숙해진다. 지치지만 노련해진 다. 마스크를 하나 더 챙기고(열차에 타자마자 마스크 줄이 끊어 져 옆면을 붙잡은 채로 한 시간 이동한 기억이 있다), 손으로 허공 을 흔들어 생일 촛불을 끄는 법을 익히고(위생적으로 코로나 종 식 이후에도 이게 나은 것도 같고. 그러나 내 여섯 살 조카에게 이런 설명을 하긴 힘들다. 슬프기도 하고) 악수 대신 주먹 인사를 하면 서(처음엔 양손으로 상대의 주먹을 감쌌다, 쌀보리게임인 줄…) 상 황을 최대한 통제하길 원한다.

코로나 시대의 지하철 안에서 나는 재채기를 누르는 감각 까지 익힌다. 위아랫니가 맞물리도록 꽉 다물면 재채기는 입 안에서 소멸되는데 이러면 아래어금니가 더 아래로 꺼진 느 낌이 든다. 재채기를 참는 횟수를 모두 합하면 정말 몇 밀리 미터 정도는 어금니가 위아래로 이동할지도 모른다.

어느 열차에서는 같은 말이 반복해서 들린다.

"이비에스플러스투."

잠시 후 또.

"이비에스플러스투."

휴대폰 너머의 누군가가 계속 물어보는 모양인지, 그 사람은 낮은 목소리로 또렷하게 약간은 꾹꾹 누르는 듯한 목소리로 말했다.

"이비에스플러스투. 이비에스플러스투라고!"

같은 열차를 타고 가는 동안 그 말을 한 스무 번은 들은 것 같은데 휴대폰 너머에 누가 있는지는 몰라도 내가 전화를 넘겨받아 말해주고 싶은 심정이 됐다. "저기요, 이비에스플러스투래요"라고.

지하철의 모두가 마스크를 쓰고 있다는 사실이 아무리 눈에 익었다고 해도, 여전히 이렇게 생경하게 다가와 잔상으로 남는 풍경들이 있다. 코로나 시대의 단면이겠지. 재택근무와 원격수업, 긴급돌봄과 무급휴직, 폐업과 기약 없는…, 모두 처음 접하는 상황이 만든 간이역들이다.

굴절미

지하철 노선마다 가장 아름다운 구간이 있을 것이다. 사람마다 보는 눈이 다르다고는 해도 대체로 동의하게 되는 멋진 구간들 말이다. 대부분 지하보다는 지상일 테고 오직 지하철로만 볼 수 있는 풍경일지도 모른다.

서울 지하철 3호선을 꾸준히 타는 내게 묻는다면 단연코 구파발역에서 지축역 사이 구간이 최고라고 대답하겠다. 햇빛이 열차 안으로 쏟아지고 파노라마처럼 북한산과 그 아래 풍경이 펼쳐지는데, 내가 타고 있는 게 관광객을 위해 만들어진 열차라 해도 믿을 정도다. 매일 철로 위를 흘러가면서 보는 이 몇 초간의 전망 때문에 나는 중간에 앉아 있는 방향을 바꾸기도 한다. 양재역에서 대화행 열차를 탈 때는 대체로 오른쪽 자리를 선호하는데 한강 통과 구간에서 입체적인 전망을 보기 위해서다. 그러다가 열차가 구파발역에 닿기 전에 왼쪽 자리로 옮긴다. 3호선 최고로 아름다운 구간을 제대로 즐기기 위해서.

양재역에서 3호선에 올라타 주엽역까지 가는 동안 내가 번잡한 기분으로 통과하는 구간도 있고 거의 자포자기 구간으로 통과하는 구간도 있고 마음은 바쁘지만 살짝 낭만적인 심정이 되어 통과하는 구간도 있는데 구파발역에서 지축역 사이, 이 구간을 통과할 때 내가 하는 생각들은 이렇다. 목적지가 있어서 지하철에 올라탄 사람들은 이미 다 내린 거야, 지금 이 열차에 앉아 있는 사람들은 뭐 어디로 가나 상관없는 나그네들인 거지, 남는 게 시간이고 관찰하는 데 도가 튼 사람들, 물 흐르는 대로 흘러가봅시다. 물론 내 멋대로 해보는 상상일 뿐이지만. 차창을 통해 들어오는 햇빛도 큰 역할을 하는 것 같다. 햇빛이 열차 안으로 쏟아져 들어오면 천장의 삼각형 손잡이들이 일제히 흔들리고, 손잡이가 리드미컬하게 찰랑찰랑 흔들리는 걸 한참 바라보고 있으면 그게 꼭 아기 머리 위에 매달아두는 모빌처럼 느껴진다. 일순간 아기가 된 기분으로 지하철을 요람처럼 누리면서 출근하는 것이다.

그러다 어느 출근길에는 이 구간이 유독 아름답게 보이는 이유가 햇빛이나 이 일대 풍경 때문이 아니라 어쩌면 굴절에 있는 거란 생각을 하게 됐다. 지상으로 올라오고서 열차가 몸을 살짝 비틀기 때문이다. 뭐, 지금까지 직선으로만 달려온 건 아니겠지만 바로 이 구간, 구파발역과 지축역 사이에서는 확실히 느껴진다. 굴절의 미학이랄까.

날 홀린 굴절미…. '굴절미'라는 단어를 쓰나 싶어서 검색을 해 봤더니 굴절미는 나오지 않고 웬 꿀절미만 휴대폰 화면 가득 등장한다. 잘못 입력한 것도 아닌데 굴절미보다는 꿀절미를 찾는 사람들이 훨씬 많았던 거겠지. 화면에는 '꿀절미'로 검색한 결과라며 '굴절미'를 여전히 원하느냐고, 원하면 찾긴 찾아보겠다는 듯한 뉘앙스의 문장이(물론 그렇게까지 길게 설명한 적은 없지만) 달려 있다. 이미 그 문장은 아는 것이다. 굴절미를 찾던 사람 하나가 이미 꿀절미 검색 결과에 홀려 그걸 열심히 보고 있을 거란 걸. 예상은 적중해서 나는 꿀과 인절미의 조합이라는 엉뚱한 결과를 읽고 있다. 주문하기 직전이다. 이것 역시 휘어짐, 틀어짐, 예기치 않은 굴절의 미학인 것만 같다고 생각하면서.

171

　소설에 프리미엄 통근버스를 등장시킨 적이 있다. 〈우리의 공진〉에 등장하는 그 버스는 보통의 통근버스보다 비용이 몇 배나 더 비싸지만 넓은 좌석과 독립된 공간을 보장해준다. 좌석 배열은 2-1구조로 되어 있고 모든 좌석을 165도까지 뒤로 젖힐 수 있지만 뒷좌석에서는 아무 영향도 받지 않는다. 과민성대장증후군이 있는, '57분 내장 정보'라는 별명을 가진 주인공은 프리미엄 통근버스를 선택한다. 버스 안에 화장실도 있기 때문에.

　지하철을 탈 때마다 그 소설을 떠올린다. 화장실까지 바라는 건 아니나 넓은 좌석은 포기할 수 없어서다. 나는 지금 7인석 의자의 오른쪽 끝에 있는데 앉을 때마다 느끼는 거지만 이 의자는 6인석이어야 했다. 좌석 하나의 폭이 435밀리미터라고 하는데 이건 1974년 기준 그대로다. 폭이 좀 넓어진 좌석도 일부 열차에 있다고는 하는데 내가 타는 건 늘 좁다.

좁은 공간에 어떻게든 주차한 자동차들처럼 사람들은 묵은 기준에 몸을 맞춘다. 어깨를 조금 접고 팔을 앞으로 모은 채로. 모서리를 조금 접는 모양새다. 옆 사람과 어떻게든 간격을 만들고 싶어서 내가 오른쪽으로 몸을 바짝 옮기면, 옆 사람은 그만큼 더 따라온다. 당신과 '문콕' 하고 싶지 않아서 옆으로 옮긴 건데 이러면 곤란하죠, 라고 말하고 싶지만 속으로만 생각한다. 옆 사람도 그리 위풍당당하게 앉아 있는 건 아니니까, 그 역시 적당히 모서리를 접고 앉아 있으니.

대중교통에서 프리미엄을 상상하면 이상한 걸까. 165도까지 뒤로 젖힐 수 있는 좌석까진 바라지도 않지만, 자라나는 우리들의 어깨와 엉덩이를 억압하지 않을 만큼, 그만큼의 공간이면 충분할 텐데. 물론 출근길 열차에 앉아 있는 건 서 있는 경우에 비해 감사한 일이지만. 모두가 앉는 건 물론이고 심지어 때로는 누울 수도 있는 넉넉한 대중교통에 대해 상상한다. 온갖 종류의 사치스러운 대중교통을 상상한다.

　어느 월요일에는 완전히 내 위주로 열차 칸칸을 그려보았다. 열차 칸 하나는 샤워공간으로 채운다. 세수하고 샤워하면서 출근할 수 있는 것이다. 물론 퇴근길에도 가능하고. 또 한 칸 정도는 미용실로 만들어서 원하는 승객은 헤어컷을 하거나 염색을 하면서 출근할 수도 있고 드라이도 할 수 있는데 심지어 가격도 좀 저렴한 편이다. 어느 칸엔 운동 시설이 있어도 좋을 것 같다. 그 칸에 상주하는 트레이너도 있고 시간대별로 여러 프로그램을 진행해도 좋을 것 같다. 이를테면 다섯 시 대의 새벽 첫 열차를 타는 사람들은 한 칸 가득 정갈하게 깔린 매트 위에서 코브라자세를 하며 한강을 통과할 수 있다. 식당칸도 두세 칸 필요하겠지. 출근하면서 아침을 먹을 수 있다는 건 엄청난 시간 단축이고 원한다면 옆 칸의 운동 트레이너가 제안한 식단대로 먹을 수도 있다. 한 칸 정도는 서점이어도 괜찮겠고 도서관을 담은 열차와 번갈아 달려도 좋을 것 같다. 3호선에 구파발행 열차와 대화행 열차 두 종류가 번갈아 다니는 것처럼 말이다. 또 한 칸은 꿀수면을 돕는 안락의자와 거대한 알람시계로 가득 채우고. 한 칸은 키즈카페처

럼 꾸미고, 또 어느 칸에서는 차고지에서 차고지까지 고전영
화를 틀어 주는 거다. 어느 주말에는 관객과 감독 혹은 독자
와 작가의 만남이 열리기도 한다. 아, 마사지 칸도 필요하다.
마사지 기계 몇 개만 놓아도 충분할 것이다. 원한다면 수기마
사지도 가능하다.

또 다른 월요일에는 이런 상상을 한다. 어느 놀이공원의 빅
5티켓 같은 게 지하철에도 있어서 내가 필요한 역 다섯 개만
이용할 수 있도록 하는 것이다. 이 티켓의 좋은 점은 내가 티
켓 위에 기입한 다섯 개 역에만 지하철이 정차한다는 사실.
다른 역에는 서지 않는 급행이 되는 셈이다. 이러면 출근 시
간이 삼분의 일로 줄어들겠지. 내 경우에는 출발지와 도착지
인 미금역과 주엽역은 당연히 적어야 하고 이제 그 사이 세
개 역을 어디로 할지만 정하면 된다. 이런 얘기를 하면 어차
피 상상인데 미금역에서 주엽역까지 한번에 가는 직통 열차
를 만들지 그러냐는 말이 돌아올 수도 있지만 그런 건 재미가
없다. 내가 내리지 않는 역도 몇 개는 필요하다. 그게 또 지하
철 타는 맛 아닌가? 나는 내리지 않고 스칠 뿐인 역 세 개를
어디로 해야 할지 고르느라 미간에 주름이 생길 지경이다. 이

상하게 월요일에는 상상의 나래를 펼치게 된다.

또 다른 월요일에는 서울 지하철 3호선에 앉아서 전 세계 지하철 노선도를 그려본다. 이를테면 파리의 생제르맹데프레역 다음 역이 옥수역이라거나, 뉴욕의 콜럼버스서클역에서 종로3가역으로 환승을 할 수 있다거나 하는 식이다. 이런 지하철을 타고 종점까지 간다면 엉겁결에 대륙 횡단을 할지도 모르니 여권을 챙겨야 한다. 그렇다면 전 세계 지하철 노선도를 어떻게 구성해야 할까, 이게 뭐라고 또 고민이 된다.

월요일 출근길에 나를 본다면 건드리지 마시길. 몹시 바쁘단 말이다. 모든 역을 하나씩 헤아려가면서 차근차근 출근할 수밖에 없다는 걸 알면서도, 머릿속으로는 온갖 시설이 들어간 프리미엄 지하철이나 진짜 냉정한 급행노선, 시베리아횡단열차보다 더 방대한 사이즈의 세계노선을 꿈꾸는 것이다. 이 중에 하나만 가능하다면 뭘 골라야 하지? 고민하다 보면 주엽역에 도착한다.

열차가 아니라 필름

지하로만 다니다가 열차에 한 줄기 빛이 들어오는 순간을 놓치면 왠지 억울해진다. 졸다가도 깨어나 집중해야 할 구간들이 좀 있는데, 3호선 열차가 동호대교를 통과하는 구간도 그렇다. 재미있는 건 열차가 풍경을 바라보는 장소로도 좋지만 바라보는 대상 그 자체가 되어도 좋다는 것이다. 동호대교를 통과하는 열차를 잠원한강공원에서 바라보면 필름을 길게 펼친 것처럼 느껴진다. 열차가 끝에서 끝까지 달리는 시간을 헤아리면 한 편의 영화 러닝타임 같기도 하고. 실제로 열차 안에서 영화의 한 장면을 떠올리게 될 때가 많다. 눈이 내리기라도 하면 피할 길이 없다.

눈이 내리는 출근길 열차 안은 은근히 시끄럽다. 신발 바닥의 마찰력을 미리 점검하고 온 사람들 덕분에 열차가 급정거할 때마다 오징어빨판이 바닥에 들러붙는 소리가 나기 때문이다. 눈이 내리는 것은 열차 밖의 일인데 눈이 쌓일 일 없는 선로 위에서도 무언가가 계속 흩날리는 듯 번잡한 기분도 든다. 그러다가 교대역과 고속터미널역을 통과하면서 사람들이 많이 빠져나가면 열차 안은 순식간에 고요해진다. 나는 자리를 찾아 앉는다. 이렇게 열차 내부가 갑자기 고요해지면, 찬 곳에 있다가 따뜻한 곳으로 들어왔을 때 몸이 노곤해지듯이 마음에도 틈이 생긴다. 출근길이 아니라 여행길처럼, 선로 위가 아니라 필름 위를 흐르는 것처럼.

언젠가 군산으로 여행을 갔을 때 이런 얘기를 들었다. 그 동네에서 영화 〈8월의 크리스마스〉를 촬영할 때, 눈 역할을 했던 게 소금이었다는 것. 어마어마한 양이었다는데, 영화 촬영이 끝난 후 그 소금으로 동네 사람들이 김장을 했다고 한다.

이 얘기를 듣는 동안 L은 이발소에서 머리를 다듬고 있었고, 나는 유리창 밖으로 소금이 눈처럼 쌓였던 그 골목을 상상했다. 이발사는 신이 나서 당시의 분위기에 대해 최대한 길고 길게 말하는 것 같았다. 이미 이발이 끝났어야 할 시간인데, L의 머리카락이 더, 더 짧아졌고, 이발 가위는 멈출 줄을 몰랐다. 춤을 추는 것 같기도 했다.

낯선 동네의 이발소, 착착 머리카락이 흩날리는 소리, 짠 맛을 가진 눈이 골목을 폭 안아버린 풍경, 주도권을 쥔 한 사람의 풍요로운 화술과 속수무책으로 빠져드는 두 사람. 그 모든 게 영화 한 장면으로 버무려졌다.

썰매를 타거나 스키를 타거나 하지는 못했지만 눈이 펑펑 날리는 날에 지하철을 타고 달리는 것도 나쁘지는 않은 경험이다. 눈 오는 날의 출퇴근이란 참으로 귀찮은 일이나, 열차의 속도로 경기 남부에서 경기 북부로 1시간 반의 여행을 한다고 생각하면 기분이 조금 달라진다. 마음가짐도 소박해진다. 오늘 같은 날엔 넘어지거나 부딪치거나 하지만 않아도 내 인생은 성공인 거다, 라고 마음먹고 최대한 조심조심 걷는 데 집중한다.

이렇게 조심조심 걸었던 기억을 소환하면 언제나 겨울의 홋카이도에 가 닿는다. 거기가 최고 난이도였으니까. 겨울의 홋카이도는 세상에서 가장 밤이 긴 도시들이 모인 느낌이라 자꾸 몸을 웅크리게 됐다. 그렇게 넓은 규모의 빙판이 도심 한복판에 있는 게 좀 낯설어서 동선을 최대한 단축하게 됐고, 건너편 편의점에 다녀오는 데도 모험심이 필요했다. 눈밭에서 마구 달리면서 자유를 만끽할 줄 알았는데 웬걸, 나는 세상에서 가장 느린 사람처럼 걸어야 했다. 여행 와서 다치면 큰일이라고 몸을 사리면서.

그런데 그 차분한 도시에서 빠져나와 일상으로 온 다음 날부터 아주 느린 속도로 그곳이 그리워지기 시작했다. 눈이 많이 올 때마다 그 하얗고 춥고 미끄럽던 그리고 밤이 몹시 길던 도시들을 자꾸 떠올리게 됐다.

새하얀 출근길은 나에게 오래전에 펼쳐보고 그 후로 접속하지 않았던 오타루의 지도에 접속하게 만든다. 매일 167개의 석유램프를 점등하던 카페는 그대로다. 최근 방문자들이 남긴 사진을 보고 있으니 몇 년 전 그날과 크게 다르지 않다는 생각이 들고, 곧 잠들었던 감각들이 되살아난다. 그곳을 채우던 피아노 연주가 귓가에 들리고, 석유램프의 나른하고 매캐한 냄새가 코끝에 닿고, 시야는 금빛 안개를 통과하는 것처럼 흐려진다. 그때 친구와 내가 무슨 말을 나눴던가, 기억을 그곳으로 모으는 사이에 몸은 주엽역에 닿는다.

3

그 여행의
기념품은

빈틈입니다

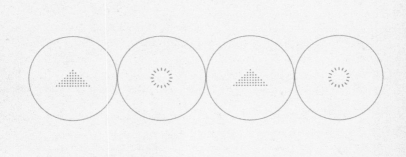

압도적인 식전빵

콜로세움을 실제로 보면 예상보다 훨씬 커서 깜짝 놀란다고 하던데, 나는 그 깜짝 놀란 이야기를 너무 많이 들었는지 막상 로마에 가서 콜로세움을 봤을 때 좀 작은 게 아닌가 갸우뚱하게 되었다. 소문에 노출되고 그렇게 기대감을 키우고 마침내 기대감이 실재를 넘어서는 줄거리가 내 여행에 꽤 있다.

프라하의 야경 앞에서도 그랬다. 엄마와 함께 거리의 뜨거운 와인도 한 잔씩 사 먹으며 몸을 데워놓기까지 했는데, 비둘기가 너무 많았다. 이게 무슨 결론인가 싶지만 야경보다도 엄청 많은 비둘기를 보고 더 놀라게 됐다. 야경에 대해서는 지금 불이 켜진 것인지 아니면 오늘은 휴일이라 불을 안 켠 건지 더 기다리면 뭐 더 좋은 게 나오는지 계산하느라 머릿속이 바빴다. 대만에서도 그랬던 것 같다. 타이페이의 야경을 보기 위해 두 시간을 상산에 서 있었던 나는 끝까지 저 도시의 불이 다 켜졌는지 어떤지 확신하지 못한 채로 자리를 떠났다.

이런 이야기를 할 때 빼놓을 수 없는 게 나폴리에서 포지타노로 가던 길이다. 시타버스 내부가 완전히 만원이었다. 버스 안의 수다도 만원이어서 내려야 할 정류장에 대한 안내를 들을 수도 없었다. 내가 아는 건 시타버스가 30분쯤 달리면 목적지가 나타나고, 정류장이 세 개인가 있는데 두 번째 정류장에 내리면 되고, 그러나 이런 걸 셀 필요도 없다는 거였다. J의 말에 따르면 "너로구나!" 싶은 지점이 딱 나타난다고 했다. 멀미와 절경이 끝내주기 때문에 내릴 곳이 다가왔음을 몸과 마음이 알아서 준비하게 된다는 것이다.

"정말 창밖 경치가 죽음인 곳이 나온대. 거기서 내리면 된대."

동행에게 그렇게 말했던 나는 정작 그 죽음의 실체를 보고도 그게 아말피 해안의 경치라고는 생각을 못 했다. 솔직히

'죽을' 만큼은 아니었던 것이다. 더 아름다운 경치가 있을 거라고 믿었기 때문에 포지타노를 그냥 지나칠 뻔했다.

누군가의 감탄 속에서 여행의 기운을 예열하는 것도 나쁘지 않지만 효율적인 감동의 측면에서 보면 Z의 접근법이 더 좋은 것도 같다. 내가 암스테르담에 간다고 하면 Z는 어느 지점에 대해 한참 설명한다. 거기 중앙역 옆에 어느 골목에 있는데 그 골목에 들어가면…, 잊을 수 없는 맛집이라도 설명해주나 귀를 쫑긋하게 되지만 Z의 여행담은 보통 이런 식으로 끝난다.

"그 집 진짜 별로야. 거기만은 가지 마라."

"거기서 가방 도둑맞았다. 거기만은 가지 마라."

Z의 여행담은 꽤 냉담한 편이다. 그렇기에 Z를 감동시킨 여행지는 더 위대해지는 것이다. Z의 여행담을 통해 적당히 차분해진 나는 예상보다 훨씬 아름다운 풍경을 만나기도 하니 이런 방식도 나쁘지 않다. 확실히 기대와 감동이 늘 비례하는 건 아니다. 무구한 기대와 촘촘한 계획이 나를 흡족하게 만들 때도 있지만 그 반대 경우도 적지 않다. 어떤 여행을 부추길 만큼 강렬했던 사진 한 장이나 소문이 막상 여행을 시

작하고 보면 미끼 정도였음을 확인할 때도 있다. 진짜는 따로 있는 것이다.

이건 스테이크로 유명한 식당에 갔다가 식전빵에 엄청난 감동을 느끼고 나오는 것과 비슷하다. 실제로 우리는 자주 식전빵에 매료된다. 때로는 메인 메뉴보다도 더. 조약돌 모양의 식전빵을 내어주는 식당 한 곳을 알고 있는데, 그 식당에 가본 사람은 다 이해할 것이다. 식전빵에 홀린 나머지 주문한 메뉴가 나오기도 전에 이미 몸과 마음을 식전빵에 내어주게 된다. 그 빵에 대한 사랑을 고백하자 식당에서 한 봉지 가득 챙겨주기까지 했기 때문에 정작 메인 메뉴는 식전빵과 식후빵 사이에 살짝 끼인 존재가 되었다.

있는 줄도 몰랐거나 크게 기대하지 않았던 장면이 존재감을 과시하며 여행을 통째로 삼키는 경우가 꽤 있고 우리는 그런 경험을 잘 잊지 못한다. 예열 단계에서, 무엇과 무엇 사이에서, 그 틈새에 우리를 홀리는 식전빵 때문에 다음 일정을 취소한 적도 있으니까. 그런 것들의 목록을 나열하라면 책 한 권이 될 것이다. 이런 목록은 의외여서 좋다. 기대를 품지 않았던 것이라 좋고, 만만한데 아주 얕볼 수는 없어서 좋다.

하와이 마우이섬의 쿨라, 화산토에 뿌리를 묻고 사는 나무들이 가득한 그 동네를 떠올려도 나는 압도적인 식전빵 효과를 느낀다. 좁고 구불구불한 37번 도로는 한가롭다가도 금세 멋진 클래식카 몇 대를 비엔나소시지처럼 엮어낸다. 쿨라~ 쿨라~ 쿨라~, 굴곡마다 그런 소리를 내면서 차들이 흘러간다. 달리다 보면 라벤더 농장으로 들어가는 차도 있고 식물원까지 흘러가는 차도 있다. 그 둘을 모두 그냥 통과했다면 도로에 남은 차들은 같은 목적지로 갈 가능성이 좀 더 높아진다. 마우이즈 와이너리Maui's Winery다.

마우이즈 와이너리가 그날의 주 메뉴였지만 큰 인상을 받지는 못했다. 강렬한 식전빵은 그다음에 나타났다. L과 내가 마우이즈 와이너리를 돌아본 뒤 밖으로 나왔을 때, 거기에서 마을 잔치 혹은 야유회 같은 게 벌어지고 있었다. 알고 보니 최고의 칠리를 뽑는 축제였다. 그런 게 있는 줄도 몰랐지만 우리도 어느새 줄을 서서 인당 5달러씩을 내고 있었다. 그리고 작은 컵 다섯 개와 쿠폰 다섯 장 그리고 막대 하나씩을 받았다. 스무 개 정도의 칠리 부스 중에 다섯 곳을 골라 맛본 후 최고의 팀에 투표하면 되는 거였다.

우리는 최대한 겹치지 않게 다섯 팀씩을 골랐다. 그리고 맛보기 시작했다. 팀마다 칠리 맛도 제각각이지만, 칠리에 곁들일 사이드메뉴의 종류도 다 달랐고, "우리 칠리를 맛보세요" 하고 홍보하는 스타일도 달랐다. 이전의 칠리 맛을 싹 지우라는 듯 생수 한 잔을 먼저 건네던 팀도 있었다.

최종적으로 나는 'Mom' 팀에 한 표를 넣었는데, 내가 투표용 막대를 집어넣자 뽀빠이 포즈를 지어주신 아주머니 때문에, 이미 다른 곳에 투표한 L은 나를 부러워했다. L이 투표했던 팀의 아주머니는 새로운 한 표가 들어오든 아니든 별 반응 없이, 묵묵히 칠리 끓이기에만 몰두하고 있었으니까. 리액션에 목마른 L은 그 팀에 가서 투표용 막대를 다시 회수해 오고 싶어 했다.

칠리 맛은 이미 휘발된 지 오래지만 아기자기한 마을 잔치의 분위기는 지금까지도 생생하다. 사실 나는 칠리에 아무런 호기심이 없고, 여행할 때 행사나 축제는 일부러 피하는 편이다. 그럼에도 마우이섬을 떠올리면 이 칠리 축제를 구경하며 보낸 몇 시간이 재빠르게 떠오르고, 그래서 최고의 칠리를 뽑는 게 마치 그 여행의 목적이었던 것처럼 확장된다. 궁금해지기도 한다. 올해도 최고의 칠리 축제가 열렸을까, 코로나로 멈췄을까, 최고의 칠리란 대체 뭘까.

Z와 나는 종종 이스탄불 여행에 대해 얘기하는데, 그럴 때
마다 카펫 팔던 남자도 소환된다. 이스탄불에 도착한 첫날, 숙
소에 짐을 풀고서 우리가 제일 먼저 한 일은 숄을 사는 거였
다. 대략 15리라 정도를 적정선으로 두고 이 집 저 집 다녔는
데, 결국엔 쳄블리타쉬역 근처의 어떤 골목에서 샀다. 우리는
스카프를 판 이 청년이 꽤 점잖다는 결론을 내렸기 때문에 그
가 자기 옆집에도 놀러가라고 한 말을 그대로 실행했다.

"거기 한국인 부인을 둔 남자가 있거든요."

한국인의 남편이 궁금했다기보다는 바로 옆집이어서 기웃

거렸을 뿐이다. 카펫 가게인 듯 보였다. 주인으로 보이는 남자가 우리를 반기며 자리를 내주었다. 자리에 앉을 것까지는 없지 않나, 라고 Z와 나는 동시에 같은 생각을 했지만 결국 의자에 앉았다. 가게 주인이 휴대폰 속에 저장된 아내 사진을 보여주었다. 그의 아내는 임신 중인데 한국에 있어서 늘 그립다고 했다. 거기까지가 좋았다. 그러니까 "지난밤 꿈에 아내가 나왔어요" 전까지. '지난밤 꿈'부터 나와 Z는 서서히 몸을 일으켰는데, 그의 이야기는 우리 몸짓보다 더 빠른 속도로 진행됐다.

"꿈에 아내가 나타나서, 오늘 한국인들이 올 테니 잘해주라고 했어요. 그래서 내가 스페셜 프라이스로 이 카펫을 드리고 싶은데!"

우리가 이제 여행 초반이라 카펫을 살 수 없다고 말하자 그는 더 작은 사이즈의 카펫을 가리켰다. 우리가 외면하자 더 작은 사이즈의 카펫을. 그가 권하는 카펫의 사이즈는 점점 작아졌고, 우리의 거절 이유가 되는 가방 사이즈도 점점 작아졌다. 그는 거의 모든 사이즈의 카펫이 이 가게에 있다고 했다.

결국 좀 단호하게 우리가 카펫을 살 마음이 없다고 말하자 그는 한 발 물러섰다. 우리를 이해한다며, 기념으로 사진 한 장만 찍자고 했다. 휴대폰 액정의 크기는 지금까지 등장했던 그 어느 카펫 사이즈보다도 작았다. 그 휴대폰 안에 세 사람이 찍은 사진이 남았다. 그리고 나와 Z는 드디어 카펫 광풍에서 벗어났다.

Z와 나는 그의 이야기 중 어느 지점부터 우리가 고객일 가능성이 있었는가를 되짚어보기 시작했다. 거의 모든 사이즈의 의심이 가능하다. 아무것도 의심하지 않을 수도 있고, 조금만 의심할 수도 있고, 모든 걸 의심할 수도 있다. 선택은 청자의 몫. Z가 선택한 이야기는 한국인 아내도 애초에 없었다는 거였다. Z는 이렇게 말했다.

"어쩌면 이제 저 남자가 우리를 한국의 부인으로 설명할지도 몰라. 우리는 저 남자 꿈에 나올 수도 있어. 한국인들이 오면 잘해주라고 계시를 내리겠지."

나를 만나기 전에 Z는 크로아티아에서 며칠을 보냈다. 여행 내내 비바람이 불었고 불운이 함께였다고 했다. Z가 보내온 사진 속에는 침대 옆으로 떨어진, 산산조각 난 천장등이 있었다. 잠시 화장실에 다녀온 사이에 그렇게 되었다는 것이다. 이스탄불 공항에서 만나자마자 Z는 내 기운으로 자신의 악운이 좀 희석되길 바란다고 했다. 그런데 만나자마자 카펫을 덥석 사버릴 뻔했네? 카펫의 사이즈가 점점 작아질 때, 그러니까 거의 모든 사이즈가 등장할 때 나는 그럼 손바닥만 한 거 하나라도 살까 싶은 마음을 품기도 했으니. 카펫이 좋아서라기보다는 광풍에 휩쓸린 결과로.

거리 곳곳에 '나자르본주'라고 부르는 악마의 눈이 있었다. Z는 마그넷 형태로 된 악마의 눈을 스무 개 샀다. "이게 액운을 막아준대" 하면서. 지금도 이스탄불을 떠올리면 보스포러스 해협과 낚시하던 사람들과 세마의식과 아잔 소리와 그런 것들에 전혀 밀리지 않는 장면이 하나 있는데, 바로 Z가 거리 곳곳에서 유심히 눈알을 고르던 모습이다. 마치 고등어를 고를 때처럼 동공의 신선도를 보던 Z….

각인의 힘

술잔을 두 개 사고, 티셔츠를 하나 사고, 거기다 남은 돈을 털자는 취지가 무색하게 ATM기를 찾아 돈을 더 뽑은 다음 그 돈을 합쳐 문패까지 팠다.

술잔과 티셔츠와 문패의 공통점은 모두 그 여행지의 이름이나 내 이름이 그 나라의 활자로 표기되었다는 것이다. 나는 각인에 좀 약한 편이다. 때로는 각인 서비스 하나 때문에 필요 없는 물건을 살 때도 있다. 각인을 하는 순간 그 물건의 유효기간이 엄청나게 길어진다. 컵이든 펜이든 열쇠고리든 무엇이라도 메시지가 각인된 것은 그 내용에 동의할 수 없는 게 아닌 이상 잘 버리지 않는다.

여행지에서 각인을 하면 낯선 추억까지 같이 새길 수 있다. 이탈리아 포지타노에서는 파란색 스트랩으로 된 조리 샌들을 주문하고 샌들 바닥에 내 이름을 새겼다. 만든 지 십 년이 훨씬 지났는데도 새것 같은데 한 번도 밖에서 신은 적이 없기 때문이다. 이름이 새겨진 신발은 그게 유일하기 때문에 보는 것만으로도 의미가 있다.

태국 치앙마이에서는 내 이름을 넣어서 나무 문패를 팠다. 서재에 놓여 있는데 그걸 볼 때마다 묘한 기분에 휩싸인다. 'Yun Ko-eun'이라고 적은 종이를 보고 판매자가 태국어로 바꿔 각인했는데, 마지막에 그가 'eun'인 걸 확인하고 잠깐 당황하는 순간을 본 것 같아서다. 왜 이런 순간은 잘 안 잊혀질까. "e, u, n이 맞죠?" 했을 때 그는 그렇다고 했지만 한번 시작된 의심은 좀체 가라앉지 않아서 나는 여전히 이 문패의 이름이 윤고인이나 윤고음일 여지를 남겨두고 있다.

가방에 이름을 새긴 적도 있다. 그게 나의 유일한 각인 가방이라는 것을 안다는 듯이 엄청 큰 활자 크기를 자랑한다. 피렌체 어느 가죽공방에서 완성된 가방을 받아들고 여기에 이름을 새길 수 있냐고 물었을 때 주인은 이렇게 대답했다.

"지금 작은 틀을 갖고 있지 않아서 좀 큰 크기의 활자만 가능합니다."

그러면서 활자 틀의 크기를 보여줬는데 주먹만 했다. 그러나 그곳의 유일한 선택지였고 자꾸 보니까 크긴 하지만 내 손바닥보다는 작으니까 괜찮다는 생각이 들기도 했다. 각인이 주문 제작의 화룡점정이라 생각하기 때문에 이름을 새기지 못할까 전전긍긍했던 것이다. 어떤 형태로든 어떤 크기로든 이름을 새겨야 했다. 그런데 막상 가방에 찍혀 나온 이니셜을 보자 좀 당혹스러웠다. 생각보다 더 크게 느껴졌다. 그래도 가방 겉이 아니라 내부에 새긴 것이 얼마나 다행스러운가.

그 가방을 메고 누군가를 만날 때마다 나는 이걸 좀 보라며 가방 안쪽의 이니셜을 보여준다. 그러면 대부분 웃는다. 가방 덮개를 들어 올리자마자 그 안에 숨어 있는 커다란 Y, K, E! 정직한 글씨체가 심지어 두 겹으로 찍혀 있다. 그 공방에서 납작한 동전지갑도 몇 개 샀고 거기에도 이름을 새기고 싶었다.

"지갑에도 이니셜을 새길 수 있죠?"

주인은 물론 가능하지만 단지 활자가 커서 한 글자씩만 들어갈 거라고 했다. 나는 지인들의 한 글자를 떠올리며 그것도 나쁘지 않을 거란 생각을 했다. 주인이 마치 처음 보여주는 것처럼 아까 그 활자 틀을 꺼냈다. 가방에 썼던 그 활자 틀, 그 주먹만 한 Y! 나는 화들짝 놀라 손을 내저었다. 한 글자씩만 들어갈 정도가 아니라 지갑 귀퉁이를 최대한 펼쳐야 글자와 지갑의 비율이 1:1이 되는 수준이었다.

만약 내가 그 공방을 나서기 전에 다른 제품을 발견하고 "여기에도 각인이 가능해요?"라고 물었다면 공방 주인은 차분한 목소리로 대답했을 것이다.

"물론 가능하지만 단지 활자가 좀 커요."

속으로 이렇게 생각했을지도 모른다. 정말 각인을 못 해서 안달이 나 있군, 몇 번을 말해야 알아들어? 우리는 이런 틀밖에 없다고. 이게 우리가 가진 가장 작은 크기란 말이야!

각인은 표면을 태우거나 긁어내거나 파내거나 두드리는 방식으로 이루어진다. 대상에 어떤 방식으로든 흠을 내는 것이다. 글자든 이미지든 만드는 이가 의도한 흠 말이다. 그렇게 각인된 부분은 주변부와 촉감이 다르다. 손으로 쓸어 보면 오돌토돌 깊이가 다른 게 느껴진다.

내가 매일 쓰는 헤드폰의 한쪽에는 '윤고은의 ebs북카페', 다른 한쪽에는 나의 영문 이름이 새겨져 있다. 지하철에서 윤고은 혹은 북카페가 적힌 헤드폰이 보인다면 그걸 쓰고 있는 사람이 나일 것이다. 이 헤드폰을 선물 받은 후 "EBS 라디오국에서 헤드폰을 선물로 받았어요"로 시작되는 출근길 원고를 써서 방송 중에 읽었는데 그걸 또 "EBS 라디오국에서 핸드폰을⋯, 헤드폰을 선물로 받았어요"라고 하는 바람에 사실은 헤드폰이 아니라 핸드폰을 원하는 것이 아니냐는 의심을 받았다. 그럴 리가! 나는 핸드폰, 아니 헤드폰이 좋다. 헤드폰에 내 이름이 각인되는 경험은 처음이어서 더 특별하다. (물론 핸드폰에 각인이 된다면 또 다른 얘기가 되겠지.)

후에 이 헤드폰 각인이 정말 어렵게 진행되었다는 이야기를 들었기 때문에 더 좋다. 물건을 사면 서비스로 각인을 해준다거나 추가 비용을 내면 간단히 각인을 할 수 있다거나, 그렇게 각인 과정이 간단해질 때도 있지만 각인을 위해 한나절의 모험을 떠나야 할 때도 있다. 물건에 각인을 할 수 있을지 여부를 알아보고, 이름이라면 철자가 어떻게 되는지 확인하고, 어떤 필체로 할 것인지 고르고, 이 모든 것이 원하는 시간 안에 가능한지 체크하는 과정을 헤아려야만 가능한 모험 말이다. 나는 각인도 좋지만 각인을 위한 모험담을 듣는 건 더 좋아한다. 결과적으로 각인이 좋다는 얘기다.

여행가방

무심코 잡지를 넘기다가 만난 애리조나 풍경에 마음이 샥 베이고 말았다. 몇 년 전이 떠올라서였다. 여행의 기억은 그렇게 날카로운 절단면을 갖고 있어서 무방비 상태의 우리를 흔들어 놓는다. 여행이라는 말에는 별도의 마감 처리가 되어 있지 않고, 일상이라는 말에는 은근히 거친 노면이 많아서, 우리는 곳곳에서 추억의 올 풀림을 경험한다.

미국 여행가방 브랜드 'Away'에서 발행하는 매거진에 코로나 시대의 여행을 주제로 쓴 에세이를 실었다. 원고료에 여행가방을 얹어서 보내겠다는 메일을 받긴 했는데, 나는 그 여행가방을 농담 정도로 이해했다. 미국에서 한국으로 진짜 가방을 보낼 거라고는 생각을 못했던 것이다. 코로나 이후 여행을 잃어버린 느낌으로 살고 있으니까 여행가방은 우리의 회복을 말하는 은유일 거라고 생각했다. 청탁받은 글의 주제도 마침 그런 거였고.

여행가방은 농담이나 은유가 아니라 실물이었다. Away에서 원하는 여행가방을 고르라는 말에 나는 신이 났다. 출근길 열차에서 Away 사이트에 접속해 알록달록한 색상의 가방들을 훑어보기 시작했다. 당연히 크기는 29인치로, 나는 욕심쟁이 여행자라 이것저것 담아내야 하니까. 색상은 오랜 고민 끝에 녹색으로. 나중에 보니 내 글을 번역한 B도 나와 같은 녹색을 골랐다. 다만 B는 기내용으로 그리고 B보다 키가 훨씬 작은 나는 29인치로. 가방을 고르는 사이에 열차가 서울을 완전히 벗어났다.

많은 이야기 속에 여행가방이 등장한다. 때로는 일상적인 도구로 때로는 수상한 운반 도구로. 그중에서도 내가 가장 수상하게 여긴 여행가방은 로랑 그라프의《매일 떠나는 남자》에 등장한다. 주인공 파트릭은 평생에 걸쳐 여행 준비를 하는 사람이라고 할 수 있는데 그가 가장 먼저 산 물품이 가방이었다. 매트리스 하나만 덩그마니 놓여 있을 뿐 다른 가구 하나 없던 그의 방에 여행가방이 등장한다.

파트릭은 언제든 떠날 수 있는 삶을 꾸리는 것 같지만 그가 여행지에서 입을 옷을 사고 읽을 책을 사고 예방접종을 하는 동안에도 여행가방은 여전히 붙박이로 방 안에 있다. 40년간 여행을 위한 준비물들을 담아내면서 마치 가구처럼. 자꾸만 접히는 파트릭의 여행을 보며 나는 진심으로 이런 줄거리가 싫다고 생각했다. 내가 쓴 소설의 줄거리 같은 건 다 잊은 채 말이다. 파트릭이 제발 떠나기를 바라면서 안타까워했다. 수상하게 여기기도 했다.

그러면서도 자연스레 제목의 의미를 이해하게 됐다. 여행을 마음에 품기 시작한 이후 그는 매 순간 이미 떠나고 있었을 것이다. 어제와 다를 바 없이 출근을 하고 내일도 아마 출근을 하겠지만 마음에 여행이 들어올 수 있도록 환기창을 내어준 이후 그의 일상은 이미 낯선 공기로 채워졌다.

장 피에르 나디르, 도미니크 외드의 《여행정신》에 나온 '꿈과 현실'이라는 글을 보고 몹시 웃은 적이 있는데 거기 적힌 바에 따르면 우리가 여행하면서 듣기 원하는 말은 이런 것들이다.

"손님의 여행 가방을 찾아서 호텔까지 가져다드리겠습니다."

"제가 30분 일찍 도착하는 지름길을 알고 있습니다."

그러나 실제로 듣게 되는 말은 이런 것들.

"짐 가방 중 일부를 찾은 것 같은데요."

"아뇨, 손님께서 짐을 맡기셨다는 그분은 저희 직원이 아닌데요."

"제가 번호판을 바꾸는 동안에 버스를 타신 모양이네요."

책에는 훨씬 더 많은 꿈과 현실의 격차가 등장한다. 누구나 그중 하나는 이미 경험했을지도 모르고 아니면 경험하기 직전까지 다가갔거나 혹은 경험하고도 모르는 상태일 수 있다. 그리고 어떤 상황들은 이미 그것이 걱정되거나 불길하게 느껴져 아주 여러 번 확인 절차를 꼼꼼하게 거쳤음에도 불구하고 결국엔 벌어진다.

몇 년 전, 악명 높은 항공기 지연을 겪느라 이미 연결편 항공기를 놓친 다음 어쩐지 불안해서 몇 번이나 묻고 또 묻고, 심지어 수하물이 움직이는 벨트 끝까지 따라가서 확인했던 분홍색 여행가방이 결국 나와 함께 귀국하지 않았다. 그대로 분실된 것인가, 했는데 이틀 후에 그것이 밴쿠버 공항에 있다는 소식을 들었다. 나는 밴쿠버에 가본 적도 없는데 가방이 왜 먼저 그곳으로 갔을까. 가방은 내부에 곰팡이가 생겨버린 베이글을 품은 채 내게로 돌아오긴 했는데 밴쿠버에 왜 갔는지는 끝내 말하지 않았다. 그게 궁금해서 나는 그다음 여행을 밴쿠버로 떠났다. 어떤 여행가방은 그렇게 먼저 답사를 떠나기도 한다.

29인치의 녹색 가방이 집에 도착했다. 가방이 도착했지만 나는 한동안 이 가방을 쓸 일이 없을 것이다. 그렇지만 누군가가 여행을 준비할 때, 몸은 맨 마지막에 마치 덤처럼 따라가는 것이니까. 몸이 닿기 전에 마음의 세포 하나하나가 먼저 수천 번의 여행을 떠나는 거니까. 그렇게 따지면 지금 나는 그 수천 번의 여행을 매일 떠나는 중인지도 모르겠다.

손님이 남긴 것

후쿠오카에서 출발한 버스는 예상보다 너무 늦게 그곳에 도착했다. 당일치기로 유후인에 갔던 Z와 나에게 허락된 시간은 다섯 시간 남짓이었다. 우리는 유명하다는 롤케이크로 허기를 달랜 후 유후인의 폭우 속을 산책했다. 우산을 쓰는 게 별 의미 없어 보일 만큼 비가 쏟아졌지만, 비는 우리가 인지하지 못하는 시간의 흔적을 한 겹씩 벗겨내 모든 것을 더 선명하게 만들었다. 색감도, 냄새도.

빗속의 산책에 취해 있던 우리는 오후 세 시가 지나서야 밥을 먹기 위해 식당을 찾아갔는데 확실히 애매한 시간대였다.

식당 대부분이 '휴식' 푯말을 내걸었고, 우리가 버스를 타고 이곳을 떠난 뒤에나 다시 열 계획이었다.

결국 편의점에서 도시락을 샀다. 그리고 편의점 길 건너에 있던 테이블과 의자에서 먹기 시작했는데, 아주 약간의 지붕이 있어서였다. 잠시 후 지나가던 노부부가 우리를 보고 말을 걸며 활짝 웃었다. 그들도 여행객이려니 했는데, 알고 보니 우리가 누리고 있던 이 테이블과 의자, 지붕의 주인이었다. 서둘러 일어나려는 우리에게 그들은 천천히 먹고 가라는 말을 했다. 그리고 자물쇠를 열고 닫혀 있던 식당 안으로 들어갔다. 잠시 후 그들은 우리 앞에 수박 두 접시를 내밀었다. "디저트"라면서.

우리는 이제 막 저녁 영업을 준비하는 가게 앞 테이블에 앉아 보너스 같은 수박 한 조각씩을 먹게 된 것이다. 마음이 너무 따스하잖아, 종알거리면서 우리는 수박을 먹었다. 그런데 먹다 보니 고민이 생겼다. 수박씨를 접시에 뱉고 있었는데, 어쩐지 이 예쁜 접시에 수박씨만 동동 남겨 돌려드리기 미안한 생각이 들었던 거다.

"수박씨 어떻게 하고 있어 지금?"

내 질문에 Z는 이렇게 대답했다.

"삼키고 있어. 씨까지."

나는 수박씨를 먹는 게 익숙하지 않아서 그것을 휴지에 뱉었다. 최대한 깔끔한 접시를 돌려드릴 거라는 일념으로. 그러나 잠시 후 우리는 이런 고민이 불필요했다는 걸 알았다. 씨가 대수일까, 수박껍질이 어차피 남는 것을!

어떤 공간에 초대받았을 경우, 특히 그게 누군가의 집인 경우, 나는 그곳에 최대한 흔적 없이 머물다 나오고 싶다. 내게 온정을 베풀어준 그 집에 머리카락 몇 올을 흘린다거나 와인잔에 립스틱 자국을 남기고 온다거나 하는 게 싫은 것이다. 그래서 머리를 질끈 묶어 한 올도 이탈하지 못하도록 상투처럼 틀고 가거나 내가 마신 와인잔을 냅킨으로 살짝 닦고 나온 적도 있다. 나를 초대한 사람들이 그런 걸 의식하지 않는다는 걸 알면서도 자꾸 증거 인멸을 시도한다. 솔직한 심정으로는 내가 먹고 남은 뼈다귀나 홍합 껍데기 같은 것도 싸달라고 하고 싶다. 그러면 나를 초대한 주인이 불편함을 느낄까 봐 말을 안 할 뿐. 그리고 나도 그걸 가져가긴 살짝 귀찮다, 내 마음 나도 몰라!

우리가 먹고 남긴 것 중에 모양이 예쁜 게 있던가? 수박씨도 별로고 귤껍질도 별로다. 조개껍데기나 돼지 뼈도 별로고 생선 가시 같은 건 말할 것도 없다. 그나마 예외라고 생각한 건 체리 씨앗이다. 버려진 체리 씨앗과 꼭지는 나름 느낌이 있어서 보는 걸 좋아한다. 그러나 세상 모든 테이블에 체리의 흔적만 남길 수는 없으니, 최대한 냅킨은 냅킨대로 모아서 버리고 내 자리에 흘려둔 것이 없는지 점검한 다음 일어선다.

여행 중에 머무는 호텔에서도 마찬가지다. 내가 떠난 뒤에 호텔 측에서 이 방을 치운다고 해도, 그것과 별개로 내 동선을 지우는 청소를 한다. 타월을 한 곳에 모아두는 것 정도는 당연한 거고, 욕실의 머리카락도 어느 정도는 치우고, 쓰레기도 이왕이면 같은 것끼리, 그러니까 플라스틱 페트병 정도는 따로 둔다. 침구도 어느 정도 정리한다. 호텔 측에 아무 도움이 안 될 수 있는데 이건 그냥 내 만족을 위한 거다. 최대한 이 방에 머물렀던 사람의 습관이랄까 취향이랄까 어떤 흔적을 읽히고 싶지 않은 것이다.

완벽 범죄를 꿈꾸는 심정으로 이것저것 부지런을 떨지만 우습게도 호텔을 떠난 뒤 그곳에서 내 흔적이 발견된다. 욕실 문 뒤에 걸어둔 속옷 가방이라거나, 침실 옆 서랍에 넣어둔 노트북 같은 것.

지인들의 집에서도 마찬가지다. 와인잔의 립스틱 자국을 지우거나, 최대한 머리카락을 흘리지 말아야지, 애쓰는 마음은 놀다 보면 금세 휘발된다. 한동안 와인 코르크에 함께 마신 사람들의 서명을 받는 걸 즐겼는데, 서명을 열심히 받아놓고는 그걸 홀랑 두고 오는 것이다. 내가 떠난 자리마다 아주 중요할 뻔했던 와인 코르크가 데굴데굴 굴러다녔다고 한다.

노래는 공기를 바꾼다

　자정 가까운 시간, 나는 태국 치앙마이의 타패문 앞에 서 있었다. 몇 시간 후에 출발할 인천행 비행기를 타기 위해서 치앙마이 구시가에서 공항까지 혼자 이동해야 했다. 당연히 공항까지는 택시로 갈 생각이었는데 내 앞에 서 있던 툭툭이 택시보다 훨씬 저렴한 요금을 불렀다. 오토바이와 자동차를 섞은 듯한 삼륜차 툭툭은 태국의 흔한 교통수단이긴 했으나 그것을 타고 도심을 벗어나는 건 생각해본 적이 없어서 잠시 망설였다. 나를 배웅해주던 친구가 계속 괜찮겠냐고 물었지만 나는 결국 툭툭에 올라타게 됐다. 내 동행은 24인치 캐리어 하나가 전부였다.

툭툭에 올라탈 때만 해도 내가 있던 거리의 흥겨운 소음과 다정한 불빛이 나와 함께 탄 줄 알았다. 그러나 북적북적 불 밝힌 도심은 내 출발지점일 뿐이었고, 계속 그런 조도와 소음 속을 통과했다면 좋았겠지만 툭툭은 곧 그것이 달리기에는 너무 커 보이는 도로 위로 접어들었다. 소음이라고는 도로 위 를 달리는 세 바퀴의 마찰음이 전부고, 빛이라고는 규칙적으 로 세워진 가로등 불빛이 전부인 그런 곳으로. 새까만 밤, 고 요한 도로, 내가 탄 기록도 남지 않을 툭툭…, 자정 즈음 혼자 툭툭을 타고 도심으로부터 멀어지고 있다는 게 더럭 겁이 났 다. 공항까지 20분 정도는 달려야 했다. 게다가 운전하던 남 자는 내게 이렇게 묻고 있었다. 한국인이니? 이제 집으로 가 니? 나는 아무렇지 않은 듯 대답했지만 실은 무척 긴장한 상 태였다. 이 시간대에 이 길을 수십 번 오간 사람처럼 보이기 위해 애쓰고 있었다. 최대한 눈을 또렷하게 뜨고 낯선 어둠을 노려보는 것이다. 운전석의 그가 뭔가를 주섬주섬 만지기 시 작했다. 내 긴장감도 높아졌다. 그리고 다음 순간 툭툭에서 흘 러나온 건 노래였다. 그것도 익숙한 노랫말.

"너에게 난 해질녘 노을처럼 한편의 아름다운 추억이 되고 소중했던⋯."

자전거 탄 풍경의 〈너에게 난 나에게 넌〉이었다. 공항 가는
길, 겁 많은 여행자에게 익숙한 노래를 선물한 마음이 어찌나
고맙던지. 적막한 도로는 계속됐지만 노래 하나로 그 밤길이
달라졌다. 감미로운 뮤직비디오가 됐다.

벌써 십 년 전의 일인데 자전거 탄 풍경의 〈너에게 난 나에
게 넌〉을 들으면 그 밤이 선명하게 떠오른다. 이 노래를 들으
면 이제 나는 턴테이블에 LP판을 올리고 그것이 안정적인 궤
도에 접어드는 걸 지켜보는 마음으로 그 밤의 도로를 재생한
다. 시공간을 초월하는 데 그리 많은 에너지가 필요하지도 않
다. 단지 노래 한 곡이면 된다.

늘 똑같아 보이는 지하철에서도 이런 놀이가 가능하다. 사
연 없는 사람들에게 사연 만들어주기. 물론 타인의 사정을 내
가 알 수 없으니 그들이 사연이 있는지 없는지도 모르지만 지
금 내 앞에 앉은 사람들이 원치 않은 사연에 휘말린 건 분명
하다. 그들은 모르고 있지만 그들은 이미 뮤직비디오 속 주인
공이 되어 있다. 나는 지금 처절한 느낌의 이별 노래를 듣고
있으니까.

사실 지하철에서는 음악을 잘 듣지 않는 편이다. 내가 지하철에서 헤드폰을 쓰고 음악을 듣는다면 셋 중 하나다. 일 때문에 그 음악에 대해 알아야 하거나, 갑자기 꽂히는 바람에 특정 음악에 사로잡혀 있는 경우, 마지막으로 거리에서 감정을 줍고 싶을 때. 뮤직비디오 놀이는 마지막에 해당된다.

일단 선곡이 중요한데, 없던 사연도 만들어주는 노래를 골라야 한다. 그리고 가사가 있어야 한다. 글을 쓸 때 가사가 없는 음악을 선호하는 것과 완전히 반대다. 오래전 노래지만 강수지의 〈흩어진 나날들〉은 확실히 없던 사연도 만들어주는 노래다. 단지 이어폰을 꽂고 듣기 시작했을 뿐인데 그때부터 열차 안의 모든 장면이 가사처럼 애틋해진다. 오늘은 내 건너편에 앉은 베이지색 외투의 여자 그리고 근처에 서 있는 검정색 외투의 남자를 주인공으로 삼는다. 그들은 서로 바라보지 않지만 한 공간에 있음을 알고 있을지도 모른다.

"그래 이제 우리는 스치고 지나가는 사람들처럼 그렇게 모른 채 살아가야지 아무런 상관없는 그런 사람들에겐 이별이란 없을 테니까…."

내 앞의 두 사람은 서로 사랑했던 사이인 것도 모른 채, 내 이어폰 안의 세계도 전혀 모른 채 앉아 있다.

엽서의 미학

십 년 전만 해도 여행할 때 종종 엽서를 부치곤 했는데 언제가부터 카톡이 그 기능을 대신하게 됐다. 엽서를 넣으면 어느 시점에 알아서 보내준다는 우체통도 만났지만 그럴 때도 나는 카톡을 선택했다. 그 우체통 앞에서 사진을 찍어 보내거나 "나 지금 그 앞에 와 있다" 하고 카톡을 보내는 것이다. 그러니 2017년 내가 캐나다 프린스에드워드 섬에서 산 엽서 몇 장은 어떤 기능의 부활을 알리는 신호탄이었는지도 모른다. 나는 세심하게 엽서를 골랐다. 이 책에서 종종 알파벳 하나로 압축되는 지인들에게 부치기 위해서였다.

엽서는 그린게이블즈에서 샀다. 빨강머리 앤이 살았던 초록색 지붕집. 루시 모드 몽고메리의 소설에 "그린 게이블즈는 이 개간지의 가장 변두리에 있었으므로 애번리 마을의 다른 집들이 사이좋게 모여 있는 큰길가에서는 거의 보이지 않았다. 레이철 부인의 말을 빌면, 그런 곳에서 사는 것은 도저히 산다고 할 수가 없었다"고 묘사된 그 집 말이다. 나는 프린스 에드워드 섬에서 보낼 여름의 며칠을 앞두고 앤을 다시 읽었는데 그때 눈에 들어온 게 그 집의 위치였다. 작은 마을에 소문이 퍼지는 속도와 그 소문으로부터 약간 안전거리를 확보한 남매의 집. 그런 건 어릴 때는 읽지 못한 부분이었다. 앤이 그런 집의 좌표를 이동시키는 것이다. 시끌벅적한 중심으로.

내가 방문한 그 여름에도 앤은 중심에 있었다. 프린스에드워드에서 가장 번화한 마을-샬럿타운에서는 〈Anne of Green Gables〉라는 뮤지컬을 여름마다 올리는데, 앤의 집에 가기 전 마음을 예열하기에 좋다. 뮤지컬을 보기 전에 라즈베리코디얼과 카우스 아이스크림을 맛보며 앤을 흉내 내고, 다양한 곳에서 온 사람들과 함께 뮤지컬을 보는 것이다. 그리고 길버트 역을 소화했던 배우의 음반을 사고 사인을 받고 사진을 찍고 그리고 별이 총총한 그 밤을 걸어 숙소로 돌아오는 것이다. 이건 정말 앤 여행 1일차 코스로 완벽했다. 다음날에 대망의 그린게이블즈로 가서 그 일대 산책로를 걷고 어디쯤에서 두 팔을 옆으로 길게 뻗은 채 빙글빙글 회전한다. 눈은 감고 꿈꾸듯이. 그리고 그 마음을 담아 엽서를 쓴 후 루시 모드 몽고메리가 일했던 우체국에서 그것을 부치는 것이다. 그의 흔적이 남아 있는 이 우체국에서는 앤 도장이 찍힌 엽서를 부칠 수 있다. 여기까지가 2일차. 일종의 감동 순례 코스나 마찬가지다.

나는 섬에서 가장 아름다운 곳 중 하나-몽고메리의 집터 부근 꽃밭에서 엽서를 썼다. 햇빛과 바람의 동선이 읽힐 만큼 사방이 고요했다. L이 엽서를 쓰다가 이렇게 중얼거렸다.

"나 글씨를 좀 못 쓴 것 같아."

내가 말했다.

"나도!"

정말 내 글씨도 별로였다. 엽서 재질이 글씨를 예쁘게 쓰기는 좀 힘들지 않은가. 코팅되어 있어서 펜이 미끄러지도록 만드는 느낌이랄까. L이 또 말했다.

"내용도 좀 엉망이야."

나는 L보다 엽서를 몇 장 더 써본 사람답게 이렇게 대꾸

했다.

"원래 엽서의 생명은 스피드야! 쓰는 사람도 뭔 내용인지 모르고 쓰는 게 엽서의 미학이라고 할 수 있지."

확실히 내 엽서는 그 미학대로 횡설수설하고 있었다. 수신 인들에게 내 필체와 문체에 대해 변명하고 싶을 만큼 말이다. 그러나 그 쑥스러움을 잊을 때쯤 엽서는 누군가에게 닿을 것 이고, 어쩌면 도착하지 않을 수도 있다. 어느 쪽이든 상관없 다. 여행 중에 보내는 엽서는 내용보다도 방향성 자체로 의미 가 있는 거니까. 누군가를 향해 날아가는 그 행위 말이다.

엽서는 거기서 끝나지 않았다. 그 이후 우체국이 도드라지 는 곳에 가면 충동적으로 엽서를 부치게 됐다. 이를테면 호치 민 같은 곳. 40년도 더 전에 내 아버지가 어머니에게 썼던 엽 서가 있다. 왜 호치민 엽서를 선택한 것인지는 나도 알 수 없 지만 아버지는 거기에 "수도 사이공입니다"라고 적어놓았다. 호치민이 유일했던 건 아니었다. 어릴 때 우리 집 다락에서 발견했던 낡은 엽서 모음의 앞면에는 주로 해외 곳곳의 풍경 이 담겨 있었다. 엽서 뒷면에는 아버지가 어머니에게 보내는 연서가 있었고. 뒷면, 그 연서의 첫머리나 끝머리는 주로 다른

면이 보여주는 풍경에 대한 주석 같은 것이었다. 그게 내 인생 최초의 여행 가이드북이었을 거라고 생각한다. 아버지도 호치민에 가본 적은 없었다. 세상 곳곳, 가보지 않은 지명들에 대해 설명하는 것이 아버지의 연애편지 쓰는 법이었을지도 모른다. 그런 가능성에 대해 생각해보는 게 나는 좋다.

아버지의 엽서 때문일까, 호치민에서는 충동적으로 엽서를 부쳤다. 인스타그램에 "원하시면 여기서 엽서를 부칠게요. 주소는 DM으로 주세요."라고 올렸더니 몇 사람이 내게 DM을 보냈다. 다양한 이들에게 충동적으로 엽서를 쓸 수 있어서 좋았다. 덕분에 이틀 연속으로 중앙우체국에 갔다. 그 공간이 마음에 들었기 때문에 그곳에 두 번이고 세 번이고 가는 게 어렵진 않았다. 다만 엄청나게 더웠다. 땀이 줄줄 흘렀다. 땀이 줄줄 흘러서 온몸이 다 젖어버리는 걸 그렇게 싫어하는 편은 아니라 나는 그 상황을 즐겼다. 호치민에 있는 동안 내가 아이스크림이었다면 벌써 녹아버렸을 날씨라고 자주 생각했고, 그 문장이 나쁘지 않다고 느꼈다. 문장을 잘 쓰고 못 쓰고가 아니라, 아이스크림으로 태어나 녹아버리는 그 일생이 나쁘지 않은 것 같다고 철없는 인간으로서 그렇게 생각했다. 호치민 중앙우체국에서 쓴 엽서에는 '호치민 중앙사우나에서'라는 문장이 들어가게 됐다.

　모든 여행지에서 엽서를 부치지는 않는다. 마음이 동하는 곳이 어디일지 나는 예상도 할 수 없다. 엽서 쓸 마음을 먹고, 엽서를 고르고, 그 위에 정말 무언가를 쓰고, 마침내 우표를 붙여 부치기까지 엽서의 과정에는 이렇게 4단계가 필요하다. 이 과정을 통과한 엽서는 어딘가로 날아간다. 그리고 엽서를 보냈다는 사실도 받았다는 사실도 잊을 만큼 오랜 시간이 흐른 후에도 그 엽서는 존재할 것이다. 할 말 많지만 길게 하지 않겠다는 듯한, 말간 표정으로 나타날 것이다.

뉴욕에서 우연히 리처드 기어를 봤다. 아침 7시, 트라이베카의 어느 골목에서 그가 차에 시동을 걸고 떠났던 것이다. 엄밀히 말하면 내가 본 건 아니고 동행 L이 본 것이지만. 그말인즉슨 나 역시 고개를 45도쯤 옆으로 돌리면 볼 수 있었다는 거고, 따라서 생략과 비약을 몇 단계 거친 후 머릿속에는 이미 내가 리처드 기어와 눈이 마주친 것으로 정리된, 그 한 장면만 남게 되었다.

그때까지 내게 리처드 기어란 무색무취의 존재였는데 그 아침 7시 이후로 그를 자주 생각하게 됐다. L이 본 사람이 리처드 기어가 확실한지 궁금해서, 턱수염 여부부터 머리스타일까지 최근 모습들을 찾아보았다. 자체 감정 결과 리처드 기어를 본 것으로 결론이 났고, 그러자 리처드 기어의 일상적인 동선도 궁금해졌다. 그가 뉴욕에 집을 구입했다는 기사, 덩달아 분장 상태의 리처드 기어를 진짜 노숙인인 줄 알고 배려했던 여행자 얘기도 보게 되었다.

처음엔 단지 아침 7시의 그가 정말 리처드 기어였는지를 확인하려 했을 뿐인데, 그것이 확인된 후에도 나는 한동안 리처드 기어의 이름을 검색창에 집어넣었다. 그 과정은 아침마다 리처드 기어를 구독하는 것 같은 기분을 느끼게 했다. 익숙한 소식은 재확인했고 뭐 새로운 소식이 없나 기다렸으며, 〈귀여운 여인〉이라든지 〈뉴욕의 가을〉 같은 옛 영화를 다시 보기까지 했다. 관심을 기울인 만큼 그가 좋아졌던 것이다.

이렇게 리처드 기어를 한 계절 구독한 후, 동네에서 아시안게임 금메달리스트 임춘애를 두 번 봤다.

"어? 임춘애다!"

먼저 말한 건 역시 L이었지만 이번에는 나도 봤다. 처음엔 이 동네에 그분이 사는지가 궁금해서 이것저것 검색해보기 시작했고, 옛 기사들을 읽으며 흥미를 느끼기 시작했다. 두 번째로 임춘애를 봤을 때, 그분은 심지어 뛰고 계셨다. 강렬한 인상을 만들기에 충분한 장면이었다. 그 동네에 사는 동안 나는 임춘애를 세 번 봤다. 매번 그분은 뛰고 있었고, 그래서 어쩐지 더 신비하게 보였다.

이런 경험 이후 '아침 7시의 리처드 기어'라거나 '내 앞에서 뛰고 계신 임춘애 씨' 같은 표현이 내 삶에 자주 등장했다. 눈으로 직접 보기 전에는 잘 몰랐는데 한번 그의 삶과 내 삶이 스친 이후로 부지런히 의식하게 된 존재를 가리키는 말이다. 뭔가 각별해진 사이랄까.

사람만이 아니다. 사물도 그렇다. 유독 내가 잘 발견하는 사물이 동그란 머리끈이다. 땅에 떨어져 있는 머리끈을 발견하면 가던 길을 멈추거나, 혹여 이미 지나쳤더라도 되돌아와 사진으로 남겨둔다. 지하철역의 에스컬레이터를 타고 내려갔다가 굳이 다시 돌아와서 땅에 떨어진 머리끈을 찍을 정도인데 이러면 행인들은 내가 휴대폰으로 겨냥하는 지점을 함께 본다. 뭐 대단한 게 있나 싶어서일 텐데 거기엔 흔한 머리끈이 있을 뿐이다.

한 달에 두세 개 이상은 꼭 누군가가 흘려둔 머리끈을 발견하게 되는데 이게 한 번 보기가 어렵지, 보기 시작하면 한 번으로 끝나진 않는다. 계속 눈에 들어온다. 누군가의 머리에서 탈출한 머리끈들은 그렇게 얼마간 땅 위에 영역 표시를 한다. 그걸 발견하고 사진으로 찍을 때마다 내 삶이 늘어난다. 5분씩, 머리끈 하나에 무려 5분씩이나 내 삶이 연장된다. 생의 길이가 늘어난다기보다 생의 밀도가 높아져 착시 현상을 가져오는 걸 수도 있다. 어쨌든, 누가 동의하건 말건 나는 머리끈을 발견하고 사진으로 찍을 때마다 5분씩 시간을 선물 받는다.

오늘도 머리끈 하나를 사진으로 남기고 그걸 들여다보고 있는데, 조금 전 나를 지하철역에 내려준 L이 메시지를 보내왔다. 내가 타고 있던 보조석에 이런 게 있더라면서. 타이밍 참 절묘하게도 L이 첨부한 사진에 동그란 머리끈 같은 게 보인다. 타인의 머리끈을 포착하는 사이에 내 머리끈이 떨어졌나 싶어서 어찌나 웃기던지. 사진 속의 동그라미는 얼마 전 있었던 자동차 수리의 흔적으로 보이긴 하지만, 까만 동그라미는 죄다 탈출한 머리끈으로 보이는 걸 멈출 수가 없다.

앗)

어느 아침, 라디오 스튜디오에 도착했을 때 의자 위에 머리끈 두 개가 곱게 올려져 있는 걸 발견했다. 아마 그것은 내 머리카락에서 탈출한 거겠지. 그걸 누군가 또 이렇게 챙겨둔 것이고. 이것은 원래 내 것이었으므로 5분 연장의 효과가 없다. 내 머리끈의 탈출을 막지 못한 책임으로 5분 감축이 안 되면 다행일 정도다.

두려움의 2 in 1

비행기에서 바퀴벌레 한 마리와 좌석을 공유한 적이 있다. 일곱 시간의 비행이 끝나갈 무렵에서야 그걸 알아챘다. 먹고 있던 기내식에서 곰팡이를 발견한 적도 있고, 내 좌석 등받이에 안마 기능이 추가된 게 아닌가 싶을 만큼 발길질을 하던 뒷좌석 아이도 있었다. 그러나 이런 일들은 기체가 난기류에 휘말려 요동칠 때에 비하면 아무것도 아니다.

비행기가 심하게 흔들릴 때 내가 할 수 있는 일이란 개인 모니터의 항공정보를 보는 것뿐이다. 모니터에는 내가 지금까지 7,112킬로미터를 날아왔으며, 바깥 온도는 영하 46도라는 게 나와 있다. 이런 걸 유심히 보는 건 수동적인 승객이 되고 싶지 않아서다. 뭔가 열심히 읽는 건 위안이 되고, 그건 목적지까지 정확하게 날아갈 거라는 의지의 표현이기도 하다. 중간에 절대 엉뚱한 지명 위로 떨어지지 않을 거야, 난 반드시 거기까지 갈 거야…, 절실하지만 이 비행기의 운항 컨디션에 아무런 영향을 끼치지 않는 소망이다.

알랭 드 보통은 《공항에서 일주일을》에서 이렇게 말했다.

"비행기를 타는 것은 우리 자신의 해체를 앞둔 마지막 순간을 어떻게 가장 잘 보내느냐 하는 문제를 제기하곤 한다."

바로 그런 순간에 정신을 바짝 차리려고 애쓴다.

비행기만큼이나 두려운 공간이 극장이다. 나는 영화를 보러 갈 때 부직포 형태의 1회용 의자 커버를 챙겨갈까 생각하는 사람이다. 좌석 틈새에 촘촘하게 박힌 팝콘들을 본 이후로 그런 생각을 하게 됐다. 통로 쪽 좌석을 선호하고, 화재 시 비상대피로를 꼼꼼하게 보는 데도 자신이 없고, 자꾸 예민해져서 극장 나들이에는 큰 각오가 필요하다.

비행기와 극장은 여러 면에서 닮았다. 창문을 활짝 열고 환기할 수 없다는 것, 한가운데 좌석이 부담스럽다는 것도 닮았고 음식 냄새가 공유된다는 점도 그렇다. 가장 닮은 건 내가 두려워하는 공간이면서도 선택할 수밖에 없는 공간이라는 점이다. 바로 그런 공통점들 때문에 나는 비행기에서 영화를 자주 본다. 시급한 마감 원고가 있는 경우가 아니라면 대체로 영화 보기를 선택한다. 기내에서 영화를 보면 두 가지 두려움을 하나로 합칠 수 있으니까 효율적인 건지도 모른다. 1+1=2가 아니고 2 in 1인 셈이다.

모르는 이야기에 포박당하기 위해 기꺼이 찾아가는 극장에 비하면 비행기는 영화 보기에 참 산만한 공간이다. 영화를 보고 있는데 바로 앞에서는 소고기니 생선이니 하는 걸 고르기도 하고 영화를 보고 있는데 누군가는 내 곁을 통과해 화장실로 가고 영화를 보고 있는데 기장이 안내방송을 한다.

극장에서는 영화가 시작되면 화면 밖으로 시선을 돌리기가 어렵지만 기내에서는 너무나 쉽다. 손바닥보다 조금 큰 사이즈의 모니터에서 시선을 조금만 돌려도 다른 모니터들이 눈에 들어온다. 모두가 하나의 화면을 보고 있는 극장의 풍경과는 다르다. 게다가 옆자리의 누군가와 동시에, 각자의 모니터로, 같은 영화를 보기 시작해도 시차가 발생한다. 중간중간 그 영화를 멈춰 세울 수 있으니까. 이런 변수들이 있어서 흐름이 자주 끊기지만, 재미있는 건 그 덕에 재미있는 영화 관람 패

키지로 기억되기도 한다는 것이다.

기내에서 만난 영화 중에는 〈더 랍스터〉처럼 이미 기대감이 충만한 상태에서 본 것도 있고, 〈바닷마을 다이어리〉처럼 어떤 정보도 없는 채로 만났다가 한 세계의 초입에 서게 된 것도 있다. 그러나 역시 기내 영화를 이야기할 때 빼놓을 수 없는 건 〈레 미제라블〉과 〈아웃 오브 아프리카〉다. 두 영화 모두 이미 유명해질 대로 유명해진 상태에서 한참 지나 보게 된 것으로 나는 뒤늦게 혼자 불타올랐다.

얼마 전 라디오에서 〈레 미제라블〉 OST의 〈Do you hear the people sing?〉을 틀었는데, 음악이 나가는 동안 영화와 비행기 두 세계가 동시에 떠올라 너무나 풍성한 감정에 사로잡혔다. 내가 어느 공항으로 날아갈 때 그 영화를 봤는지는 기억나지 않지만, 영화 속에서 그 노래가 흐르던 때에 마침 기내식 서빙이 시작되었다는 사실은 기억난다. 이 비장하고 씩씩한 음악에 맞춰 조금씩 내게 가까워지는 기내식 카트의 움직임. 저 앞에서 승무원이 소고기인지 비빔밥인지 생선인지를 묻는 것이다. 사람들은 그중 하나를 선택하고, 카트는 조금 더 내게 가까이 다가오고 영화 속에서는 민중의 노래가 계속된다. 그러다 마침내 카트가 내 앞에 멈췄을 때 나는 재빨리 정지 버튼을 눌러 영화도 멈춰 세웠다.

〈아웃 오브 아프리카〉는 비행기의 고전영화 코너에 있었다. 내가 스스로를 향해 "너 이거 봤잖아!"라고 세 번만 말하면 진짜 그런 줄 믿어버릴 것만 같은 오래된 영화였다. 나는 단지 잠깐 그 영화를 열어보려고만 했을 뿐인데 얼마 지나지 않아 완전히 매료되고 말았다. 놀랍게도 화면이 10초쯤 흘러가다가 1초, 1초, 1초 단위로 끊어지고 또 10초쯤 흘러가다가 1초, 1초, 1초 단위로 끊어졌다. 주기적으로 등장하는 그 스타카토 같은 장면들이 나는 의도한 건 줄 알았다. 옛날 영화라서 혹은 이 감독의 스타일인가보다, 어처구니없게도 그렇게 생각했다. 그렇게 컷, 컷, 컷 끊어지는 장면들을 보는 것이 그리 괴롭지 않았다는 얘기다. 아프리카 풍광이 끊어지는 것이나 데니스와 카렌의 표정이 끊어지는 것을 나는 의심도 하지 않고 받아들였다.

옆자리의 L이 내 화면을 발견하지 않았다면 나는 정말 툭툭 끊어지는 스타카토 기법으로 그 영화를 기억할 뻔했다. 결국 난 L과 자리를 바꿔 앉았고 그때서야 끊김 없는 〈아웃 오브 아프리카〉를 볼 수 있었다. 같은 영화인데 마치 현대적으로 재해석한 영화를 보는 느낌이었다. 그 영화를 보던 순간을 잊지 못하는 건 나의 고장 난 개인 모니터 때문이기도 하고, 영화 자체의 매력 때문이기도 하지만, 영화가 끝날 무렵 흘러나오던 기장의 안내방송 영향이기도 하다. 오늘이 몇 십 년 긴 시간의 비행을 마무리하는 그 마지막 비행이라는 말이었다. 방송이 끝나고 모두 박수를 쳤다.

여행이 끝나고 한국으로 돌아오던 비행기였다. 나는 인천공항에 닿았지만 바로 다음 여행을 시작했다. 원작 소설을 찾아 읽는 것 그리고 80대가 된 로버트 레드포드와 사랑에 빠지는 것.

바람의 궤적

발리 라마짠디다사의 지배인은 내 예약이 단 하루인 것을 보고 "너무 짧아요!"라며 안타까워했는데, 내가 그의 말을 정말 이해하게 된 건 그날 저녁 무렵부터였다. 겨우 오늘 여기에 왔을 뿐인데, 내일 떠나야 한다는 사실이 상식 밖의 상황 같았다. 단 하루 머무는 여행객을 위한 위로일까, 내가 예약한 방은 가장 저렴한 것이었으나 지배인은 두 단계인가 업그레이드를 해주었다. 바닷가에 가깝게 위치한, 파도 소리가 들리는 방으로.

우리가 오전 내내 앉아 있던 선베드는 파도가 전혀 덮칠 수 없는 높이에 있었으나 저 아래 파도가 어찌나 거친지 소리만으로도 내 뺨을 때리는 것처럼 느껴질 정도였다. 발리에 머무는 내내 바람이 몹시 많이 불었다. 잠시 고개를 숙였다가 들어보면 조금 전까지 앞에 있던 나무 한 그루가 2~3미터쯤 옆으로 이동한 듯 보일 정도였다. 착시현상인지 진짜 그런 것인지는 몰라도 그만큼 바람이 존재감을 과시하는 곳이었다.

바람에 흔들리면서 가만히 귀를 기울이면 아이들이 재잘대는 소리가 들려왔다. 조용한 리조트에 활기를 주는 아이들 대여섯 명이 한 뭉치의 솜처럼 엉켜 놀고 있었다. 그중에 여자아이 두 명이 분리되더니 우리 앞을 가로질렀다. 흔하고 사소한 장면이었다. 아이들은 지나갔고, 나는 보이는 것을 아무거나 휴대폰으로 찍고 있었다. 하늘도 찍고 저기 울타리도 찍고 발끝도 찍고 내 얼굴도 찍고 L의 얼굴도. 순간 큰 바람이 불었고 내 긴 머리카락이 우산을 펼칠 때처럼 획 솟았다가 다시 제 위치로 돌아왔다.

그때 저만치 지나갔던, 이 무대에서 퇴장한 아이들이 다시 등장했다. 뭔가 문제가 생긴 듯 둘 중 한 아이가 울고 있었다. 아이의 엄마가 한달음에 달려와 아이를 끌어안았다. 아이는 누군가의 이름을 불렀다. 조금 전까지 손에 쥐고 있던 인형의 이름인 것 같았다. 걱정스러운 표정의 다른 아이가 뭐라고 주 섬주섬 설명했고, 아이의 부모들이 서둘러 바다 쪽 울타리로 몰려갔다.

나는 이 모든 것이 아주 잘 보이는 위치에 앉아 있었기 때 문에 엉덩이를 들지 않고도 무슨 상황인지 주워 담을 수 있었 다. 곧 리조트 직원 두 명이 나타났고, 그들은 긴 뜰채처럼 보 이는 도구를 들고 울타리 아래 바다로 내려가려 했다. 이쯤 되면 얌전한 관객도 자리에서 일어설 수밖에 없다. 갑작스러 운 소동에 나와 L도 울타리 쪽으로 다가갔다. 저 아래 바다에 표범인지 기린인지 사자인지 모를 인형 하나가 둥둥 떠 있었 다. 이곳은 해변으로 바로 나갈 수 있는 형태의 리조트가 아 니었다. 울타리 아래에 파도치는 바다가 있었기 때문에 바다 에서 헤엄치기보다는 바다를 바라보는 방식을 제안하는 곳이 었다. 절벽 아래로 뭔가가 날아간 적이 한 번도 없었을까? 모 자나 스카프 같은 것이 시야에서 사라진 적이 무수히 많을지 도 모르는 곳. 그러나 아이는 물건을 잃어버린 게 아니었다. 인형이 아니라 친구를 잃어버린 것이다. 서럽게 울부짖는 소 리는 파도와 바람 때문에 잘 들리지 않았지만 눈으로도 충분 히 그 아이가 얼마나 울고 있는지 알 수 있었다.

리조트 직원들이 도구로 인형을 꺼내려고 했지만 인형은 한 자리에 고정되어 있지 않았다. 인형은 저만치 멀어져가다가도 파도 때문에 다시 이쪽으로 돌아왔다. 어쩌면 그런 척을 하면서 점점 멀어지는 걸 수도 있었다. 한 사람이 아래로 내려가려고 했으나 파도 때문에 불가능해서 다시 올라왔고, 상황에 별다른 진전이 없어서 나와 L은 그만 일어섰다. 그리고 수영복을 빨아서 테라스에 널어두었다.

삼십 분쯤 지났을까, 슬쩍 그쪽을 보니 숨은그림찾기처럼 아까와 같은 듯 살짝 다른 장면이 펼쳐지고 있었다. 우리가 있던 2인용 선베드 옆에는 같은 모양의 선베드가 있었고 노부부가 앉아 있었는데 그들 중 하나가 보이지 않았다. 나는 할머니를 향해 휴대폰의 촬영 셔터를 눌렀다. 잠시 후 할아버지가 내 앵글 안으로 들어왔고(마치 기다렸다는 듯이), 휴대폰 안에는 할아버지에게로 아이의 부모님이 다가와 인사하는 장면이 찍혔다. 아이가 인형을 끌어안고 팔랑팔랑 춤을 추는 장면도 찍혔다. 나는 숙소 안쪽을 향해 소리쳤다.

"저 사람들 인형 구했나 봐!"

내가 목격한, 휴대폰에 담긴 몇 장면은 이미 '결말' 부분이었다. 그리고 숙소로 들어가기 전에 보고 있었던 건 이 소동의 '위기'쯤 됐다. 그 사이 '절정'을 놓친 것이다. 그걸 유추해야 했다. 할아버지가 인형을 절벽 아래에서 구해온 걸까? 정황상 그런 것 같았으나 확인할 길은 없었다. 이곳을 떠날 시간이기도 했다. 햇빛과 바람 때문에 수영복은 그새 말라 있었다.

짐을 꾸려 로비로 나갔을 때, 인형을 든 아이 가족을 다시 볼 수 있었다. 그들도 이미 체크아웃을 하고 호텔을 떠나는 중이었다. 궁금해서 못 견딜 지경이 된 나는 자동차에 올라타려는 아이 아버지에게 물었다.

"인형을 찾으셨네요? 어떻게 구했어요?"

"아아, 거기 앉아 있던 할아버지 봤어요? 그분이 바다로 뛰어들었어요. 71세래요, 믿기지 않아요!"

그는 "인크레더블"을 외치며 차에 올라탔다. 그렇게 궁금증을 해소한 나는 이제 여유로운 태도로 휴대폰의 사진들을 '관람'하게 됐다. 바람이 날려 보낸, 절벽 아래로 떨어졌다가 기사회생한 인형은 정확히 '기린'이었고, 사진 속에는 슈퍼히어로라는 게 증명되기 이전의 조용한 할아버지가 있다. 재미있는 건 할머니의 모습이다. 할머니의 측면과 후면이 내 사진에 남아 있는데, 71세의 남편이 거친 파도 속으로 뛰어들었다가 올라오던 시점(할머니의 옆 자리가 비어 있는 상태)에도 할머니는 여유롭게 책을 읽고 있다. 이런 일이 종종 있었던 게 분명하다. 히어로 남편이 출동할 일 말이다.

사진에는 보이지 않지만, 그날 그 자리에 있었던 게 분명한 존재도 있다. 개구쟁이 바람이 사진 곳곳에 흔적을 남겨두었다. 걸어가던 두 아이의 흔들리던 원피스, 유연하게 움직이던 야자수, 춤추던 파도, 한자리에 오래 머물지 않는 구름 그리고 우산살처럼 활짝 펴졌던 내 머리카락이 바람의 궤적을 보여준다.

시간을 만지는 재미

　교토의 만화경 박물관에 갔다. 거울의 반사를 이용해 갖가지 색과 패턴을 보여주는, 말 그대로 만화(萬華, 온갖 화려한)를 부르는 도구인 만화경이 박물관 가득 모여 있었다. 그중에 긴 원통형 하나를 집어 들고 입구의 작은 구멍에 눈을 맞췄다. 누구나 만화경에 한쪽 눈을 들이밀면 몇 초라도 고요해진다. 다른 쪽 눈은 감은 채로, 윙크를 부추기는 이 구멍은 크기가 작기 때문에 오로지 1인용일 수밖에 없다. 만화경 속의 세계는 극장 스크린이나 TV처럼 함께 볼 수도 있는 게 아니라 오롯이 혼자 누리는 세계다. 내가 보던 만화경을 다른 이에게 권할 때 할 수 있는 말은 "봐 봐" 정도인데, 그래서 다른 이가 본 것이 내가 본 것과 일치하는지는 장담할 수 없다. 동시에 본 것이 아니므로 시차가 발생한다. 혹시라도 그 사이에 만화경 속 세계가 변한다면?

만화경을 오른쪽으로 조금씩 돌리면서 여러 패턴을 보았다. 현미경으로 본 양파 단면도 떠올리고, 인체의 신비도 떠올리고, 가장 깊게 떠올린 건 계절에 대해서였다. 봄에서 여름, 여름에서 가을, 가을에서 겨울, 또 봄, 만화경 안의 세계는 그렇게 어떤 시간이 피고 지는 것과 닮아 있었다. 이 안에 시간이 있다고 생각하자, 갑자기 만화경을 왼쪽으로 되감고 싶어졌다. 어느 순간부터는 만화경을 오른쪽과 왼쪽으로 각 1센티미터씩만 움직이기를 반복했는데, 방금 본 패턴을 다시 보고 싶어서였다. 그러나 만화경에 되감기 기능은 없다는 듯 새로운 패턴 속에 놓이곤 했다. 만화경 속의 패턴이 복잡하고 화려해서 내가 같은 패턴을 두 번째 보는 것인지, 아니면 닮은 듯 다른 새로운 패턴을 보고 있는 것인지를 알아차리기도 쉽지 않았다. 좌우로 움직이는 속도를 늦춰보면 조금 나을까 싶어서 나는 팔과 어깨와 목의 모든 근육을 이용해 아주 미세한 각도로 만화경을 조절해보려고 했다. 그러는 동안 느낀 건 꽤 시각적이라고 생각했던 만화경이 실은 촉각에 더 기대고 있다는 거였다.

만화경에서 눈을 떼고 주변을 돌아보니 박물관 안의 모두가 긴 통을 빙글빙글 돌리거나 버튼을 누르거나 단추를 움직이면서 몰입해 있었다. 만화경 안의 세계도 시간이라면 우리는 각자의 손으로 시간을 움직이는 셈이었다. 모두가 1인용인 세계를 하나씩 쥐고 같은 공간에서 같은 몸짓을 하고 있었다.

공항이라는 나라

   밤의 공항을 좋아한다. 긴 여정을 끝내고 한밤중 인천공항에 도착하면 오래 부유하다가 마침내 바닥에 안착한 먼지 한 톨이 된 기분인데 그게 나쁘지 않다. 낮의 공항이 발산형이라면 밤의 공항은 수렴형에 가깝다. 여행자의 에너지가 밤 공항의 노련한 피로 속으로 차분하게 스며든다.

   짐을 찾고 공항을 벗어나 집으로 돌아가는 길, 그 길의 가로등은 유독 커서 달과 헷갈리는데, 어쩌면 가로등이 큰 게 아니라 그 길목의 달이 유독 작은 것인지도 모르겠다. 둥글고 밝은 것들에 둘러싸여 달리는 길, 그중에 어떤 것이 진짜 달인지 헤매는 과정은 여정의 끝에 붙은 보너스 게임이다.

밤의 공항에 내려앉는 것도 좋지만 밤의 공항을 발판으로 삼아 낯선 곳으로 점프를 시도하는 것도 좋다. 사람들마다 선호하는 비행 스케줄이 있을 텐데 내게는 자정쯤 출발하는 비행기가 최고다. 물론 적어도 몇 시간 날아간다는 전제 하에 고른 것이다. 공항에 밤 아홉 시 정도에만 도착해도 충분하니 낮의 일정을 마무리하고 떠나기에도 부담이 없고, 자는 시간에 이동하니 결과적으로는 여행을 하루 앞당겨 시작하는 셈이다. 시간과 관련된 것이야말로 득템 중 득템 아닌가. 게다가 밤의 공항은 썰물 때의 바닷가처럼 한적하고 헐렁하다.

코로나가 끝나면 밤의 인천공항을 지나 어딘가로 날아가야지. 비행기가 낯선 곳에 닿았을 때 그곳은 첫 차가 다닐 무렵이었으면 좋겠다. 여행은 밤과 낮을 뒤집는 요술쟁이라 시간 계산을 잘해야겠지만, 밤 비행기를 타고 출발해 낯선 곳의 아침에 닿는 기분도 꽤 근사하니까. 그곳의 속도로 하루를 시작할 수 있을 것만 같기도 하고, 한 도시가 잠에서 깨어나는 모습을 볼 수도 있다. 아직 문을 열기 전이지만 불빛과 냄새가 새어 나오는 빵집, 텅 빈 골목을 누비는 청소차, 팔꿈치를 야무지게 접고 가볍게 뛰는 사람, 출근하기 위해 지하철역으로 이동하는 사람, 어느 골목에서 갑자기 쏟아져 나오는 커피 향, 반질반질한 돌바닥의 윤기, 그 위로 지나가는 내 흔적들까지. 나는 그 낯선 도시가 아침 9시를 맞기 전에 도착하기로 작정한 사람처럼 이동한다. 운이 좋으면 숙소에 바로 입실할 수도 있다. 운이 특별히 좋지 않아도 가방은 맡겨둘 수 있다. 어떤 형태로든 홀가분한 몸이 되어 아까 그 커피향 속으로 돌진할 수 있다.

사실 공항엔 그냥 가서 앉아만 있어도 좋다. 떠나거나 기다리거나 하지 않아도. 공항이 유일한 목적지가 되는 셈이다. 스크린에서 끊임없이 갱신되는 정보들을 보고 있노라면 굳이 활주로가 보이는 곳으로 가지 않아도 얼마나 많은 비행기들이 이 시간 어디로 뻗어나가는지 알 수 있다. 이 스크린은 간단한 음식 재료가 적힌 거대한 메뉴판 혹은 책의 목차처럼 보이기도 한다.

한번은 작정하고 인천공항 안의 모든 시설을 기웃거린 적이 있다. 일 때문이었는데 공항에 도착하자마자 신발 뒷굽이 떨어져 나가 움직일 때마다 쇳소리가 났다. 그걸 고치기 위해 찾아간 공항 지하의 수선집에서 '오늘의 손님'이 되는 영예를 누린 건 예상 밖의 일이었다. 사장님은 매일 특이한 손님에 대해 기록하는 분이었는데 그날 내가 제일 특이했다고 한다. 이야기를 나누고 걸어 나왔을 때 공항은 이미 어둑어둑, 밤이었다. 나는 물 빠진 해변 같던 공항을 떠나 둥근 가로등과 둥근 달 속으로 흘러갔다.

공항에는 둥글고 사랑스러운 것이 하나 더 있다. 공항에 세워져 있는 원형시계. 친구의 아들은 한때 그것과 사랑에 빠지기까지 했다. 당시 네 살이었던 아이는 이제 열 살이 넘었다. 인천공항을 하나의 독립된 나라로 믿었던 걸 그 아이는 기억할까? 여름용 밀짚모자와 겨울 패딩이 나란히 앉아 있는 나라, 몸보다 더 큰 가방을 끌고 다녀도 이상하지 않은 나라, 매일 수많은 안녕이 오가는 나라, 밤이 오면 쓸쓸하고 아름다워지는 나라.

  스무 살 때 나는 국어국문학부 신입생이었는데 오리엔테이션을 독어독문학부에서 받았다. 학교 측의 착오가 있었던 건 아니고 단지 내 실수였다. 수강신청에 대한 안내가 있었고, 과목 이름이 어색할 법도 했는데 나는 그 단계에서 별 의심을 하지 못했다. 출석 체크가 시작된 후에야 내 이름이 없다는 사실에 불안해졌을 뿐이다. 입학 시스템의 오류로 내가 누락되었거나 불합격자가 합격자 명단에 섞였을 가능성에 대해 생각하면서 말이다. 출석부에는 내 이름이 없었고, 하필 내 옆에 있던 신입생 하나도 같은 처지였다. 우리는 그때서야 상황

파악을 하고 황급히 강의실을 빠져나왔다. 한 시간 전쯤 국어국문학부 깃발을 들고 있던 선배가 독어독문학부 깃발을 든 선배와 건물 앞에서 잠깐 마주쳤는데, 깃발 뒤의 두 줄이 교차하던 순간 바보 두 명이 엉뚱한 줄에 섞여버린 거였다.

열일곱 살 때도 비슷했다. 내가 배정받은 학교는 여고였는데, 오리엔테이션 때 교문을 통과하니 죄다 남학생들이라 당황했다. 같은 중학교 출신 세 명과 함께였으나 네 명 모두 우리가 남고로 잘못 들어왔을 가능성보다는 이 학교가 올해부터 남녀공학으로 바뀌었을 가능성을 믿었다. 바지와 치마라는 차이가 있을 뿐 두 학교의 교복 패턴이 같아서 더 그럴듯했다. 잠시 후 황급히 교문을 빠져나왔고 10미터 떨어진 우리의 진짜 교문을 찾아냈지만 말이다.

두 사건 모두 입학을 앞둔 시점의 일이니 낯설어서 그런 거라고 생각할 수도 있지만, 사실 일상 곳곳에서 이런 일이 비일비재하다. 모르는 사람의 노트북 위에 손가락을 올려본 적이 있을 정도다. 카페에 앉아 있다가 화장실에 다녀오던 길에 내 자리가 아니라 한 칸 옆에 앉아버린 것이다. 의자를 당겨 앉고, 잠시 멈춰두었던 작업으로 돌아가려다 뭔가 이상한 걸 발견했다. 머그잔으로 손을 뻗다가 흠칫 놀라고는 얼른 원래 자리로 이동했다. 커피의 양이 현격히 차이 나지 않았더라면 나는 좀 마셨을지도 모른다. 그날따라 사람들이 많아서 다닥다닥 붙어 있었고, 긴 책상 앞에 놓인 의자와 의자 사이의 간격도 좁았다. 때마침 두 개의 의자가 잠시 빈 상태였고, 두 의자의 등받이에는 모두 검정색 외투가 걸쳐져 있었고, 책상에 흰색 노트북이 놓인 것도 닮았다. 물론 이런 게 내 실수를 합리화해주진 않는다.

　무사히 원래 자리로 돌아온 후에 옆 사람이 돌아와 앉았고, 그는 내게 왜 자신의 자리에 앉았던 거냐고 묻지는 않았다. 카페에서 다른 사람의 자리에 앉는 경우는 도둑이 아니라면 실수가 대부분일 테고, 내 경우엔 실수가 분명했지만 어쩐지 뭔가를 훔친 기분이었다. 착각을 부를 만큼 닮은 구성은 순식간에 흐릿해지고 그 자리에서 한순간 훅 불어왔던 이물감만 선명해졌다. 짧은 순간이었지만 나는 엉뚱한 노트북 앞에 앉아 자판 위에 손가락 몇 개를 내려놓았고 평소와 조금 다른 접촉에 깜짝 놀랐던 것이다. 다른 몸에 손을 올려둔 기분이었다. 자판의 감촉, 노트북의 화면 구성, 머그잔 속의 커피 높이가 낯설었다. 이렇게 우발적인 충돌이 일어날 때면 분명히 파편들이 생겨나고 내 안에서는 내분이 벌어진다. 왜 그러니, 정신 좀 차려라, 서로 타박하는 사이에 기록쟁이 3번은 조용히 이 모든 것을 기록해둔다.

한번은 3년 묵은 가이드북을 들고 상해로 떠났다가 제대로 우회한 적이 있다. Z와 함께였는데 우리가 어떤 목적지에 가기 위해 '지하철+택시'의 조합을 택했다면 그건 더 이상 일반적인 루트가 아니었다. 택시에서 내리자마자 떡하니 지하철 출입구가 보였으니까. 지하철이 닿지 않는다고 읽어서 택시로 갈아탄 건데. 여기가 상해 맞는지를 물은 Z나 그 말에 황급히 불안해진 나나 가이드북은 의심해보지도 못했다. 살펴보니 우리 가이드북에는 지하철이 9호선까지만 표시되어 있었는데 3년 사이에 몇 개 노선이 더 뚫려서 전혀 다른 도시가 된 거였다. 새 교통체계에 따르면 그 목적지는 우리가 머물던 호텔에서 지하철로 10분이면 도착할 수 있었고, 우리는 그 10분을 굳이 택시비를 들여가며 30분으로 불렸다. 돈, 시간, 체력을 더 쓴 셈이지만 여행은 오작동한 기억을 오래 남긴다. 지금 그 여행을 떠올리면 옛 지도를 들고 '돌아갔던' 동선만 또렷하다.

오류와 실수, 착오와 오작동이 내포한 우연성이 나를 설레

게 하고 그 헛발질을 기록하게 한다. 구글맵이든 종이지도든 방금 탄생한 실수와 오작동에 이름표를 붙여 애초에 그걸 기다렸던 것처럼 저장하는 것이다. 웬만하면 최단경로가 정답이 되는 세상이므로 의도하지 않은 우회경로는 이런 실수 속에서나 가능한 걸지도 모른다. 헤매니 시간이 더 걸리겠지만 기억의 유효기간을 따져봤을 때도 그렇다. 허둥대며 돌아갔던 길, 착각과 오작동이 빚어낸 결과가 오래 잊히지 않는다. 그거야말로 계획과 재현이 불가능한, 고유한 것이기 때문에.

휴대폰 너머에서 이런 말이 들렸다.

"동작동 건물 때문에 전화 드렸습니다."

잘못 거신 것 같다고 대답하자 상대방은 동작동의 구체적인 번지수를 대면서 그 건물 소유주가 아니냐고 물었다. 나와 상관없는 얘기니 그 통화는 금방 그쳤지만, 어딘가 폴 오스터 소설 같은 구석이 있지 않은가? 그의 소설 〈유리의 도시〉도 잘못 걸려온 전화 한 통으로 시작된다. 도시에서 그런 오류는 셀 수 없이 많겠지만, 소설 속 인물은 자기 몫이 아닌 전화를 능청스럽게 받으면서 자기 몫으로 만든다.

내가 만약 그 동작동 건물의 소유주인 척 수긍하면서 "아아, 그 건물 왜요?"라거나 "제가 지금 바쁜데 문자메시지로 좀 보내주실래요?"라고 했다면 대화가 어떻게 흘러갔을까 궁금하기도 했다. 며칠 전 두 번째 전화를 받기 전까지는 말이다. 이번에는 전화를 받자마자 "자양동 건물 때문에 전화 드렸는데요"라는 말이 들렸다. 잘못 거셨다고 하자 통화는 금세 마무리되었지만, 두 번이나 이런 오류가 반복될 수 있나, 싶었다. 어디에 내 번호가 잘못 등록된 건가? 한편으로는 이런 전화가 또 걸려온다면 과연 이번에는 어떤 동네의 건물주가 되어 있을까 궁금해지기도 했다.

나에게 닿을 필요가 없는 연락이 종종 내게로 온다. 잘못 온 연락 때문에 그간 몰랐던 세계를 알게 되기도 한다. 그럴 때면 마치 오래 지내왔던 도시를 해석할 새로운 지도를 방금 받아든 기분이 된다. 연인이나 자식을 군대에 보낸 사람들 눈엔 군복 입은 사람들만 보이고, 치킨집을 개업하려는 사람 눈엔 다양한 치킨집 간판이 먼저 보이고, 자전거를 타기 시작한 사람은 자전거 입장에서 도시를 다시 보게 되는 것처럼.
한때는 산오징어가 그런 지표가 되어주었다. 이른 아침마다 이런 문자가 날아들었기 때문이다.

'가락시장 7시, 산오징어 한 다라 단가 800. **수산'

스팸성 문자가 흔하긴 하지만 산오징어 관련 문자는 처음이었다. 내게 산오징어를 팔겠다는 의도는 아닌 것 같고 아무래도 누군가가 잘못 문자를 보낸 것 같았다. 그냥 그렇게 흘려보냈던 문자는 이틀 후, 사흘 후에도 반복해서 찾아왔다. 동이 틀 때마다 늘 같은 형태의 간결한 문장으로. 전송오류라고 생각했지만, 반복해서 산오징어 문자를 받아보니 나중에는 이게 진짜 산오징어에 관한 문자인지, 아니면 산오징어를 은유적으로 사용한 다른 의도의 문자인지 좀 어지럽기도 했다.

산오징어는 때로는 1,000원이기도 했고 1,200원일 때도 있었다. 도착하는 시간도 매번 달랐다. 장소는 거의 가락시장이었는데 새벽 5시에 도착하는 경우도 있었고, 6시에 도착하기도 했고, 아무리 늦어도 아침 7시 전에는 도착했다.

문자는 한 달쯤 지속되었다. 잘못 보내셨다고 회신을 해도 상대방은 내가 산오징어를 구입하는 소매업자라고 생각하는 것 같았다. 나는 차츰 그 문자에 적응하게 되었다. 그게 어느새 알람시계 역할을 해주었다. 오늘은 산오징어 단가가 좀 세구나, 오늘은 좀 싸구나, 이렇게 당연하게 받아들이다가 어느

249

순간 거리에서 꽤 많은 곳에 세워진 '산오징어' 간판을 보고 흠칫 놀라곤 했다. 세상은 한 달 사이에 산오징어 천지가 되어 있었다. 도로가 교차하는 지점마다 신호등이 있듯이, 내 시선이 가로와 세로를 따라 겹치는 지점에서는 꼭 '산오징어 ** 수산'이라는 글자가 보였다. 때로는 광명수산 소속, 때로는 금강수산, 서울수산 소속이었다. 나는 이 도시 안에 무수한 산오징어들이 살고 있다는 것을 알게 됐다.

여름 한 철 신나게 날아오던 산오징어 문자는 오래전에 끝났는데, 나는 여전히 **수산이라든지 하는 간판을 거리에서 유독 잘 읽어낸다. 필요한 동선 외에는 모든 것에 무심하게 되는데 한 철 부지런했던 산오징어 문자 이후로 새로운 지표 하나를 알게 된 것이다. 요즘엔 모든 게 너무 많아서 이렇게 알람을 울려줘야 비로소 보이기도 한다. 그래서 동작동과 자양동 다음은 어디일지? 어떤 동네가 당첨될지 은근히 궁금하다.

앗)

몇 주 후 또 전화가 걸려왔다. 이번에는 경기도였다. 폴 오스터 소설 속 인물처럼 대담하고 싶었지만, 순발력 부족으로 "아닙니다!" 하고 끊어버리고 말았다.

4

빈틈을   기록합니다

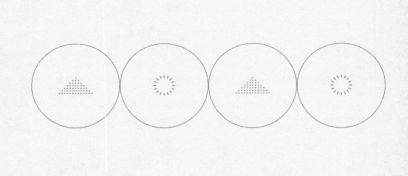

랜섬웨어가 내 노트북을 밟고 지나간 후 한동안 재건사업에 골몰해야 했는데 그때 도움이 된 게 '보낸 메일함'이었다. 그곳에는 내가 어딘가로 발송한 원고들이 변형 없이 남아 있었으니까. 좀 민망한 구석을 발견하게 된 건 덤이었다. 내 변명의 기록이랄까, 열어보는 메일마다 '늦어서 죄송합니다'라는 말이 붙어 있는 거였다. 과거형인 듯 말하고 있지만, 사실 지금도 마감일을 넘기면 메일에 이렇게 쓰곤 한다.

"늦어서 죄송합니다."

내친김에 보낸 메일함에서 '늦어서 죄송합니다'를 검색했다. 그랬더니 228건의 '늦어서 죄송합니다'가 소환되었다. 어쩐지 이게 전부가 아닐 것 같은 기분에 더 응용을 해 봤다. '늦어서'로 검색하면 다양한 활용 예시가 나온다. '늦어서 죄송합니다'도 있지만 '늦어서 죄송한 마음 가득입니다'도 있고 '늦어서 죄송해요'도 있다. 다시 '늦었습니다'를 메일함의 검색창에 입력해봤더니, 이런! 96건의 '늦었습니다'가 소환됐다.

그러니까 지난 세월 나는 228번 '늦어서 죄송합니다'가 포함된 메일을 보냈고(그러니까 마감에 늦었고), 96번쯤은 '늦었습니다'가 포함된 메일을 보낸 것이다(또 늦었다). 검색창에 다른 말들을 입력해보기로 했다. 늦었지요, 늦었죠…, 나는 혼자 있는데도 얼굴이 좀 달아올랐다. 우리 용언의 '활용' 능력에 새삼 감탄하는 동안 모양새는 조금씩 달라도 뿌리가 같은 말들이 불려 나왔다. '늦어서'로 시작되는 어느 가족의 계보를 쭉 훑은 기분이었다. 물론 이들 중에는 'RE:'로 끝없이 연결된, 주고받은 메일들도 같이 들어 있어 내가 아닌 다른 이가 말한 지각 사과도 포함됐겠지만, 사실 나 역시 '원고를 일찍 드리지 못해'로 시작되는 표현을 쓰기도 하므로 이런 집계가 무의미하다는 생각이 든다.

나는 작가를 부추기는 '감'이 두 개고, 그중의 하나가 마감이라고 말하곤 했다. 다른 하나는 영감인데, 어떨 때는 마감이 엄청난 스피드로 영감을 동반하기도 한다고 말이다. 그러나 메일함을 계속 뒤지는 동안 이 또한 무색해졌다. 늦어서 미안하다던 내 메일들이 모두 영감 동반자는 아니었으니까. 어떤 지각들은 통장 사본이나 신분증 사본 등 단순 서류 배달에 대한 것이고, 딱히 창조적이지 않은 그 지각들은 이렇게 말했다. 영감은 모르겠고 우릴 늦게 보낸 건 단지 습관이라고.

퇴근길엔 보통 두 종류의 동행이 붙는다. 잠 아니면 책. 어느 쪽이든 지하철 안에서 누리는 건 농축액처럼 진하기 때문에 더 시급한 쪽에 양보해야 한다.

한 주의 일정을 모두 소화하고 내려오는 금요일 저녁에는 무조건 잠이다. 꾸벅꾸벅 졸다가 눈을 뜨면 내리기 직전이다. 그렇게 졸다 깨어나기를 반복하면서도 계속 붙들고 있는 게 '반드시' 목록이다.

거기엔 모든 종류의 자질구레한 마감들이 적혀 있다. 정수기 알아보기, 신용카드 해지, 세탁물 맡기기 혹은 찾기, 답장해야 할 이메일들, 무엇과 무엇을 반드시 20% 이상 충전한다,

와 같은 내용도 있다. 사야 할 식재료나 봐야 할 책, 영화 한두 편까지 적다 보면 금방 열 줄이 넘어간다. 당연히 주말에 해야 할 일의 목록인데, 그걸 한 줄씩 신나게 추가할 땐 모두 해낼 수 있을 거라고 믿는다. 그 메모를 설마 월요일 출근길에 열어볼 거라고는 생각도 못 하고, '반드시'는 물론 '반듯이'까지 가능하다는 투로 목록의 할 일들을 반듯하게 정리하면서.

월요일이 오면 다시 주엽역을 향해 흘러가면서 주말 새에 전혀 줄어들지 않았거나 심지어 조금 늘어난 몇 줄의 메모를 보며 약간의 안정감을 느끼기까지 한다. 마감을 뭉개면서 그 위에 주저앉는 고약한 쾌감, 한마디로 게으른 감정이다. 유통기한을 넘긴 '반드시' 목록을 들여다보면서 오래전에도 내가 그랬다는 사실을 떠올린다. 하나의 일을 몇 십 년간 해온 사람들에게 품을 법한 경외감이 나 스스로에게 들 지경이다. 이런 일관성이라니!

어릴 때도 그런 유형이었다. 시험 공부 계획을 세우다가 30분을 보내고 또 계획 수정하다가 30분을 더 보내는. 그러니까 애초에 '시험 공부 계획 세우기 2시간', 이런 걸 먼저 써뒀어야 하는. 이쯤 되면 내가 단지 할 일에 대해 메모하는 그 순간을 좋아한다는 사실을 인정해야 할지도 모르겠다. 해야 할 일

256

을 메모할 때의 순수한 희열이랄까. 이거야말로 정말 성과를 초월한 메모 그 자체에 대한 존중 아닌가? 절실하게 메모한 후 다시 그 메모를 돌아보지 않는다!

그러나 어느 월요일에는 그렇게 몇 달 묵은 재고를 보고 또 보다가 주엽역에 내리자마자 카드사에 전화를 건다. 그리고 순식간에 카드를 해지하는 상황도 종종 벌어진다. 열차 안에서 냉장고 A/S 신청도 뚝딱해낸다. 내가 탄 칸에 사람이 거의 없었기 때문에 가능한 통화다. 접수가 음성 인식으로만 되기 때문에 나는 이런 말들을 또박또박 해야 한다. "네.", "냉, 장, 고", "방, 문", "아니오?" 설마 이 칸에 소머즈("저한테 소머즈라고 하는데 소머즈가 뭔가요?"와 같은 질문이 인터넷에 올라오는 시대가 되었는데, 그렇다면 아마도 청력이 놀라울 정도로 뛰어나다는 뜻이겠지. 그게 소머즈의 전부는 아니지만. 그 시절의 외화들은 돌아보기가 불가능해서 주 1, 2회씩 주기적으로 만나야 했고, 그래서 소머즈도 마치 초등학교 동창 느낌으로 남아 있다.)는 없겠지 생각하면서 그렇게 반드시 하나를 해치운다. 이렇게 묵은 메모들을 내보내고 한껏 고무되면 바로 다음 메모 열여섯 줄을 일필휘지로 완성한다. 새로운 '반드시'다.

어느 책방에서 사진 촬영을 할 때 내 손에 들린 책이 《몸의 일기》였다. 다니엘 페나크를 좋아해서 그의 책은 대부분 찾아 읽었다고 생각했는데 《몸의 일기》는 생소했다.

촬영 소품으로 책을 고를 때 고려하는 내 나름의 기준이 있다. 책 제목이 너무 크게 보이지 않을 것, 적당히 도톰한 두께의 하드커버 양장본일 것, 표지 컬러가 선명할 것 등이다. 《몸의 일기》는 책 제목이 쉽게 보이지 않았고, 하드커버 양장본이었고, 두께감도 꽤 있었다. 책 표지가 흰색이라 내가 입은 흰옷과 구별이 안 될 수도 있었지만 다니엘 페나크가 아닌가!

그 책을 선택해서 아무 페이지나 펼쳐 시선을 턱 올려두었는
데, 그것이 흘러가기 시작하더니 놀랍게도 곧 이런 문장에 도
달했다.

우리 목소리는 바람이 우리 몸을 통과하면서 연주하는 음악
이다.(항문을 빠져나가지 못한 바람 말이다.)

그날 《몸의 일기》와 함께 귀가했고 우리가 우연히 만난 사
이였기에 더 설렜다. 《몸의 일기》는 열두 살부터 여든일곱 살
까지 한 남자가 쓴 일기 형식의 책이다. 12~13세의 일기엔
오줌을 누는 세 가지 방식이라든지 잠들기 위한 기술처럼 '법
칙'이나 '기술'이 꽤 등장하는데, 성장할수록 그런 단언이 사
라진다는 것이 흥미롭다. 다만 탐구를 멈추지는 않는다. 어릴
때 코 푸는 법으로 고민하던 그는 27세에 자신이 코를 골고
있다는 사실을 인정하게 되고, 34세엔 코딱지가 주는 희열에
대해 고백한다. 평생 왜 코를 후비는 건지를 탐구하다가 마침
내 코딱지는 핑계고 말랑한 코끝의 연골을 만지는 게 핵심이
라는 결론을 내기에 이른다. 연골을 만지는 것이 기다림을 배
우게 한다는 것이다.

그 후로 촬영용 책을 고를 때 내심 기대하게 됐다. 마음이 복잡할 때 아무 책의 아무 페이지나 펼쳐 들고 "무조건 25페이지 위에서 일곱 번째 줄의 문장이 오늘의 답!"(25페이지가 아니어도 되고 일곱 번째 줄이 아니어도 된다. 책으로 점 보는 것을 좋아하지만 믿진 않는다. 좋아하는 문장이 나올 때까지 계속 열어보게 되는 포춘쿠키처럼, 좋아하는 문장이 나올 때까지 펼치니까)이라며 기대던 심정처럼, 촬영 소품으로 쓸 책을 집어 들면서도 운명의 몇 줄과 만날 기회를 엿보는 것이다.

사진 속에 남을 책을 고를 때 제목이 얼른 보이지 않는 걸 선호하는 이유는 특정 책에 갇히고 싶지 않아서다. 사진 속에서 내가 들고 있는 책이 무엇인지 사람들이 궁금해하면 좋겠다고 생각했다. 그런 이유로 북카페 메인 화면 속의 나도 제목이 잘 보이지 않는 빨간색 양장본을 들고 있다.

카페인(EBS북카페 청취자) 한 분이 그 빨간색 책이 무엇인지 궁금하다는 사연을 보냈다. 나 역시 그 책이 무엇인지 궁금했다. 그 빨간색 책은 사진 찍던 공간의 소품으로 놓여 있던 몇 권 중의 하나였다. 나는 도톰한 파란색 책을 신경 쓰고 있었기 때문에 빨간색 책의 제목까지는 기억하지 못했다. 그런데 빨간색 책이 들어간 사진이 선택된 것이다. 그 책 제목이 뭐였지? 새삼 궁금해졌다.

스튜디오에 문자메시지를 보냈다. 한참 전에 거기서 사진을 찍었는데 혹시 소품실에 있던 빨간 표지의 책 제목을 알려줄 수 있냐고. 내가 갖고 있던, 제목이 잘 보이지 않는 구도의 책 사진도 첨부했다. 잠시 후 답이 왔다. 스튜디오에서는 그 빨간 양장본 제목이 보이는 사진을 보내주었다.

"이거 말고 다른 빨간 표지 책은 또 없나요?"

그렇게 묻자 "다른 건 없어요. 보내주신 사진 속의 책처럼 보이는데요?"라는 답이 돌아왔다. 정말 그래 보이긴 했다. 그래도 너무나 생소한 제목 아닌가? 그건 《Achieving the Perfect Fit》이라는, 비즈니스와 인력 관리를 다룬 책이었다. 성취, 목표, 실패 없는, 비즈니스를 외치는 책과 마주하니 너무 예상 밖이라 좀 어리둥절했다. 내가 우연히 집어 든 그 선명한 양장본이 인생책까지는 아니더라도 미지의 숨은 보석이기를 기대했는데. 기꺼이 그 책을 사랑할 마음의 준비가 되어 있었는데, 인력 관리를 위한 조언이라니? 이건 뭐 여름밤 데이트를 하러 나갔다가 얼결에 취업 면접을 본 기분이랄까. 어쨌든 나의 상상 밖에 있던 미지의 책이었음은 확실하다.

예상 밖 미지의 책이 두 권 더 있다. 북카페 스튜디오에 늘 놓여 있던 두꺼운 책들 말인데, 그 책 두 권을 테이블 위에 올려놓고 방송을 진행한 날, 보이는 라디오로 스튜디오 풍경을 본 카페인들이 질문을 했다. 테이블 위에 있는 책들이 뭔지 궁금하다는 거였다. 책이 넘치는 시대에 살고 있긴 하지만 우연히 내 일상에 들어온 책의 제목을 궁금해하는 건 모두 비슷한 것 같다. 두 권의 책은《노트르담 드 파리》와《호밀밭의 파수꾼》이었다. 엄밀히 말하면 책은 아니었지만. 그건 책이 아니라 내부가 텅 빈 종이 소품이었다.

집 근처 편의점에 갔다가 "택배재벌이다!"라는 소리를 들었다. 새 책을 출간했던지라 몇 군데 보낼 일이 있었고 그래서 편의점 택배를 좀 이용했던 것이다. 그래봤자 열 건이 조금 넘는 발송이었는데 재벌 소리를 듣다니. 고객에게 말을 걸지 않는 매장이 뜨고 있다던데 그 편의점은 예외였다. 택배재벌이라는 별명이 생겼다고 하자 L도 그 편의점 일화 몇 가지를 기억해냈다. 어쨌든 그 편의점은 나를 알아보는, 거의 유일한 동네 가게라는 점에서 의미가 있었다. 나는 단골 되기에 자주 실패하곤 했으니까.

한때는 판매직원이 말을 걸거나 지켜보는 걸 불편해했는데 최근에는 좀 달라진 내 태도를 느끼고 있다. 아무래도 온라인쇼핑의 영향인 것 같다. 온라인쇼핑을 주로 하다 보니 어쩌다 오프라인매장에 가는 경우엔 직원과 대화를 나누게 된다. 전문가의 육성으로 요약된 정보들을 신뢰하기도 하고, 쇼핑과 관련된 정보가 아니더라도 소설 창작에 좋은 영감을 주는 경우가 더러 있기 때문이다. 미용실, 택시, 구두수선집, 꽃집, 빵집…, 어디에서나 나는 대화할 준비가 되어 있다.

어느 여름날 L과 내가 시장의 채소가게에서 생애 처음으로 꽈리고추를 사던 날도 그랬다. 이미 우리의 대화를 통해 요리 초보임을 간파한 가게 주인이 꽈리고추를 이용한 요리법 몇 가지를 읊기 시작했고, 우리는 착한 아이들처럼 조언을 가슴에 새겼다. 시장엔 이런 맛이 있다. 바코드로는 읽어낼 수 없는 어떤 활기랄까. 우리는 마지막까지 어설픈 티를 팍팍 냈는데 그중 최고는 L이 매대 위를 가리키며 이렇게 말한 것이다.

"어? 빵도 있네?"

세상에, L! 채소 가게에서 무슨 빵을 팔겠어? L이 바게트로 착각한 그것이 분명 채소라고 생각했지만 세상엔 언제나 틈새라는 게 있으므로 나는 말을 아꼈다. 가게 주인이 어떤 사명감을 담은 어조로 얼른 개입했다.

"노각입니다."

이전 동네에 8년이나 살았고 지금 동네에서도 1년 넘게 살고 있지만 어떤 업종의 단골집도 아직 만들지 못했다. 주인이나 손님이나 서로 쑥스러워서 익숙한데도 모르는 척하는 건가? 이런 이야기를 하자 P는 자신도 거의 비슷한데 그래도 김선희 아주머니를 안다고 했다. 그리고 취기를 빌려 인사를 한 적도 있다고 했다. 김선희 아주머니가 누구냐면, P가 사는 동네 GS슈퍼마켓에 계신 분이다.

중간에 똑 떨어진 맥주를 사기 위해 P가 그 슈퍼에 갔을 때였다. 계산대에 서 있는 김선희 아주머니가 보였다.

"김선희 아주머니라는 건 어떻게 알았는데?"

무슨 엄청난 비결이라도 있나 싶어서 물었는데 P의 대답은 담백했다.

"이름표를 달고 계시거든요."

P는 계산대의 김선희 아주머니께 "새해 복 많이 받으세요"라고 했다. 술기운이 아니었다면 그렇게 인사를 건네지 못했을 테고 아무래도 쑥스러웠지만 평소 감사했던 마음을 그 순

간 꼭 전하고 싶었다고 했다.

"이거 원플러스원이니까 한 개 더 가져오시라, 5만 원 이상 구입하면 이천 포인트 추가다, 이런 거 말씀해주셨거든요."

겨우 그걸로? 고개를 갸우뚱하는 내게 P는 몇 장면을 더 소개했다.

"항상 밝으셔서 기분이 좋고요. 취객을 잘 달래서 내보내시는 것도 봤고, 계산할 때도 배려해주세요. 바코드를 찍고서 제품을 옆으로 밀 때도 받는 사람 생각해서 하시고요."

계산할 때 받는 사람을 배려한다는 게 어떤 거냐고 물으니 P는 구체적인 설명을 했다. 이를테면 이런.

"앞 사람이 대파나 열무처럼 흙이 떨어지는 걸 샀을 때, 흙 묻은 계산대 위에 다음 사람 우유를 눕혀서 쓱 미는 분들도 있거든요. 그럼 우유가 더러워지잖아요. 이분은 그런 걸 고려하세요. 그러니까 디테일이 달라요, 다른 분이랑."

그 디테일이 쌓여서 어느 밤 누군가의 마음을 움직이는 것이다. 동네 사람들과 말을 주고받을 일이 별로 없는 요즘 동네 산책자 P는 취기를 빌려 고백한다.

"새해 복 많이 받으세요" 하고.

물론 고백한다고 늘 사이가 돈독해지는 건 아니다. 조금 다른 느낌의 줄거리도 있다. 다른 날 P는 와인을 좀 마시고 편의점에 갔다가 계산이 느린 직원 때문에 사람들이 투덜거리는 걸 듣게 됐다. 줄이 천천히 줄고 마침내 자기 차례가 되었을 때 P는 말했다.

"천천히 하세요, 괜찮아요."

그리고 평소라면 하지 않았을 말을 덧붙였다.

"편의점 일은 처음이세요?"

직원은 제대한 지 나흘째라고 했다. P는 그의 상황에 몰입하게 됐고 결국 이렇게 묻기에 이르렀다.

"할 만하세요?"

직원은 익숙해지는 중이라고 했지만, 질문을 던진 이는 뒤늦게 '할 만하세요?'를 곱씹으며 다소 이상한 질문이라고 생각하게 됐다.

"할 만하시냐는 그 말, 좀 이상하지 않아요?"

P는 자기 내부의 상냥한 취객이 내뱉은 말에 대해 민망해하다가 결국 그 편의점을 피해가는 코스로 산책로를 대폭 수정했다.

1:1의 산책을 위한 안내도

소설을 지도에 비유하는 것을 좋아한다. 그게 적절해 보인다. 소설은 구글맵에 나오지 않는 지도이고, 어떤 사람들은 그런 세계 속으로 여행을 떠난다.

내 이름으로 나온 소설책이 일곱 권(곧 여덟 권이 된다)이라는 게 새삼 재미있는 장치처럼 느껴진 건 최근에 마주한 질문 때문이었다. "일곱 권 중에 어떤 것부터 읽으면 좋을까요?"라든가 "작가님이 직접 추천해 주세요" 같은 것. 그때까지 접한 적 없는 유형의 질문이어서 조금 당혹스러웠다. 책을 고르는 건 당연히 독자의 권리이자 기쁨이 아닌가 싶어서였다. 그렇게 묻는 상대방이 나를 놀리는 것 같지 않아서 나는 어떤 스타일을 좋아하시냐고 되물어야 했다. 그는 뭐든 상관없다고 했다. 어차피 내 책을 다 읽을 거라고 했다.

첫 책을 잘못 추천했다가 열성적인 예비 독자를 잃을까봐 조급해하던 나는 그제야 진짜 궁금했던 걸 물었다.

"그런데 다 읽으실 거면, 순서는 상관없지 않아요?"

내 말에 그도 수긍하는 듯했다. 나는 보통 최신작부터 찾아 읽지만 규칙이라곤 없는 안개 속에서 책을 고르는 기쁨에 대해서도 말한 것 같다. 얼마 후 또 비슷한 상황에 놓일 거라고는 생각하지 못했다. 다른 무리에서 또 다른 독자가 같은 질문을 해온 것이다. 처음 그 질문을 했던 사람이 내 책은 물론이거니와 소설이란 장르를 몇 십 년 만에 다시 접하는 경우였다면, 이번에는 내 책 중에 한 권을 읽은 경우라고 할 수 있었다. 한 권을 막 읽은 참인데 그 다음으로 어떤 것을 읽을까, 그것을 묻고 있었다.

심지어 세 번째 책을 읽은 독자의 "그다음은 뭘 읽을까요?"를 만난 적도 있다. 흔한 일은 아닌 것 같지만 어떤 독자들은 작가가 직접 책 읽는 순서를 정해주기를 기대한다. 어쩌면 둘 중 하나일 지도 모른다. 그들은 내게 '당신 책을 읽으려고 한다'는 사실을 드러내고 싶거나, 아니면 이 지도의 추천경로를 작가로부터 받으려는 것이다. 그건 독자의 권리인데요, 하고 선을 긋고 싶은 마음도 없는 건 아니고 네 번째 책을 정해달라는 독자 앞에서는 도망을 가기도 했다. 그러나 잠시 생각을 정비한 후, 나는 이 상황을 좀 신선하게 즐기기로 했다. '다음 책'의 선택권을 내게 맡긴 몇몇 독자들 덕분에 내가 의도된 코스요리를 선보일 기회를 가진 걸 수도 있다.

이제 나는, 읽을 순서를 묻는 이에게 보험 설계나 약 처방이라도 해줄 듯이 "주로 어느 시간대에 어디서 책을 읽으시는데요?" 하고 하나씩 질문을 던지기도 한다.

"장편소설을 좋아하시나요? 아니면 단편 모음?"

이러면서 내게는 장편소설과 단편소설집이 고루 있음을 전달하기도 한다. 조금 더 구체적인 지침들, 그래서 능청스럽고 과감한 상상이 따라붙기도 하는데, 그중 하나는 내 책들의 이름을 알고리즘 순서도처럼 만드는 것이다. Yes와 No의 붉고 푸른 화살표를 따라가는 테스트 같은 걸 만들 수도 있겠지. 한 사람 한 사람씩 접근할 수도 있다. 내친 김에 나는 책의 맨 뒷면에 이렇게 적어 넣는 상상을 한다.

"이 책을 다 읽은 후엔《밤의 여행자들》로 가시오."

"이 책을 중간에 덮었다면 《부루마불에 평양이 있다면》으로 가시오."

마음의 준비를 너무 요란하게 했나?

기다리던 질문이 뚝 끊겼다.

아무도 묻진 않았지만, 당신 책을 어디서 읽으면 좋겠냐는 질문을 누군가 한다면 당연히 지하철이라고 대답할 것이다. 내 소설 〈요리사의 손톱〉에는 지하철에서 책을 적절하게 읽으면서 특정 책을 홍보하는 사람이 등장한다. 아르바이트인데 책을 정말 근사하게 읽어야 한다. 어떤 방식으로든 눈에 띄게, 눈길을 끌게. 바닥에 떨어뜨렸다가 줍든 보면서 울든 웃든 옷차림이 요란하든 어떤 방식으로든. 물론 이렇게 보여주기 식으로 읽길 바라는 건 절대 아니다.

지하철에서 독서를 즐기고, 어쩌면 지하철의 흔들림이나 조도와 소음조차도 독서에 최적화되어 있는 것일지도 모른다는 생각을 자주 하는 나로서는 그 안에서 누군가가 내게 익숙할 수밖에 없는 책을 읽고 있다면, 그걸 목격하게 된다면 그때 올 신선한 충격을 상상하는 건 즐거운 일이다.

〈요리사의 손톱〉에 등장한 책 홍보 업체에서 어쩌면 나를 탐낼지도 모른다는 생각이 갑자기 든다. 나는 정말 홀린 듯이 책을 읽기 때문이다. 특별한 비결은 없고 그냥 손에서 놓지 않는 거다. 손에 들고 있던 휴대폰을 책으로 바꾸면 그리 어렵지는 않다. 이를테면 퇴근길 3호선에서 신분당선으로 걸어가는 환승 통로 그리고 미금역에 도착해 역사 밖으로 나올 때까지 놓인 에스컬레이터 이동 구간에서도 내가 책을 들고 있을 때가 좀 있다. 이건 사실 위험한 행동이다. 알고 있지만 읽던 책을 도저히 덮지 못하고 조금이라도 더 읽고 싶은 욕구가 들 때가 있고, 착각이겠지만 나는 노련하게 걸으면서 책을 읽을 수도 있다고 믿는다. (그래서 전봇대에 부딪쳤다.)

집이라는 앨범

　　며칠 전 라디오에서 집에 관한 책을 소개하게 됐다. 어떤 방향으로든 집 이야기를 꺼내면 카페인들도 나도 말이 많아진다. 음악이 나가는 사이에 선곡표에 적어본 바에 따르면, 태어나서 지금까지 내가 머문 집이 모두 열한 곳이었다. 3분이 조금 넘는 음악은 금세 흘러갔고 다시 마이크가 켜졌다. 나는 방금 알게 된 사실을 말했다. 내가 41년간 모두 열한 곳의 집을 거쳤다고, 우리가 살았던 집들을 한번 세어보자고. 그리고 라디오로 들어오는 사연을 하나둘 읽다가 깨달았다. 방금 내가 역사 속에서 집 하나를 누락했다는 사실을. 고의가 아니었으니 얼른 정정했다. 41년간 모두 열두 곳의 집이라고.

그날 방송을 마치고 돌아오는 길에 또 하나의 집이 떠올랐다. 실수로 쏟은 팝콘 봉지도 아닌데 왜 이리 뒤늦게 주워야 할 집이 많단 말인가. 그런데 막 생각난 그 집을 내 역사에 편입시켜야 할지 말지를 두고 나는 좀 고민해야 했다. 리모델링 공사를 위해 40일간 머물렀던 임시거처였기 때문이다. 단기 임대했던 공간을 내가 살았던 집으로 본다면 나는 41년간 모두 열세 곳에서 살아본 사람이 되는 거고, 그 공간을 포함하지 않으면 나는 41년간 모두 열두 곳에서 살아본 사람이 되는 것이다. 열셋과 열둘 사이에 엄청난 차이가 있는 건 아니지만 그것을 두고 나는 L과 상의까지 했다. 정확히 말하면 상의라기보다는 또 다른 수다의 시작이었다. 집이란 수다의 풍성한 재료가 되고 사람들은 늘 집에 대해 할 말이 많다.

"거기선 사진 한 장 찍은 게 없잖아? 그래서 집이란 느낌이 안 드는 건가?"

내가 말하자 L이 뭔가를 열심히 찾더니 거기서 찍은 사진을 보여줬다. 사진 한 장이 또 미처 발견 못 한 팝콘처럼 구석에서 나온 셈이라 나는 얼른 말을 고쳤다.

"거기선 사진을 찍은 게 거의 없잖아?"

그 역시 그곳을 집으로 헤아리지는 않는 것 같았다. 우리의 이야기 속에서 그곳은 집이 아니라 경유지일 뿐이었다. 너무 짧게 머물렀고, 정이 든 가구도 없고, 그곳을 떠날 시점을 명확히 알았다는 이유 말고도 중요한 건 거기 머무는 내내 우리가 다른 집을 생각하고 있었다는 점이다. 우리는 그곳이 임시거처라는 생각을 잊을 필요가 없어서 거기서는 늘 리모델링 중인 다른 집에 대해 말했던 것이다. 그렇게 되면 한 집은 다른 집 안으로 흡수되고 만다. 다른 곳으로 이동하기 위한 예열 과정으로만 여겼기 때문에 그 겨울, 우리는 임시거처의 루버창이 열린 줄도 모르고 살았다. 이 집은 왜 이렇게 추워, 하면서도 뭔가를 살피지 못했는데 그곳을 떠나기 며칠 전에야 침대 옆 숨어 있던 창문이 열려 있음을 발견했다.

40일이 지난 후 우리는 지금의 집으로 이사를 왔다. 내려앉은 천장부터 불필요한 장식물, 문과 창틀까지 모두 철거하고 골조만 남겼던 집이다. 굵은 펜을 들고 가서 원하는 위치에 콘센트와 스위치, 벽등을 그린 기억이 난다. 퇴근 후 밤이 되면 그날 하루치의 공사가 끝난 집에 찾아가 낯선 어둠과 친해지려 했던 기억도 난다. 주말 아침 도배팀이 신나는 음악을 틀어놓고 작업하던 기억도 난다.

무엇보다도 리모델링 공사를 위해 이웃의 동의서를 받던 날의 기억이 강렬하다. 우리는 직접 동의서를 받으러 다녔는데 동의를 구해야 할 여덟 집 중 한 집에서 공사에 동의하기 어렵다고 했다. 80대 부부는 소음을 견딜 자신이 없다고 말했다. 공사 소음이 없을 거라고 말할 수도 없으니 이걸 어쩌나. 그때 이웃 할아버지가 내게 어디에서 왔는지를 물었다. 어디에서 왔느냐니? 나는 바로 전에 살던 동네를 얘기했다. 그 이전에는 어디에서 살았냐고 묻기에 또 바로 전에 살던 동네를 얘기했다.

"장인어른이 구례 분이세요."

L의 말에 할아버지는 자신이 목포 출신이라면서 내게 아버지가 구례냐고 물었다. 나는 묻는 말에 상세히 대답했다.

"아, 그런데 태어나자마자 서울로 올라오셨고요. 엄마는 문경이에요."

L은 그 순간에 대해 이야기하기를 좋아한다. 이웃 할아버지의 억양과 의중을 짐작해 어렵게 구례 이야기를 꺼냈는데 내가 아빠는 구례에서 태어나기만 했을 뿐이라고 말하더니 갑자기 '엄마는 문경' 이야기를 꺼냈다는 것이다. 옆에 있던 이

276

윗 할머니가 "아빠가 구례면 자식도 구례지"라고 말했을 때 내가 고개를 갸웃하면서 "반반인 거죠. 엄마는 문경이니까. 저는 서울에서 태어났고요"라고 말했다는 것까지. 대체 그 대화가 무슨 대화인지 나는 그때까지도 감을 잡지 못하다가 나중에야 알게 됐다. "구례라고 하니까 해주는 거여" 하면서 이웃 할아버지가 동의서에 사인을 하신 것이다. 그 이야기 속에서 나는 세상 눈치 없는 사람이 되어 있다.

이 집은 초등학교 운동장을 내려다보고 있다. 멀리는 산이 보인다. 우리는 초등학교도 이미 졸업했고 학부모가 될 계획도 없지만 이 운동장 전망과 사랑에 빠졌다. 눈이 오는 날 새하얀 운동장 위에 한 사람이 우산 끝으로 편지를 쓰고 다른 한 사람이 그걸 집에서 내려다보는 상상도 했다. 유독 눈이 많이 내린 어느 겨울날, L이 약간 수선을 떨면서 나를 깨웠다. 밤새 운동장에 외계인이 다녀갔는지 이상한 게 있더라는 것이다. 나스카라인이 어쩌고, 어떻게 저런 게 있을 수가 있어 어쩌고, 진짜 이상해 좀 봐봐 어쩌고…. 창밖을 보니 운동장에 거대한 사랑 고백이 있었다. 정말 거대했다. 내 이름과 그의 이름이 적힌. 언제 내려갔지? 어제 산책할 때 다녀온 거구나!

아니 어떻게 말도 안 했어! 이제 수선을 떠는 건 내 몫이었다. 무엇보다 내 시선이 오래 머무른 건 고백 몇 글자를 쓰기 위해 이리저리 움직였을 한 사람의 발자국이었다. 발자국이 점선처럼 이어진 그 눈밭은 날이 풀리면서 녹아버렸지만 나는 녹기 전에 봤다. 언젠가, 어느 겨울엔 답장도 쓸 것이다.

이 운동장엔 일요일 아침이 되면 L과 내가 오묘라고 부르는 다섯 마리 고양이가 등장해 뒹굴뒹굴 볕을 쬔다. 놀랍게도 모두 2미터 간격으로 거리 두기를 하고 있다. 까치와 까마귀도 이 운동장을 이용한다. 가끔 아이들이 등장해 한바탕 축구를 하고 지나가면 운동장에는 또 다른 편지가 등장해 있다. 모래밭 위에 누군가 쓴 '못생긴 ○○○'는 햇빛에 녹을 일도 없어서 꽤 오래 간다. 운동장은 확실히 내 '영감'밭이 되었다. 보지 않을 수가 없다.

어제는 집 앞 놀이터를 주기적으로 훔쳐봤다. 미끄럼틀 하나에 철봉 하나가 있을 뿐인, 그래서 늘 조용한 곳이었는데 어제는 핫플레이스였다. 이웃에 사는 어린이 둘이 모래밭 위에 돗자리를 깔고 엎드려 있는데, 그 몸짓이나 분위기가 어찌나 여유로워 보이던지. 뭘 좀 아는 아이들 같았달까. 열 살도 안 돼 보이는 아이들의 놀이터 바캉스 한 장면이 몹시 신선했다. 선글라스는 기본이고 그림책도 보고 뭘 먹기도 하면서 오후 내내 그렇게 보내고 있었다. 그 풍경을 살짝 훔쳐보는 사람이 우리집에도 두 사람 있었고 아마 다른 집 창문 너머에도 있었을 것이다. 누가 보거나 말거나 아이들의 야무진 놀이터-바캉스는 계속됐다. 돗자리에서 몸을 일으켜 벤치를 선베드 삼아 눕기도 하면서. 어쩐지 차가운 유리잔에 주스를 따르고 파인애플이라도 콕 꽂아서 더해주고 싶은 풍경이었다.

열두 번째 집에 살고 있다는 것은 열두 권의 앨범을 갖고 있다는 뜻이다. 내 열두 번째 앨범이 어떤 풍경을 담아낼지 나는 아직 다 모른다. 다만 언젠가 이 앨범을 떠올리며 무궁한 호기심과 안부에 사로잡힐 것임을 어렴풋이 짐작할 뿐이다.

첫 지하철

1995년 내가 살던 동네에 지하철이 다니기 시작했다. 중학교 3학년 때였다. 나는 친구 둘과 함께 8호선의 어느 역에서 출발해 종로3가역까지 갔다. 출발점이 어디였는지는 정확히 기억나지 않는다. 아마도 지금의 남한산성입구역, 그 당시 단대역이 출발점 아니었을까 막연히 추측만 하고 있다. 도착지가 종로3가역이었던 건 명확히 기억한다. 친구 중 하나가 그곳에서 어떤 모임이 있다고 했고, 나를 포함한 다른 둘은 대형서점을 구경하면서 그 일대를 돌아다녔다. 우리는 그때 마음이 살짝 상하기도 했다. 서로 다른 일정을 소화하고 다시 만나는 과정에서 오차가 너무 크게 발생해 헤맸기 때문이었다. 그러나 지하철의 흔들림에 몸을 맡기고 돌아오는 시간, 우리는 다시 이야기를 멈출 줄 모르는 단짝들이 되어 있었다. 그 해프닝으로 첫 지하철의 기억은 더 또렷해졌다.

인생의 첫 지하철을 떠올리는 건 여러 색이 섞인 털실 뭉치에서 한 올을 골라내는 것과 같다. 한 올을 조심스럽게 골라내면 작은 기억들이 자연스레 따라오기 때문에 그걸 풀어내느라 마음이 바빠진다. 나는 종종 사람들에게 인생의 첫 지하철에 대해 묻는데, 그 질문을 받은 사람들은 대부분 수다쟁이가 되어버린다. L도 그렇다. L은 다른 일을 하던 중이었는데 내 질문에 답을 하는 동안 점점 더 말이 많아지고 있다.

나는 L의 말을 따라 대략 35년 전으로 이동한다. 그는 초등학교 5학년이다. 같은 반 친구와 함께 구파발행 열차에 올라탄 상황. 서울 지하철 3호선이 개통한 지 얼마 되지 않아서 역사와 열차 모두에서 새것의 냄새가 가득하다. 열두 살 소년들은 3호선을 타고 구파발역까지 쭉 올라가는 중이다. 시간이 꽤 오래 걸린다. 구파발역에 이르는 동안 열차가 스치는 모든 역에 일단 하차하고 플랫폼에서 다음 열차 타기를 반복하기 때문이다. 이렇게 여러 번 열차를 타도 요금을 또 내지 않는다는 사실에 소년들은 감동하는 중이다.

소년 하나가 제안을 한다. 놀이 같은 것이다. 이를테면 '한 사람이 옥수역에서 하차하고 다른 한 사람이 금호역에서 하차한 후, 각자 약수역까지 혼자 힘으로 오기'와 같은 것. L이 옥수역에 내린다. 친구를 태운 열차가 흘러가지만 그 친구 역시 금호역에 내릴 것이다. 그들은 그렇게 서로 다른 플랫폼에 서서 다음 열차를 기다린다. 이제 L이 옥수역으로 들어오는 열차에 탄다. 친구도 금호역으로 들어오는 열차에 탈 것이다. 소년들은 그렇게 때로는 같이 때로는 따로 이동하면서 구파발까지 간다. 구파발역에 내려서는 역사 밖을 몇 걸음 기웃거린 후 다시 하행선 열차를 타고 또 같은 방식으로 집까지 돌아온다.

묘하게도 L 역시 첫 지하철의 출발점을 기억하지는 못한다. 친구 집 앞에서 출발했고 환승을 했을 테니 아마도 선릉역이지 않을까 추측할 뿐이다. 첫 지하철에서 우리에게 가장 중요했던 건 목적지, 곧 도착역의 이름이었을 것이다. 나에게는 종로3가, L에게는 구파발. 출발점이 어디였는지 정확히 기억하지 못하는 건 그곳이 수많은 역 중에 가장 낯익은 이름이었기 때문일 거고.

이제 나는 과거의 모험지들을 무심한 듯 통과한다. 열여섯 살 내 모험의 첫 도착지였던 종로3가역도 지나가고 열두 살 L의 첫 도착지였던 구파발역도 지나간다. 출근길의 열차 안에는 능숙한 승객들이 많이 타고 있다. 습관처럼 개찰구를 통과하고, 열차에서 꾸벅꾸벅 졸다가도 내릴 곳을 몸이 알 만큼 지하철에 익숙해진 모습들. 지금은 모두 잊었을, 그러나 그 몸 안에 분명히 있었을 초보 승객의 모습들을 상상하면 어쩐지 몸이 작아지는 기분이다.

아이에게 지하철 타는 법을 가르치기 위해 부모가 들이는 노력에 대해 들은 적이 있다. 소설가 H는 아이에게 지하철 이동의 미션을 주고 몇 걸음 뒤에서 따라가기를 반복했다고 한다. 처음 3개월은 아이와 함께 지하철을 타고 여기저기 돌면서 타는 법을 알려주었고, 다음 3개월은 아이 혼자 지하철을 타게 하고 뒤에서 따라간 것이다. 그 '몇 걸음 뒤'라는 게 대략 어느 정도였냐고 묻자 H는 "20미터나 30미터?"라고 대답했다. 내 생각보다 훨씬 먼 거리여서 "와, 진짜 마음 졸였을 것 같아요" 했더니 H는 "인파 붐비는 곳에서는 잃어버릴 수도 있으니까. 아마 20미터 안쪽?"이라고 했다. 그리고 마지막엔 "10미터 정도?"로 수정했다.

아무래도 첫 대답에 등장한 그 30미터는 심리적 두려움이 반영된 거 아니었을까? 30미터 앞에 있는 사람을 놓치지 않고 따라가는 건 어른 둘 사이에서도 어려운 일이니까. 처음 지하철 타기에 도전하는 아이와 그걸 지켜보는 엄마 사이에는 어마어마하게 먼 거리일 것이다. 10미터를 사이에 두고 동행하는 아이와 엄마의 마음이 어땠을까 생각하면 내 몸이 조금 더 작아진다. 마치 첫 지하철, 그 거대한 흐름에 올라탔을 때 그랬던 것처럼 나는 작아지고 세계는 점점 더 커지는 것만 같다.

크리스마스트리

어느 해였던가, 크리스마스를 앞두고 네일샵에 갔다가 이런 대화를 주고받은 적이 있다.

"무슨 색으로 하실 거예요?"

"녹색이요. 조금 진한 녹색. 크리스마스 분위기 나는 거."

내 대답에 자그마한 체구의 네일 아티스트가 씩 웃는다.

"어제, 오늘은 죄다 녹색 아니면 빨간색이에요."

나도 그 '죄다'에 합류해서 손톱을 녹색으로 물들이는 중이다. 내가 "금색도 많이 해요?"라고 물었더니, 그녀가 또 씩 웃으며 대답한다.

"그건 지난주."

그녀는 몇 개의 녹색 매니큐어들을 골라내면서 확인하듯 재차 묻는다.

"펄 있는 거요?"

"없는 거요."

그녀가 고개를 흔든다. 그건 정답이 아니라는 식이다. 그녀는 펄 있는 녹색과 펄 없는 녹색을 내 손톱 위에 나란히 바른다. 그리고 눈으로 말한다.

'봐요, 크리스마스니까, 펄 있는 걸로!'

그녀가 내 손톱에 펄 있는 녹색 매니큐어를 바르는 동안 우리 사이에는 어떤 대화도 오가지 않는다. 나는 이 자그마한 네일샵의 현재 유일한 고객이다. 흘러나오는 음악 소리도 작아서 상대방의 숨소리까지 모두 들린다. 그녀는 조금 피곤해 보인다. 졸려 보이기도 한다. 이 안은 나른할 정도로 조용하다. 내가 뭐라고 한 것도 아닌데, 그녀가 다 알고 있다는 듯이 말한다.

"제가 원래 말이 좀 없어요."

나는 괜찮다고 말한다.

"그래서 가끔 이 일을 하기 힘들 때도 있어요. 아무래도 대화…, 그런 것도 많이 해야 하니까."

그렇구나, 나는 고개를 몇 번 끄덕인다. 그녀가 살짝 웃으면서 말한다.

"이런 날에는 원래 크리스마스 계획 같은 거 물어봐야 하는 거잖아요."

잠깐의 침묵 후 우린 동시에 같은 말을 꺼낸다. 그래서, 크리스마스에 뭐하실 거냐고. 그녀는 "크리스마스엔 좀 일찍 퇴근해야죠"라고 하고, 나는 크리스마스 네일아트를 하는 게 계획 중 첫 번째였다고 대답한다. 그러자 그녀는 크리스마스 선물이라면서 내 손톱 위에 눈 결정 모양의 장식 두 개를 올려준다. 그녀는 내가 나간 후 가게 불을 끈다. 나는 다시 바쁜 도심의 크리스마스 속으로 합류한다.

한참 전의 기억인데 저 대화와 그날의 분위기가 손에 잡힐 것처럼 생생하다는 것이 좀 놀랍다. 아무래도 그날의 기억은 크리스마스 오너먼트가 된 것 같다. 크리스마스 오너먼트가 된 기억들은 12월이 되면 기억에 점등을 하는 것처럼 켜진다. 자동적인 건 아니고 하나하나 손으로 꺼내 먼지를 닦고 크리스마스트리에 요리조리 매달아보는 것 같은 정성이 필요하다. 이 과정을 통해 나는 이 크리스마스트리가 가족과 친구와 이웃의 것으로만 가득 차진 않는다는 것을 깨닫는다. 그저 스칠 뿐인 사람들, 이름도 모르는 사람들, 그렇게 거리에서 주운 기억들이 생각보다 많다는 것에 놀란다.

거짓말은 자연스러운 연기력 못지않게 그럴듯한 플롯을 필요로 한다. 당연히 창작의 고통이 뒤따를 수밖에 없다. 열 살 언저리, 내게도 주기적으로 창작의 고통이 찾아왔으니, 일주일에 한 번 눈높이 선생님이 찾아올 때였다. 선생님을 네 시에 만나기로 했다면, 나는 세 시부터 초조해지기 시작했다. 일주일 치 숙제를 다 하지 않아서였다. 조금이라도 숙제를 할 것인가 고민하다가 20분을 허비했고, 내가 혹시 수업을 못할 만큼 아픈 것은 아닌지 살피다가 또 20분을 보냈고, 흐르는 세월을 원망하다 20분을 흘려보냈다. 솔직하게 숙제를 못 했노라 고백하기에도 염치없을 만큼 나는 상습적이었고, 그래서 보다 신선한 거짓말이 필요했다.

내가 가장 그럴듯하다고 믿었던 건 '숙제를 다 했는데 그만 저 피아노 뒤쪽으로 떨어뜨렸다'는 거였다. 나는 그것이 완벽한 거짓말이라고 생각했다. 건드리지도 않은 교재들은 사실 책상 서랍에 들어 있었지만 선생님은 피아노와 벽 사이에 떨어져 있을 그 학습지를 믿어주었다. 이게 너무 잘 먹힌 나머지 몇 분의 선생님께 종종 그런 방법을 썼다. 그분들이 넘어가주는 것임을 나만 몰랐다.

그 집을 떠나던 날 긴장했던 사람은 나 하나였다. 피아노의 거대한 등짝과 무거운 엉덩이를 치우면 그 아래에 유효기간 지난 학습지들이, 그러니까 내 무수한 거짓말들이 잔뜩 흩어져 있을 것만 같았다. 그러나 별 게 있겠는가. 피아노가 떠난 자리에는 머리카락이나 동전, 압사한 종이 쪼가리나 몇 개 뒹굴고 있었을 뿐이다. 내 증인 하나가 짐짝이 되어 트럭에 실리는 것을 지켜보면서 나는 유년을 졸업했다.

플롯 말고도 다른 게 필요하구나 생각한 건 결혼 후 L의 일기장을 보면서였다. L은 초등학교 때 하루도 빼놓지 않고 쓴 일기장을 몇 뭉치나 갖고 있다. 아이들의 글씨체라는 건 그

생김새만으로도 어쩐지 읽고 싶은 욕구를 부르기 때문에 나는 그것을 열심히 읽었다. 거기엔 반복이라는 좀 다른 방식의 거짓말이 있었다. 이를테면 초등학교 4학년 때 "아빠가 마치를 가지고 오라고 하셨다"로 시작되는 글이 있었는데, 초등학교 5학년 때 "아빠가 마치를 가지고 오라고 하셨다"로 시작되는 글이 또 등장했다. 묘한 기시감에 다시 1년 전 일기를 찾아보니 거기엔 첫 문장뿐 아니라 끝 문장까지 완벽하게 같은 일기가 있었다. 심지어 날씨도 같았다.

두 페이지를 놓고 한참을 웃었다. 내가 두 일기가 같다는 걸 인지하게 된 이유는 '마치' 때문이었다. 4학년의 어느 날을 읽으면서는 마치가 공구 중의 하나인가, 하고 지나갔는데 5학년의 어느 날을 읽으면서 두 번째 마치를 보게 되자 진심으로 그 마치라는 게 무엇인지 궁금해졌던 것이다. 아빠는 왜 자꾸 마치를 가져오라고 하시는 것인가, 하다가 그게 단지 베껴 쓴 일기라는 걸 알게 됐다. 당연히 마치는 망치의 오류였다. 나는 권태로운 표정으로 혹은 초조한 기분으로 4학년의 어느 날을 선택해 베끼던 5학년의 L을 그려보느라 입꼬리가 마냥 올라갔다. 물론 4학년 그날과 5학년 그날이 진심으로 반복되었을 가능성도 일부 남겨둔다. 두 번 반복된 '마치'가 좀 걸리긴 하지만.

나는 이상○문학상 수상자다. 어디서 들어본 듯도 한 상이
지만, 진짜 저 상에 대해 알고 있는 사람은 거의 없을 것이다.
이상문학상 말고 이상○문학상 말이다. (개인정보보호를 위해
한 음절을 ○으로 처리하겠다.) 그건 내가 2010년 봄에 첫 번째 소
설집 《1인용 식탁》을 냈을 때 L이 준 상이다. 그 상에 대해 먼
저 제안한 건 나였다. 당신이 이 책을 대상으로 상을 주면 어
떻겠어, 하고 말이다. 그러니까 이 책 안에 담긴 아홉 편의 소
설이 모두 후보작이 되고 그중에 L이 가장 좋았다고 생각한
작품에 상을 주는 것이다. 이런 경험은 L에게 처음일 테니 나

는 약간 진두지휘할 필요성을 느끼고 그에게 시상식 날짜와 장소, 상장 제작 사이트를 알려주기까지 했다. 그리고 상금은 없어도 되는데 상장에 담길 문구는 좀 중요하다고 말했다.

아홉 편의 소설 중에서 어떤 작품이 상을 받게 되어도 결국 수상자는 내가 되는 셈인데, 그럼에도 불구하고 심사과정은 긴장감이 넘쳤다. L은 시상식 때까지 수상작을 비밀에 부쳤다. 시상식은 봄날의 한강시민공원에서 열렸다. 나는 이벤트 대행을 하는 사람처럼 그 시상식을 준비했다. 경쾌한 줄무늬의 돗자리를 깔았고, 바구니도 준비했고, 그 바구니 안에 사진발이 잘 받는 간식들을 담았다. 풍선도 있었다. 모든 준비를 마친 후에는 수상 후보자가 되어 발표를 기다렸다. 아니다. 내가 사회까지 봤던 것 같다. 수상작은 〈인베이더그래픽〉이었다. L이 심사평을 했고, 내가 수상소감을 말했다. 우리는 한 손으로는 상장을 들고 한 손으로는 악수를 하며 삼각대 위에 올려놓은 카메라를 봤다.

이 상은 우리만의 이벤트였는데 얼마 후에 Z가 내 수상 사실을 알게 됐다. Z는 아버지의 은퇴 기념 상장을 만들려고 상장 제작 사이트에 들어갔다가 웬 문학상 상장 예문이 있는 걸 봤고, 심지어 그 문학상의 심사위원과 수상자가 자신의 친구

커플이라는 걸 알게 됐다. L이 연애편지보다 더 고심했을, 이상O문학상의 상장 내용이 거기에 예문으로 실려 있었던 것이다. Z는 박장대소하면서 말했다.

"야, 너 이러고 놀고 있구나!"

그러고 놀았던 우리는 결혼을 하게 됐다. 서로에게 프러포즈를 했는데 그때 또 내 안의 이벤트 대행 자아가 스멀스멀 깨어났다. 9번 출동! 9번은 내가 그에게 프러포즈하는 순간은 물론이고 L이 나에게 프러포즈하는 순간까지 특별하게 만들고 싶어 했다. 그해 겨울 우리는 크리스마스를 방콕에서 보낼 계획을 갖고 있었고 9번은 내가 방콕 시로코에서 석양과 어둠을 즐기는 걸 꿈꿔왔다는 걸 기억해냈다. L은 9번의 조언대로 시로코에서 프러포즈를 하기로 했다. L은 당시 해외여행이 처음이었으므로 9번은 신이 나서 이것저것 예약을 도맡아 하기 시작했는데 그중에 하나가 시로코 예약이었다. 기억이 가물가물해서 메일함을 열어봤더니 그 당시에 9번이 시로코와 주고받은 메일이 그대로 있었다. 세상에, 심지어 좋은 뷰의 자리를 콕 집어 요청하기까지 했네! 예약할 때 늘 그렇게 요청하긴 하지만 정말 최선을 다한 것처럼 느껴져서 좀 웃긴 게 아니었다. 변수가 있다면 날씨였다. 지붕이 없는 시로코에 가기로 한 날 오전부터 비가 왔으니까. 그때 초조해하던 9번의 표정이 사진 속에 약간 남아 있는데 하늘의 비협조를 못마땅해 하는 것처럼 보인다. 다행히 오후 다섯 시가 되기 전에 비가 그쳤고 9번은 분홍빛 하늘이 보이는 시로코로 고객 둘을 모시고 갈 수 있었다.

나는 이벤트의 결과를 누리기보다 그걸 함께 준비하는 과정 자체를 즐긴다. 십시일반 호기심과 체력을 합쳐 주최 측이 되었다가 행사가 시작되면 모르는 척 손님이 되는 그런 소꿉놀이를, 일상과 파티 사이의 봉제선이 보이지만 그걸 고무줄놀이 하듯 넘을 수 있는 편안함을 좋아한다. L과는 특히 더 그랬다. 그래서 L이 무언가를 준비하려 하면 혹은 준비할 것 같으면 내 안의 9번 아이와 상의하라고 말하곤 했다. 훨씬 더 효율적으로 도울 수 있다고 강조하면서. 그러나 정말 나를 울린건 그 9번이 전혀 관여하지 않은 프러포즈였다. 한국으로 돌아온 후 내가 짐작하지 못한 순간에 L이 프러포즈를 했고 우리는 둘 다 울었다. 아무것도 몰랐던 9번은 그 순간 뭘 하고 있었을까? 이제 와 문득 그게 궁금해지는데, 가장 말이 잘 통하는 1번에게 물어보면, 9번은 그 순간 감격해서 펑펑 울었다고 한다. 9번은 일상을 반짝반짝하게 만드는 모든 순간을 사랑하니까.

P의 집에 놀러간 날에도 9번은 신이 나 있었다. 며칠 전부터 현수막에 넣을 문구를 고른다고 난리였다. P는 결혼한 지 10년 만에 집을, 그것도 늘 흠모하던 꿈의 아파트를 사게 되었다. 그리고 나와 L을 새 집으로 초대했다. 9번은 제작한 현수막과 목장갑, 리본테이프를 챙겼다. 면장갑을 미처 사지 못했기 때문에 집에 있던 목장갑을 새 걸로 두 켤레 챙겨갔다. P 부부는 우리 부부의 박수 속에서 목장갑 낀 손으로 경쾌한 가위질을 했다. 샤샥, 축포처럼 날리던 리본 테이프와 악수, 미소, 찰칵! 현수막에는 그들의 이름과 함께 '벅찬 감정 담기엔 병풍도 모자라네!'라는 문장이 남아 있다. 그 현수막은 1회용이 아니었다. P부부의 집들이에 몇 번 더 활용되었다고 한다.

지난해 크리스마스엔 라디오 스튜디오에서 만나는 사람들에게 로또를 다섯 줄씩 선물했다. 자동번호였지만 행운을 고르고 거머쥐는 단계가 필요할 것 같아 스무 장 가까운 로또용지에 번호를 붙였다. 그리고 순애부와 게스트들에게 번호를 고르게 했다. 결과는 셋으로 나뉘었다.

1. 당첨번호가 흩어진 경우

작가 D의 말대로 "이제 (한 줄에) 모으기만 하면 되는" 상태. 가장 많은 유형이었다.

2. 당첨번호가 하나도 없는 경우

로또용지 위의 숫자 서른 개 중에 당첨번호가 단 하나도 없는 경우. 로또 확인조차 잊고 있던 Y에게 얼른 확인해보라며 월요일 아침 확인을 재촉하다가 그런 경우를 만나게 했다. 나는 더 말을 잇지 못했다.

3. 당첨

PD M의 4등 당첨. M은 당첨 기념 커피로 이미 그 5만 원을 다 써버렸을지도 모르지만 원래 행운은 기분이다. M의 이름을 넣어 '북카페 로또 명당 4등 당첨' 같은 문구로 현수막을 만들고픈 충동을 살짝 느꼈다.

요즘엔 즐거운 행사를 계획 중인데 이게 언제 진행될지는 사실 잘 모르겠다. 코로나가 기승이니 지금은 마음 깊은 곳에 품고만 있다. 이 책에 들어간 알파벳들 혹은 따로 표기되지 않았으나 포함된 거나 마찬가지인 사람들을 한자리에 모아서 파티를 여는 것이다. 크리스마스 즈음이어도 좋겠지. 책 속의 알파벳들은 서로 알기도 하고 모르기도 한다. 이름표를 붙여 줄 것이다. 원래 C였다가 C가 마음에 들지 않는다고 J로 바꿔 주길 부탁했던 내 친구 Z는 그리하여 C나 J로 고정된 다른 친구들을 만나면 어떤 말을 할까.

"C 말고 J로 해 주든지."

그렇게 말했던 'C였던 친구'는 다음날 아침 이런 메시지를 내게 보냈다.

"J는 그 친구가 하는 거잖아? 나 때문에 J가 이름을 바꿔야 하면 미안한데."

"J를 다른 이름으로 바꾸면 되지. 이게 뭐라고, 하룻밤이나 넘길 일이니?"

"아니야, 뭐 그렇게 번거롭게. 그냥 내가 X나 Y, Z 중에 하나가 될게."

정말 이게 뭐라고, 웃음이 키득키득 났지만 Z는 진지했다. 이미 Y는 만석이었고 X는 너무 상징적인 의미가 많으니 넘기고 그래서 그 친구는 결과적으로 Z가 되었다. 이제 Z라는 알파벳을 보면 나는 쾌걸 조로, 좀비, Z세대에 앞서 내 친구 Z가 떠오른다.

알파벳들이 한자리에 둘러앉을 생각을 하면 9번은 벌써 들뜬다. 이렇게 큰 행사는 처음이야! 거의 그런 느낌으로 들뜬다. 그리고 다음 책에 등장할 사람들을 위해 대기번호표를 발급할지도 모른다. 당연히 그런 날엔 현수막이 필요하다. 9번이 강조한다. 누구도 지시하지 않은 현수막을 기어코 걸어둘 때의 그 쾌감이 진짜라고.

누구나 마음속에 9번이 있을 테지, 그 9번들이 활개 치면서 무언가를 모의하는 게 난 좀 피곤하고 그러면서도 사랑스럽다.

청첩장의 유효기간

요즘엔 종이 대신 모바일청첩장을 돌리는 경우가 많지만 그래도 여전히 내 서랍 하나는 청첩장 보관용으로 사용되고 있다. 몇 년만 지나도 활자가 증발하는 영화표나 기차표에 비하면 청첩장에 박힌 활자들은 거의 영구적인 것처럼 보인다. 빳빳한 종이재질과 선명한 인쇄상태는 확실히 보관하기에 좋고, 청첩장 위에 놓인 말들이 신랑신부가 고민해서 선택한 결과라는 걸 생각하면 쉽게 버릴 수도 없다. 여러모로 청첩장은 수집하기에 좋은 품목이 되어버렸다.

나도 두어 번 지인들의 청첩장을 써준 적이 있는데 쉽게 생각하면 쉽지만 정성스레 쓰자면 꽤 복잡해지는 게 청첩장의 초대 문구다. 그런 걸 알기 때문에 Z는 자신의 결혼식을 앞두고 가뿐한 선택을 하기로 했다. 청첩장 제작업체에서 공개해 둔 예문을 쓰기로 한 건데, Z가 작가인 것을 고려하면 흔한 경우는 아니었다. 아마도 Z는 그 예문들이 단지 특별하지 않을 뿐 그럭저럭 무난할 거라고 생각했던 것 같다. Z는 겨우 몇 개를 골라 친구들에게 보냈으나 돌아온 답은 Z를 혼란에 빠뜨렸다.

"웬일이니, 왜 이렇게 비문이 많아?"

어떤 친구는 아예 첨삭에 나서기도 했다. 1번 문장에 '의'가 중복되고, 2번 문장은 시제가 혼란스럽고, 3번 문장은 남녀의 역할에 대한 편견이…, 참고로 이 친구들은 같은 대학에서 같은 전공을 한 사람들인데 말의 오류를 보면 초조해한다. 그게 현수막이든, 메뉴판이든, 청첩장이든.

Z는 미문(美文)은 못되어도 비문(非文)은 되지 말아야 한다는 신념으로 그 예문들을 대폭 수정했으니, 결과적으로 친구들은 시간 단축에 별 도움이 되지는 못한 셈이다. 나도 그들 중 하나였다. 청첩장을 수집하는 친구가 곁에 있다는 사실이 Z의 감식안을 더 높게 만들었으니 말이다. 처음에 Z는 청첩

장에 신랑과 신부의 이름과 장소, 시간만 제대로 박혀 있으면 되는 게 아니냐고 했지만, 지금 내 서랍 속 Z의 청첩장을 보면 꼭 그렇지도 않다. 결혼식이 끝나도 한 장의 청첩장이 유효한 이유는 두 사람이 골라 담은 말들 때문이니까.

구명튜브

마르탱 파주의 소설을 아직 읽어보지 않은 사람에게는 《완벽한 하루》를 먼저 추천하고 싶다. 내 경우엔 그의 소설을 모조리 읽게 만든 신호탄이 된 책이다. 모조리, 라고는 했지만 내가 그를 처음 만났던 2005년에 번역된 책은 단 두 권뿐이어서, 그 두 권을 읽고 난 다음에는 한동안 '마'로 시작하는 이름들을 찾아 읽기 시작했다. 단지 '마'로 시작한다는 이유로 마르셀 에메, 마르셀 프루스트, 마르그리트 뒤라스, 마리 다르외셰크, 마루야마 겐지 등의 작품에 집착하며 '마 컬렉션'을 시작하게 된 것이다. (앞에 언급한 작가분들께 미안합니다만, 사실

'마'여서 시작했습니다. 그러나 당신들도 좋았어요.)

《완벽한 하루》에는 자신이 두 번째로 산 토스터에 2라고 적고 여덟 번째 산 칫솔에 8이라고 적는 사람이 나온다. 고유번호를 붙여주는 것이다. 대량생산되는 물품이 어떤 식으로 우리의 곁을 떠나가는지, 그 이별을 기억하는 사람들은 드물다. 애도하는 사람은 더 드물다. 도시의 특성 중 하나는 무엇이든 대체 가능하다는 점이니까. 토스터와 칫솔은 물론이고, 나 자신조차도. 내가 아니어도 다른 누군가가 나를 대신할 수 있다는 것, 내가 빠져도 전체적으로는 별 차이가 없다는 것은 세상의 모든 '나'들에게 너무 가혹한 일이다. 모든 게 넘쳐난다는 생각으로 불안해지기도 하고, 그래서 나만의 리듬을 흥얼거리고 싶어지기도 한다.

소설 속의 그 역시 마찬가지다. 그가 사는 아파트는 '엘리베이터를 탈 때 주민 간에 최소 5센티미터 간격을 유지하라는 법'이 유효하고, 소음도 없고, 늘 새것처럼 유지되는 곳이다. 아파트 입구의 카펫에 어떻게 하면 자신의 피를 얼룩으로 남길까 고민하는 사람은 그 하나뿐인지도 모른다. 그는 어떤 방식으로든 내가 여기 존재한다는 실감을 느끼고 싶은 것이다. 일상 속에 매몰되지 않으려고 애쓰는 한 사람의 노력이 그 소설 안에 가득한데 그중에 백미는 출근길에 대한 묘사다.

그는 남들처럼 슈트를 입고(그러나 우주복이라고 여긴다) 매일 아침 1킬로미터를 걸어서 출근한다. 그의 표현대로면 '우주 항해'쯤 된다. 호흡도 체중도 시간도 모두 달리 계산해야 하는, 계산법이 다른 별로 떠나는 행위다. 그는 현실의 바다에 표류하지 않기 위해 자신만의 구명튜브를 배치해둔다. 출근길에 지나치는 공중전화 부스 9대를 이용하는 것이다. 첫 번째 공중전화부스에서 마지막 공중전화부스까지의 거리는 152미터가 되는데, 그가 걸어가면 차례대로 공중전화가 울리게 설정되어 있다. 발신 가능한 공중전화와 집의 장비들(전화기와 오디오와 타이머 기능 있는 시계) 사이의 관계를 만들어두었기 때문이다. 그가 제시간에 그 거리를 지나가기만 한다면 그는 차례대로 울리는 전화를 받을 수 있고, 공중전화는 바흐의 〈칸타타〉부터 몇 곡을 차례대로 내보낸다. 한 남자가 거리의 공중전화 부스를 개인 주크박스로 사용하며 출근하는 광경을 상상해보라. 그 전화기와 오디오와 타이머 기능이 있는 시계에도 모두 고유번호가 있을 거란 생각을 하면, 마음이 요동친다. 한 사람의 구명튜브가 될 만큼 소중한 그 작업은 대량생산품들의 협업으로 이루어지는 것이다. 우리가 언제든

버릴 수 있다고 믿는 그 물건들 말이다.

이 소설을 처음 만났던 해에 나는 정말 하기 싫은 출근을 하고 있었다. 그때는 잘 인지하지 못했지만 지금 돌아보면 그랬던 게 분명하다. 당시에 나는 여러 일을 했는데 그중에 가장 흥미가 없었던 것이 수능 언어영역을 가르치는 일이었다. 그런데 그게 제일 큰 수입원이었다. 지하철을 타고 택시를 타고 여러 학생들의 집에 가서 과외를 했는데 학생들과 만나는 건 재미있었지만, 언어영역 문제 풀이를 하는 건 지루했다. 내가 가르쳐서 성적이 월등히 올랐다는 학생을 본 적도 없었다. 일주일에 거의 스무 명 가까운 학생을 가르치기도 했는데, 그 당시 내 구명튜브가 소설 쓰기였다. 〈칸타타〉가 흘러나오는 공중전화 부스처럼 소설이 이 집과 저 집 사이에 하나씩 서 있다고 생각했다.

세상의 모든 만남이 그렇듯이 책과의 만남도 시기를 탄다. 그 책을 만날 때 내가 어떤 상황에 있었는지, 인생의 어떤 계절을 통과하고 있었는지에 따라 책의 존재감이 달라지는 것이다. 그래서 책이 누군가의 삶을 구원하거나 도발하거나 위로했다는 말을 들으면 한 권의 책과 한 사람이 만났던 어느 시점에 대해 상상하게 된다. 책은 우리 산책의 가로등 같은 것, 가로등이 없어도 우리는 걸을 수 있지만 있으면 덜 외롭겠지.

내게도 한 시절의 가로등 같았던, 몇 겹의 사연을 입으면서 더 공고해진 책들이 있다. 앨런 라이트맨의 《아인슈타인의 꿈》은 중학생 때 처음 만난 이후 몇 차례 내게서 사라졌다가 아주 절판되었다가 다시 나타나기를 반복하면서 지금은 내가 누구에게도 빌려주지 않는 책이 되었다. 잃어버리고 싶지 않아서다. 다와다 요코의 《용의자의 야간열차》도 조심해야 한다. 내 서재 안으로 국한되어 있긴 하지만 자주 사라지고 또 자주 나타난다. 멀리 가면 안 된다. 반복해서 읽고 싶은 세계 몇은 늘 곁에 두어야 하니까.

내 소설에는 책의 어느 페이지 안에 갇힌 사람들이 종종 나온다. 이미 지나친 문장 하나가 마음에 남아 마치 무언가를 두고 온 것처럼 다급히 페이지를 앞으로 넘기는 사람도 나온다. 한 페이지에 갇힌 사람이든 페이지를 넘기며 바람을 만들어내는 사람이든, 최초의 독서가 주던 일렁임은 이미 휘발된 것. 그래도 책에서 찬란한 지점을 발견하고 그걸 반복해 내 것으로 만들려는 움직임은 분명 우아하다. 그리고 그걸 엿보는 게 좋다. 언젠가 내 소설 속 어느 아이(《해적판을 타고》의 채유나)가 했던 말처럼 펼쳐진 책이 그걸 바라보는 얼굴을 환하게 만드는 걸 나는 꿈처럼 지켜볼 것이다.

봄의 세입자

봄이나 여름이 전자레인지나 선풍기라면 겨울은 10자 장롱이나 킹사이즈 침대쯤 되는 것 같다. 육중한 겨울을 치운 자리에 봄이 들어왔다. 봄은 체구가 크지 않은데도 욕심이 많은 계절이라 방 하나를 금세 채운다. 그러고도 좁다는 듯 나를 집 밖으로 자꾸 밀어낸다. 봄나들이라는 건 어쩌면 집집마다 들어앉은 진짜 봄의 유세 때문에 생겨난 세입자들의 행렬인지도 모르겠다. 봄이 사람들을 군식구 취급하니 안에서 버틸 재간이 없지 않은가. 집집마다 사정이 비슷해서 봄이면 나도 가족과 함께 나들이를 가고 싶어진다. 해마다 같은 패턴이다. 엄마가 "오이도 챙길까? 사과는?" 하는 걸 나는 겨우 말리는데, 그래도 출발하고 나면 당돌한 사과 몇 알이 무임승차했다는 사실이 밝혀진다.

우리 가족의 봄나들이 사진을 보면 해마다 한 사람씩이 늘어나 있다. 최초에는 두 명이었을 것이다. 부모님에 내가 추가되었고, 또 동생이 합류했다. 한동안 우리는 네 명이었다. 거기에 내가 데려온 식구 그리고 동생이 데려온 식구가 더해졌고, 몇 해 전 조카가 태어나 일곱 명이 되었을 때 나는 꽃비 내리는 나무 아래 누워 포만감을 느꼈다. 한 명과 한 명이 만나또 한 명이 생기고 또 한 명이 생기고, 그렇게 늘어난 식구 수를 헤아려 보면 기분 좋은 포만감, 감사함이 느껴졌다. 한편으로는 조금 쓸쓸하기도 했다. 먼 훗날 언젠가 식구가 줄어드는 때도 올 테니까 이 현재가 사라져 버릴까 속상해지고 마는 것이다. 나는 너무 앞서 생각하는 경향이 있고 그래서 종종 앞서 슬퍼지기도 한다.

인생에는 아무리 앞서 생각하려는 사람도 절대 감지할 수 없는 강렬한 바람이 분다. 나의 슬픈 예감이 어느 공간에나 머무는 가벼운 먼지라는 걸 알게 만드는 바람. 어느 봄날 내가 품었던 늙은 감상과 쓸쓸함은 예상 못한 방식으로 깨졌다.

당분간은 7인이 최대치라고 생각했던 내게 두 번째 조카가 찾아온 것이다. 나는 아주 상큼한 충격을 받았다.

누구에게나 서랍 하나면 충분하던 시절이 있었을 것이다. 가진 것이 적고 맡은 영역은 아직 좁았던 시절 말이다. 삶이 지속되고 한 사람의 영역은 늘어나면 정리, 정돈, 수납, 보관 같은 말이 과제처럼 변하기도 한다. 어떤 물건이 이 집에, 이 방에 혹은 이 휴대폰 안에 있다는 사실은 알고 있는데 그걸 막상 찾아낼 수는 없는 순간도 생겨난다. 물건을 소유하는 대신 사진으로 찍어 보관하는 것도 미니멀라이프의 한 방법이라고 하나 그 방법도 잘 소화하지 못하면 짐스러워질 것만 같다. 디지털 시대의 사진이야말로 정리와 보관이 필수인데 지금 나는 사진 파일과 폴더를 관리하는 데도 게을러졌으니.

내가 가진 사진이 너무 많아졌기 때문일 것이다. 사진이 태어나는 속도를 내가 따라잡지 못한다고나 할까. 누군가에게 전달해야 할 사진이 있을 때 그게 내 휴대폰과 노트북 안에 있다는 걸 알면서도 얼른 찾아내지 못하는 경우가 생기고, 뭐 대수냐는 듯이 새로 사진을 찍어 보내곤 한다. 그렇다 보니 휴대폰 안에는 숨은그림찾기처럼 거의 비슷한 구도의 사진들이 몇 십 장씩 있다. 커피, 음반, 음식, 자전거나 이정표…, 보관된 것을 찾는 것보다 새로 찍는 것이 시간 효율 측면에서는 나은 것도 같다. 다만 공간의 문제를 헤아려보면, 이게 이삿짐처럼 얼른 와 닿는 건 아니라고 해도 뭔가 짐스러운 인상을 버리기 힘들다.

사진을 일회용품처럼 쓰고 있다는 부담감이 들 때도 있는데 물론 예외로 빼둔 경우들이 있다. 일단 인물 사진. 찍고 또 찍어도 매번 다르다. 또 하나는 꽃 사진이다. 바로 지금을 포착하지 않으면 휘발될 것 같은 세계가 있는데 봄꽃이 꼭 그렇다. 꽃은 마감에 늦지도 않고 피네? 저 노란 꽃 이름이 뭐라고? 우리 이런 대화 전에도 했던 것 같지 않아? 그런 대화를 또 처음인 양 나누면서 포착해야 할 세계.

봄은 우리가 알던 모든 것에 유통기한 라벨을 붙여주면서 시작된다. 지금이 아니면 볼 수 없다고, 지금이 아니면 말할 수 없다고, 지금이 아니면 느낄 수 없고 작년의 그것과는 다르다고. 꽃이든 말이든 무엇이든. 오직 지금뿐이라고.

익살맞게 느껴질 만큼 행복한 장면들을 가끔 상상한다. 이를테면 지하철에서 내가 쓴 책을 읽는 누군가와 마주친다거나(그렇다면 나는 너무 기뻐서 도망치겠지), 작가인 나조차 잊어버린 문장이 어느 대가족의 집에 의미심장하게 걸려 있다거나(그 이유를 찾는 것이 다른 소설의 시작이 될지도 모른다), 크리스마스 선물로 내 책을 주문하는 사람(크리스마스에 떠올릴 책인지는 모르겠지만), 내 책이 30초에 한 권씩 팔려서 그만 좀 팔자고 출판사가 아우성치는 상황까지.

2020년에 그런 상상 중 하나가 현실이 되었다. 내 소설이

다른 언어로 번역되어 내가 닿은 적 없는 서점의 책장에 놓이는 것을 오래 꿈꿔왔는데,《밤의 여행자들》이 영국과 미국에서《The Disaster Tourist》라는 제목을 달고 출간되었기 때문이다.

번역을 한 B와는 몇 년 전부터 메일로 소통하다가 2019년 여름 드디어 서울에서 만날 수 있었다. 당연히 을지로3가역에서 만나기로 했다. 그 일대에 좋아하는 가게들이 숨어 있기도 하고, 그중 한 곳에서 커피 한 잔을 마신 다음 천천히 산책을 시작하기에도 좋기 때문이다.

그날이 생생하게 기억나는 건 엄청나게 덥고 습한 날씨였기 때문이기도 하다. 거리에는 사람이 많지 않았다. 모두 실내에서 체력을 비축하기 위해 애쓰고 있을 때, 나와 B는 서울에서 가장 열심히 뭔가에 홀린 듯 걷는 사람들이었다. 소화기만 가득한 가게, 세면대 수전만 가득한 가게, 조명만 가득한 가게 앞을 걷고, 차를 마시고, 냉면을 먹고, 또 빙수를 먹고 그리고 내 소설에 등장하는 서울의 타임캡슐 광장과 백화점 옥상에도 갔다. 땀으로 샤워를 하면서 말이다. 그날 나는 B와 동시에 같은 생각을 할 때가 많다는 걸 알고 좀 신기해했다.

1년 후 2020년 여름에 책이 출간되었을 때 우리는 코로나 속에 있었다. 메시지로만 이야기를 주고받아야 하는 아쉬움을 담아서 보스턴의 B에게 선물을 보냈는데 그것이 분실되었다. 원래 서명을 받고 전달하는데 코로나라는 전례 없는 상황 때문에 많은 절차가 생략되었고 결과적으로 B의 집 앞에서 우편물이 사라졌다. 내용물이 B의 이름을 새긴 만년필이었기에 나는 더 속상했는데 B의 다음 말이 내가 놓친 부분을 바라보게 만들었다.

"그럼 누가 제 이름이 새겨진 만년필을 쓰고 있겠네요?"

"그렇겠죠, 그 동네에 사는 사람이겠죠? 범인이 먼 곳에 있는 게 아니네요."

그렇게 말하던 나는 얼른 덧붙였다.

"아…, 혹시 이 상황, 제가 소설에 넣어도 될까요?"

B는 흔쾌히 허락했고, 나는 사라진 만년필의 자리까지 소설로 흡수하기로 했다. 아, 이 직업병. 누군가와 대화하다가 이렇게 아이디어가 떠오르면 나는 동의를 구한 후 한 건에 500원씩 지급하겠다고 말한다. 그러면 사람들은 일단 그냥 달아두라고 쿨하게 말한다.

2020년 여름에 국제우편물 분실을 한 차례 더 겪었다. 내게 증정본이 오긴 했지만, 책을 더 갖고 싶었던 나는《The Disaster Tourist》의 페이퍼백을 100권이나 주문했다. 그렇게 많이 살 생각은 없었는데 저자 할인율이 꽤 높기도 했고, 나는 항상 구매를 50, 100, 150, 200, 이런 선으로 끊는 버릇이 있어서 50권은 너무 적다고 생각했던 건지도 모른다. 여차하면 코로나가 끝나고 다시 먼 거리 여행을 하게 될 때 페이퍼백을 캐리어에 몇 권씩 넣어 다녀야지 그리고 지구 곳곳에 뿌려야지 생각했는지도 모른다.

마르탱 파주의 소설《완벽한 하루》에는 에밀리 디킨슨의 시집을 매달 3,334권씩 사서 인적 드문 곳에 낙하산으로 투하하는 인물이 나온다. 그는 부자가 아니지만, 세계인의 손에 시적 선물을 주고 싶다는 욕구를 현재진행형으로 풀어낸다. 만약 내 소설을 매달 3,334권씩 사서 세계에 뿌리고 싶은 사람이 있다면 얼마 전에 영어로 내 책이 번역되었음을 알려주고 싶다. 더 많은 사람들이 내 책을 우연히 집어 들 가능성이 생겼다는 걸 말이다. 이젠 낙하산이 아니라 드론의 시대일지도 모르겠지만.

내가 주문한 100권은 미국에서 발송한 지 두 달이 되도록 오지 않았다. 시간이 너무 지나버려 배송 조회도 되지 않았기 때문에 미국 출판사에서는 100권을 다시 발송했다. 이번엔 열흘 안에 내게 도착했다. 출판사에서 다시 보내주어서 다행이긴 하지만 허공에서 사라진 책들을 생각하면 개운치 않다. 그건 어디로 갔단 말인가.

혹시 태평양 어디쯤에서 거대한 섬을 이루면서 둥둥 떠다니고 있을까. 표류한 뱃사람들이 그 섬을 발견하고 거기서 조금이라도 쉴 수 있다면 그나마 다행일 것 같다. 어쩌면 내가 그것을 완벽하게 잊을 때쯤 그것이 나를 찾아올지도 모른다. 집 앞에서 서성거리거나 문을 살짝 두드리는데 누가 봐도 당장 신고할 것 같은 모양새일지도 모른다. 그래도 운 좋게 내가 그들을 알아본다면, 태평양을 항해하느라 낡고 해진 몸을 차곡차곡 쌓아둔《The Disaster Tourist》100권이 거기 웅크리고 있음을 알아본다면, 그러면 나는 서재에 자리를 펴고 돌아온 책들을 맞이할 것이다.

이름을 모르는 사이

지난해 봄에 핑크빛의 소담한 꽃나무를 보고 완전히 매료되고 말았다. 이름이 너무 궁금했는데 꽃 검색을 통해 그게 겹벚꽃이라는 걸 알게 됐다. 어떤 꽃은 내 마음이 예열되기도 전에 들이닥쳐서 독촉 받는 기분을 만드는데 그럼에도 불구하고 내가 조금 느긋할 수 있다면 그건 만개한 꽃들이 시들해질 때쯤 시작되는 겹벚꽃 때문일 것이다.

한동안 "겹벚꽃과 사귄 지 올해로 1년째입니다"라고 말하고 다녔는데 우연히 노트북에서 이미 5년 전에 찍은 것으로 추정되는 겹벚꽃 사진을 발견했다. 분명히 겹벚꽃이었다. 그

때도 눈길이 가서 휴대폰으로 꽃의 한때를 붙잡아둔 걸 텐데 사진까지 찍어놓고도 그걸 잊어버린 것이다.

분명히 나보다 더 먼저 지구에 왔을 꽃이지만 확실히 이름을 알게 된 후에야 겹벚꽃이 내 삶으로 완전히 들어온 셈이다. 꽃의 이름을 아는 건 이렇게나 중요하다. 이름을 궁금해하고, 알기를 기다리는 그 모든 과정을 거친 후에야 진짜 그 꽃과 친해진다.

꽃 검색 어플은 확실히 신세계지만 그것으로 알 수 없는 미지의 세계는 여전히 존재한다. 내가 목표로 하는 꽃을 벌도 목표로 하는 바람에 검색용 사진을 찍지 못할 때도 있기에 어떤 꽃들은 내 기억 속에만 핀다. 여행 중에 낯선 곳에서 만난 꽃은 더 알 길이 없어진다. 이런 꽃들은 대개 신비함 하나로 인해 인생 꽃 베스트 10 정도에 포함된다.

인생 꽃 베스트 10에 들어갔던 어느 꽃 하나도 한동안 이름을 몰랐다. 그 꽃을 처음 만난 건 10년 전 스페인 여행 때였다. 세비야에서 관광용 마차를 탔는데 어느 지점에서 마차 위로 보라색 꽃나무가 덮칠 것처럼 느껴졌고, 나는 마차를 몰던 남자에게 저 꽃의 이름이 뭔지 물어볼 수밖에 없었다. 안달루시아 지역을 여행하는 내내 궁금했던 꽃나무 이름에 대해서 말이다. 남자는 세 번이나 꽃 이름을 말해주었고, 나는 "아!" 하고 고개를 끄덕이고도 돌아서자마자 그 이름을 망각했다. 첫 음절이 '아'였던 느낌만 아련하게 남았는데, 그 '아'가 내가 뱉은 감탄사의 일부인 것만 같아 꽃의 이름은 더 멀어졌다. 그 꽃에 대해 파고들면 알 길이 없진 않았겠지만 나는 거기서 멈췄다. 해소되지 않았기 때문에 여전히 유효한, 그런 호기심들도 있는 것 같아서.

몇 년 후 어느 날 5월의 세비야에서 나를 매료시켰던 꽃의 이름이 갑자기 떠올랐다. 하카란다! 하카란다 아닌가? 검색해보니 그 꽃이 맞았다. 이쯤 되면 이제 완전히 내 몸에 새겨진 것이다. 하카란다.

지난해 초가을에 택시를 탄 채 자주 스치던 풍경 중 하나가 오렌지색의 광활한 꽃밭이었는데 그게 무슨 꽃인지가 좀 궁금했다. 택시기사님께 물어볼 수도 있었지만 그냥 지나쳤다. 직접 그 꽃밭 곁으로 가볼 수도 있었지만 그러지도 않았다. 늘 스치기만 했고 스친 다음에는 잊었다. 같은 지점을 통과할 때마다 궁금해했고 다음엔 잊었다. 특정 시간대에만 성실하게 찾아오는 호기심이랄까. 어느 날엔 방송 중에 그 오렌지색 꽃에 대한 궁금증을 얘기하기도 했는데 사진 한 장 갖고 있지 않았기 때문에 단서가 너무 적었다. 이 무렵에 피는 오렌지색 꽃이라는 것 말고는 아무런 단서가 없으니 너무 허술한 퀴즈였지만 그래도 사연 속에 언급되는 꽃 이름들을 하나하나 듣는 그 과정이 즐거웠고, 듣는 동안에는 정말 그 꽃이 뭘까 진심으로 궁금해졌고, 방송이 끝나고 그 꽃밭에 가봐야지 하고는 또 잊고 말았다.

호기심에도 발효의 시간이 필요한 걸까, 나는 그 오렌지색 꽃이 다 사라진 후에야 그게 코스모스라는 걸 알게 됐다. 검색창에 일산, 코스모스, 두 개의 단어를 입력했더니 내가 아는 그곳의 사진이 떴던 것이다. 그곳을 킨텍스 C4 미래용지 부지라고 부른다는 것도, 그 꽃을 황화코스모스라고 부른다는 것도 그제야 알게 되었다. 멀리서 본 모양새가 코스모스를 닮았다고 생각을 하면서도 색깔 때문에 코스모스일까 싶었는데 역시 코스모스였던 것이다. 두 달쯤 궁금함을 묵혀둔 덕에 나는 이제 황화코스모스를 기억하게 됐다.

요즘 같은 검색 시대에는 쉽게 알아낸 정보들은 금세 잊게 된다. 호기심을 바로 해결할 수 있지만 깨달음이 길게 지속되진 않는다. 대부분은 무언가를 궁금해했다는 느낌까지 함께 증발해서 빈자리조차 남지 않는다.

이 목소리 어디서 들었더라, 이 향기가 뭐지, 그걸 바로 해소할 수 있는 목소리 검색이나 향기 검색이 있다면 어떨까 하다가도 곧 정반대의 마음을 품게 된다. 아무리 해도 검색되지 않는 영역과 누구도 알 수 없는 세계가 건재하기를 바라는 것이다.

호기심을 그냥 놓아두면 어떤 것은 시간 속에서 망각하고 어떤 것은 기어코 알게 되고 어떤 것은 영원히 수수께끼로 남는다. 셋 중에 기억의 유효기간이 가장 긴 건 수수께끼다.

가령 완도에서 만난 세 종류의 물고기는 내게 영원히 남을 수수께끼다. 오래전이었다. 완도에서 어느 할머니가 바구니에 담긴 물고기들의 이름을 하나씩 읊어주셨는데 듣고도 뭔가 훅 지나간 느낌이었다. 다시 한번 물었고 또 들었지만 듣고도 알아들을 수 없는 이름이었다. 그중 하나만 겨우 이해했는데 맨 앞에 나왔던 '세대'였다. 남은 둘은 그때도 몰랐고 지금도 모른다. 완도에서 잡히는 물고기가 세대를 포함한 3종이 전부인 건 아닐 테니 영영 알 수 없을 것이다. 이름을 모르는 사이인데도 나는 그들을 잊을 수가 없다.

"안녕, 나는 지금 뉴질랜드 테카포에 와 있어. 여긴 별 보기 장소로도 유명한 동네라서 우리는 숙소의 불을 다 끄고 마당으로 나왔지. 네 사람의 머리 위로 수많은 별들이 지나가더라. 엄마가 말했어. 저기 북두칠성이다! 나는 솔직히 북두칠성이 나 북두칠성이다, 하고 이름표를 붙이지 않는 이상 그걸 찾아낼 자신이 없어. 한 번도 실제로 본 적이 없는데 여기에서 갑자기 될 리가 있겠어? 자막이 없으면 못 본다고. 그런데 나만 빼고 다 본 것 같아. 북두칠성을. 하늘에 별이 너무 많으니 그걸 어떻게든 일곱 개 엮으면 북두칠성이 되지 않겠어? 그래 북두칠성이 보여, 반짝인다. 국자 모양. 나도 봤다, 봤어. 봤다고 치자."

　어쩌면 나는 이런 엽서를 쓰게 되었을지도 모른다. 수신인이 누구든, 중요한 건 내가 뉴질랜드 남섬에서 북두칠성을 봤다는 사실이겠지. 그게 불가능함을 다음 순간 알게 되었기 때문에 엽서의 내용은 자동 삭제되었다. L이 "여기는 남반구라서 북두칠성이 안 보이지 않나?" 하고 갸우뚱하기 전까지 우리는 북두칠성에 대해 의심하지 못했다. 북두칠성이 없는 하늘이 어디 있어, 있다면 날이 흐린 거겠지, 거의 이런 수준이었다.

　그런데 아 남반구에서는 북두칠성이 보이지 않을 수도 있구나, 하는 사실을 뒤늦게 깨달았고 검색을 통해 남반구에서는 남십자성을 볼 수 있다는 걸 알게 되었다. 목표 수정! 남십자성은 마치 북반구의 북극성과 같은 역할을 하는, 남반구 하늘의 강력한 이정표였다.

　부랴부랴 나는 별자리 앱을 휴대폰에 깔기 시작했다. 별자리 앱을 찾아본 것도 처음이고 그걸로 별을 바라본 것도 처음이라 또 하나의 황당한 구간을 지나야 했다. 휴대폰을 야외 테이블 위에 올려놓고 별을 보려고 하는 바람에 하마터면 지구 핵 너머의 별자리를 볼 뻔했다. 겨우 다시 하늘을 향해 휴대폰을 들고 남십자성 부근을 바라보니 거기 보이는, 열 십자 모양의 별자리! 아아 진짜 보인다, 보여! 남십자성을 거기 고정해두고 나는 열심히 별밭을 탐험했다.

그 이후 별자리 앱 없이도 남십자성을 알아볼 수 있게 됐다. 항해자들의 이정표가 될 만큼 구분하기 쉬운 표식이었으니까. 놀라운 건 한국으로 돌아온 후에도 남십자성을 본다는 것이다. 도시에서 별 네 개를 보기란 쉽지 않지만 어디서든 어떻게든 네 개가 보이면 그 순간 그들은 남십자성으로 묶인다. "안녕, 나는 남십자성을 보고 있어. 여긴 북반구라는데 어떻게 남십자성이 보일 수가 있지?"로 시작되는 엽서를 충분히 쓸 수도 있을 것 같은 마음이다. 보려고 하면 보인다. 별 아닌 것까지 합해서 남십자성을 만들 수도 있다.

별밭을 구경했던 뉴질랜드는 코로나가 대유행하기 직전에 갔던 나의 마지막 여행지였다. 페달을 밟아야 물이 나오는, 어느 농가의 세면대 앞에서 두 손을 대고 가만히 기다렸던 장면이 떠오른다. 손을 가까이 대면 움직임을 인식해 물이 쏟아지던, 한국의 공공장소 세면대에 너무 익숙해진 탓에 페달을 밟으라는 문구가 바로 코앞에 있음에도 불구하고 습관적으로 물이 나오길 기다렸던 것이다. 바로 이런 순간 때문에 먼 곳으로 떠나는 여행을 좋아하는데 지금은 모든 게 멈췄다.

퇴근길에 눈이 특히 바쁘게 움직이는 구간이 있다. 좋아하는 카페가 있는 구간인데 어느 순간부터 내가 그 앞을 지나면서 눈치를 본다는 걸 깨달았다. 자전거를 타고 있기 때문이기도 하지만 정말 조금은 눈치 보는 모양새다. 살짝 시선을 왼쪽으로 돌려 카페가 문을 열었는지 아닌지 확인하고 그 여부에 따라 영향을 받으니까. 카페가 불을 밝히고 있으면 어쩐지 안심이 되고. 영업시간임에도 불구하고 불이 꺼져 있으면 마음이 이상하고. 그곳의 영업 상황이 내겐 일상의 긴장을 가늠하는 지표가 된 것이다. 익숙한 거리를 오가다 보면 내부가 텅 빈 가게들이 꽤 보인다. 내부는 그대로인데 멈춘 듯한 가게도 보이고. 창밖에서 안쪽을 들여다보는 행인은 짐작도 못할 고된 시간들이 거기 있을 것이다.

그러나 또 어느 출근길에는 이런 풍경을 보기도 한다. 눈이 오던 어느 겨울, 누군가가 눈 위에 적어둔 '화이팅'이라는 세 글자. 근처에는 미처 숨기지 못한 발자국 하나가 남아 있다. '화이팅'을 잠시 보고 지나가려던 나는 결국 휴대폰을 꺼내

들고 사진을 찍는다. 이런 풍경이 우리를 조금 더 살게 하니까 놓치면 안 된다. 특히 눈이 오는 날엔 길바닥을 잘 보고 다녀야 한다. 길 위에 이렇게 우리를 흔들어두는 말이 있을지도 모르니.

치킨이나 커피 쿠폰 몇 장을 모으면 보너스 하나가 따라오는 것처럼 다정한 장면을 열두 장쯤 모으면 기대하지 않았던 보너스가 따라온다고 상상해본다. 반짝반짝 쿠폰 열두 장을 들고서 담당 창구로 가면 단골임을 알아보면서 보너스를 주는 것이다. 내가 상상할 수 있는 최고의 보너스는 수명 연장이다. 쿠폰 열두 장에 내 삶이 한 시간 연장되어도 좋고, 반나절 연장되어도 좋고, 통 크게 하루쯤 연장되어도 좋다.

반짝이는 순간을 놓치지 않고 모은 사람들, 주변을 두리번거리며 마음 한쪽을 열어둔 사람들에게 주어지는 선물이지만, 이왕 하는 상상 더 관대하게 풀어보자면 대출도 가능하다. 눈 씻고 찾아봐도 길에서 반짝반짝한 장면, 다정한 순간 같은 걸 주울 수 없다면 일단 내 삶이 얼마간 더 늘어났다고 믿어보라. 그다음 살면서 열심히 갚아나가는 것이다. 다정함 열두 장을 뒤늦게 모으면서.

쿠폰도 보너스도 대출도 상환도 확인할 길이 없는 방식이

지만 이런 상상은 몸에도 좋겠지. 이런 상상에는 어딘가 뿌리
채소 같은 구석이 있다. 뿌리채소 같은 상상으로 건강을 지키
려 하니 좀 겸연쩍은 게 아니지만 이런 상상은 분명히 우리의
피를 맑게 할 것이다. 몸 속의 묵은 지방 같은 건 죄다 분해해
버릴 것이다. 상상의 칼로리가 얼마나 되는지는 몰라도 신나
는 상상을 대용량으로 할 때 내 몸이 데워짐을 느낀다.

노트북 바탕화면에 '호이안의 노랑'을 깔아 두었다. 베트남 호이안에서 찍었던 노란 벽과 벽 사이 좁은 골목의 사진이다. 레몬 빛깔은 아니고 더 농익은 느낌의 노란색.

모든 벽이 다 그렇지만 특히 호이안의 노란 벽은 등불을 켰을 때 전혀 다른 표정을 지었다. 낮에 분명 통과한 골목인데도 금세 낯설어졌다. 어둡고 좁은 골목에서 출구를 잃었을 때 누군가가 내 팔을 톡톡 두드리지 않았다면 그 노란 벽과 벽 사이에서 얼마나 더 헤맸을까. 이웃들과 둥글게 모여 바둑인지 장기인지를 두던 할아버지는 길을 묻기도 전에 다가와 나를 톡톡 두드리고는 손가락으로 어떤 방향을 가리켰다. 이런 사람들 많이 봤다는 듯한, 너무나 능숙한 방향 안내였다. 그 손끝을 따라가니 드디어 노란 미로가 끝났다.

호이안의 노란 골목을 다닐 때는 걸었다. 골목을 빠져나가면 자전거를 탔다. 호이안에서 탄 첫 번째 자전거는 아주 새 것으로 종일 1달러에 빌릴 수 있었다. 높은 안장은 나를 어딘가에 떨어뜨릴 것만 같아서 최대한 안장 높이를 낮췄고, 키가 납작해진 자전거에 올라타서야 낯선 동네를 탐험할 용기를 얻게 됐다. 빨래 사이를 통과하고 담벼락의 익살스러운 그림을 보고 키득거리기도 하면서.

이글거리는 한낮에는 길에 사람도 차도 많지 않아서 자유로웠다. 모험은 해가 지면서 시작됐다. 자전거를 타고 안방비치로 달려가던 길이었는데 온갖 트럭과 버스, 오토바이, 자전거, 심지어 유모차까지 모든 바퀴가 좁은 도로에 올라탄 채 저마다의 속도로 달리고 있었다. 차선도 신호도 없고 끼어들기가 자연스럽던 그 도로에서 내가 자전거를 타고 있다는 사실이 믿기지 않았다. 자전거를 멈춰 세우고 싶었지만 뒤에서 밀려오는 흐름이 거대해 계속 갈 수밖에 없었다.

내 뒤에서 L이 잘 오고 있는 건지 궁금했지만 이 좁은 행로에서 뒤를 돌아보면 자전거가 비틀거릴 것 같았다. 그때 L의 자전거에서 찰랑찰랑 벨이 울렸다. 나 여기 잘 있어, 하는 안부의 소리. 조금 더 달리다가 또 찰랑찰랑, 그것이 도로 위 우리의 신호가 되었다. 그 찰랑찰랑 소리는 시끄러운 밤이 내려앉는 도중에도 유독 잘 들렸다.

호이안에서 탄 두 번째 자전거는 무료였으나 자잘한 문제를 좀 갖고 있었는데 내 자전거의 안장이 고정되지 않고 계속 돌아간다든지 벨이 불량이라 소리를 낼 수 없다든지 하는 거였다. 그걸 자전거를 몰고 거리 한복판으로 나와서야 알아챘다. 숙소로 다시 가긴 귀찮아서 일단 달려보기로 했다.

두 대의 자전거는 뜨거운 낮의 호이안에서 한 몸처럼 달렸다. 벨을 울려야 할 때마다 L이 몇 미터 뒤에서 나 대신 벨을 울렸다. 누구에게나 자신의 등은 사각지대인데 그 등을 바라보고 달리는 한 사람이 있다는 것, 그것만으로도 나는 햇볕을 계속 받는 것처럼 나른해졌다. 실제로 햇볕을 계속 받기도 했고. 둘의 등에는 각자의 머리통만 한 땀도장이 찍혔다.

"오르막이 보이면 미리 가속한 힘으로 올라가는 거야. 기어 변속을 못 하는 자전거면 더, 기어 변속이 되면 미리 바꿔놓고. 어떻게 보면 인생이랑 닮은 것 같지 않아? 예열하고 준비하는 힘으로 위기를 극복하는 거잖아."

호이안에서 L이 했던 말을 종종 떠올린다. 내가 오르막길을 만날 때마다 예열하고 준비한 힘으로 통과하는 건 아니지만, 내려서 자전거를 끌고 걸어가기도 하지만, 우리가 맘만 먹으면 자전거에서 내리지 않은 채로 그 오르막을 통과할 수도 있다는 걸 보고 듣는 게 어쩐지 든든하게 다가와서 그 말을 좋아한다.

망루에 올라간 1번이 감지한다. 라디오에 관한 말을 좋아하게 된 것처럼 자전거에 관한 말도 좋아하게 됐다는 걸. 이건 마치 훌리오의 토끼 같은 것이다. 어느 퇴근길의 찰진 동행이었던, 이치은의 《로봇의 결함》에 나오는 이야기다. 훌리오는 주말 문예 강좌반에서 시를 가르치는 로봇인데, 최근 그가 짓는 시에 빠짐없이 '토끼'라는 시어가 등장해서 결함 의심을 받는다. 수강생이 지은 시에도 토끼를 변주해서 끼워 넣었기 때문이다. 그가 쓴 시, 고친 시를 보면 웃음이 터질 정도다. 결함 의심을 받고 있긴 하지만, 훌리오 안에서 토끼라는 말이 번지는 과정을 보면서 나는 통쾌함과 약간의 슬픔을 함께 느꼈다. 〈일 포스티노〉의 청년 마리오가 그랬듯이 누구나 끌리는 은유를 찾아내면 주체할 수가 없으니까. 이제 나는 자전거가 등장한 말을 만날 때마다 그 말이 실린 모서리를 살짝 접어두게 되었다. 언제든 다시 펼쳐보겠다는 마음으로.

자전거에 대한 말들을 헤아려 보면 오래전 아이였던 L에게 두 바퀴 자전거 타는 법을 알려줬던 또래 친구의 말에 가 닿기도 한다. 망설이지 말고 처음부터 페달을 세게 밟아봐, 그러면 자전거가 덜 흔들린다! 그 아이는 오래전에 자신이 한 말을 기억할까? 그 말이 긴 시간을 통과해 나에게로 흘러왔다는 걸 알까? 의도치 않은 말의 번식이 좋아서 오늘도 나는 놀란다.

최근에는 이런 생각을 자주 했다. 자전거로는 왜 우아한 후진을 할 수 없는가? 약간 뒤로 가고 싶을 때 자전거의 페달만으로는 불가능하니까 모양새가 어딘가 우스꽝스러워진다. 두 발을 땅에 내려놓고 지지대 삼아 뒷걸음질을 쳐야 하는데 마치 바지춤을 양손으로 잡고 오른쪽 왼쪽 번갈아 주춤주춤 끌어올리는 것처럼 느껴진다. 좀 더 긴 후진이 필요하면 자전거 앞머리를 과감하게 틀어서 돌아가는 편이 낫다.

바퀴의 궤적으로만 비교해보면 자전거는 자동차처럼 감쪽같은 후진을 시도하는 게 영 어색한 이동수단인데, 어찌 보면 바로 그 점이 우리 삶과 닮은 것 같다. 뒷걸음질로 계속 이동하려는 사람은 드물 것이다. 얀 마텔의 《포르투갈의 높은 산》에는 1년째 뒤로 걷는 사람이 나오지만 그에게는 뒤로 걷기를 동력으로 삼을 수밖에 없는 사연이 있다. 가던 방향과 정반대로 이동해야 할 때, 사람들 대부분은 뒤였던 그곳을 앞에 두고 걷는다. 그게 우리의 방식이다. 자전거와 우리는 감쪽같은 후진을 포기하고, 바퀴의 궤적을 새로 그리면서 돌아선다. 조금 전까지 등 뒤에 있던 세계를 이제 눈앞에 두고 달리는 것이다.

　나는 보란 듯이 크게 원을 그린다. 최대한 유연하고 우아하게 원을 그리고 싶지만, 고민 끝에 다급히 방향을 바꿀 때도 있다. 그럴 때면 내 안의 아홉이 동시에 회전했을까, 각각의 회전 사이에도 시차가 발생했을까 생각하게 된다. 어쩌면 누군가는 여전히 옛 방향을 바라보고 우는지도 모르지만 그런 흔들림까지 태우고 자전거는 달린다. 망설임과 두려움은 올라탈 자리가 마련되어 있지 않아도 용케 따라붙는다. 기본적으로 무임승차다. 그러나 무임승차한 감정들까지 모두 끌어안고 자전거는 달린다. 우리 삶이 그런 것처럼. 망설임과 두려움으로 흔들리는 소리를 때로는 경쾌한 탬버린처럼, 때로는 불어오는 미풍처럼, 때로는 노크처럼 적당히 착각하기도 하고 포장하기도 하고 진짜로 그렇게 믿어보기도 하면서.

작가의 말을 쓰는 밤과 내일의 산책

어떤 행위나 공간에 나를 위탁하는 기분이 들 때가 있다. 그것도 기꺼이, 말이다. 내게는 머리 감는 시간이 그렇다. 나는 "이건 머리 감다가 생각난 건데"라는 말을 종종 사용하는데, 정말 머리를 감다 보면 별게 다 떠오른다. 술김에 누락되었던 기억부터, 그다지 중요한 건 아니지만 생각나지 않아 답답했던 고유명사, 깜빡 잊고 지나칠 뻔했던 대소사까지. 머리 감기는 단지 두피와 모발의 노폐물 제거 이상의 기능을 한다. 가장 좋은 건 풀리지 않던 소설의 실마리나 매혹적인 단상이 불쑥 솟아오르는 경우다.

머리 감기가 꽤 쏠쏠하군, 그런 생각을 하게 된 이후 나는 요행을 바라며 욕실에 종이와 펜을 두었다. 우주와 욕실 사이에 어떤 공통점이 있는지는 모르겠지만, 심지어 스페이스펜을! 이렇게 되면 순식간에 스치는 생각을 잡기 위해 욕실 밖으로 뛰쳐나올 필요가 없는 것이다. 방금 떠올린 단상이 증발할까 봐 문장을 웅얼대거나 물이 뚝뚝 떨어지는 손으로 펜을 잡을 필요가 없는 것이다. 양손에 샴푸용 장갑을 낄 때는 수술 직전의 의사가 된 듯한 기분이 들기까지 했다. 영화 〈로마위드 러브〉에서 우디 앨런은 샤워부스 안에서만 노래할 수 있는 누군가를 위해 샤워부스를 무대 위로 옮겨오기까지 했는데 나도 크게 다르지 않았다. 머리 감는 시간의 비밀을 알게 된 후 샴푸의 향이나 샴푸 빗의 지압 효과 같은 것이 내 소설에 끼칠 영향에 대해 진지하게 생각해봤으니까. 샤워실 물품이 대거 늘어나기도 했고.

재미있는 건 이렇게 시스템을 완비하자 머리 감기가 그저 두피와 모발의 노폐물 제거로 끝나버렸다는 사실이다. 이런 준비가 창조적 영감을 대량생산하려는 욕심처럼 느껴졌나? 이 시간마저 자기계발이나 자기치유의 한 방편으로 활용하려는 건 불순한 의도라는 식으로?

그래서 다시 원시 본연의 자세로 돌아가게 되었다. 아무 생각 없이, 멍하니, 머리를 감는 것이다. 한마디로, 내려놓았다. 놀랍게도 그러면 욕실을 뛰쳐나와 뭔가를 급히 적어대는 상황이 오고야 만다. 이때의 기록은 역시 크로키에 가깝다. 내가 방심할 때만 찾아오는 유레카의 흔적이다.

머리 감을 때 떠올린 생각의 절반은 비눗물과 함께 흘러가고 절반은 살아남는다. 생존의 의미는 메모에 성공했다는 뜻이다. 메모하기 전에 잃어버리는, 잊는 게 아니라 정말 잃어버리는 느낌의 아이디어도 많으니까. 메모장 위에 안착한 생각들은 이제 그 위에서 몇 시간 만에 발탁되기도 하고 몇 개월을 묵기도 하고 십 년을 기다리기도 한다. 몇 시간 전에 떠올린 이 제목, 그러니까 '작가의 말을 쓰는 밤과 내일의 산책'은 엄청난 속도로 모니터까지 도달했다. 언젠가 꼭 한번 작가의 말을 쓰는 시간에 대해 쓰고 싶었다. 늘 그런 생각을 했는데 하마터면 책에 담는 걸 잊을 뻔했다. 그걸 다시 떠올리게 하다니, 역시 머리 감는 시간이란!

나는 작가의 말을 쓰는 시간을 사랑하기 때문에 어쩔 수 없이 작가의 말을 써야만 하는 좀 이상한 구조 속에 있다. 그래서 책 말미에 더하는 작가의 말을 다소 귀찮다고 여기면서도 '작가의 말을 쓰는 밤'을 포기할 수가 없다. 작가의 말과 작가의 말을 쓰는 시간은 좀 다르다. 작가의 말을 화려하게 쓰고 싶지는 않다. 근사하게 써야 한다는 부담도 없다. 그런데 작가의 말을 쓰는 시간이라면 살짝 멋을 부리고 싶다. 밤이었으면 좋겠고, 대놓고 근사한 조명을 켜두고 싶기도 하다. 그건 내 나름의 이별식이기도 하다. 이 글이 곧 새처럼 내 손에서 떠나겠구나, 책이 되어 날아가겠구나, 그런 생각을 하면서 곧 책이 될 책과 나 사이의 마지막 데이트를 하는 것이다. 다시 오지 않을 시간을 밤새 보내고는 날이 밝으면 부랴부랴 "늦어서 죄송합니다"의 호위 혹은 연행을 거쳐 그 책의 마지막 원고를 발송한다.

작가로서는 본문 원고를 모두 넘긴 후 맨 마지막에 쓰는 것이 작가의 말, 독자로서는 책을 손에 쥐자마자 가장 먼저 찾아 읽는 것이 작가의 말이다. 작가의 말을 쓰는 밤보다야 매혹이 덜한 편이지만 작가의 말을 꽤나 좋아한다. 그게 두 세계 사이에 놓인 다소 애처로운 의자 같아서다. 두 세계가 각자의 궤도를 따라 움직이다가 우연히 마주치는 지점, 그 순간에 마치 찰나처럼 존재하는 것이 바로 작가의 말이라고 생각하기에 작가로서도 독자로서도 그 지면을 몹시 특별하게 생각한다. 책을 여러 권 내는 동안 '작가의 말'을 생략한 적이 딱한 번 있었는데 그때는 웬만한 '작가의 말'보다 훨씬 더 많은 분량의 인터뷰를 책에 넣었다. 지금까지 내가 출간한 것은 모두 소설책이었다. 소설책의 끝에 붙는 '작가의 말'은 확실히 산책길에 만나는 의자 역할을 한다. 거기에 조금 앉아서 숨을 돌리고 다시 각자의 세계로 뻗어나가게 되는 것이다.

　이 책은 소설이 아닌 나의 첫 책, 수다쟁이인 걸 들킨 첫 책, 아홉이나 산다는 걸 들킨 첫 책, 길고 긴 의자가 곳곳에 많이 놓인 책, 그래서 애처로운 의자를 더할 필요가 없는 책이다. 이별이라는 느낌이 덜한 밤을 지나고 있다. 마주치는 모두에게 내일의 산책을 잊지 말라고 말해주고 싶은 밤이기도 하다. 산책을 권할 때 그 안에 담고 싶은 건 산들거리는 바람, 따갑지 않은 햇볕, 적당히 편안한 신발 같은 것이지만, 모든 산책로가 나긋하지만은 않다. 그걸 기대하는 순진한 산책자도 아니다. 다만 내일 산책로에서 가장 나긋하고 살랑한 존재가 되어보리라는 호기는 좀 부리고 싶은 밤이다.

빈틈의 온기

초판 1쇄 발행 2021년 05월 28일
초판 3쇄 발행 2022년 07월 27일

지은이 윤고은
펴낸이 유정연

이사 김귀분
책임편집 조현주 **기획편집** 신성식 심설아 유리슬아 이가람 서옥수 **디자인** 안수진 기경란
마케팅 이승헌 반지영 박중혁 김예은 **제작** 임정호 **경영지원** 박소영

펴낸곳 흐름출판(주) **출판등록** 제313-2003-199호(2003년 5월 28일)
주소 서울시 마포구 월드컵북로5길 48-9
전화 (02)325-4944 **팩스** (02)325-4945 **이메일** book@hbooks.co.kr
홈페이지 http://www.hbooks.co.kr **블로그** blog.naver.com/nextwave7
출력 · 인쇄 · 제본 열림씨앤피 **용지** 월드페이퍼(주) **후가공** (주)이지앤비(특허 제10-1081185호)

ISBN 978-89-6596-445-2 03810